PARIS

4563

SOUS LES OBUS

19 Septembre 1870 — 3 Mars 1871

PAR

A.-J. DALSÈME

ILLUSTRATIONS PAR AD. BEAUNE

PARIS

GEORGES CHAMEROT, IMPRIMEUR-ÉDITEUR

19, RUE DES SAINTS-PÈRES, 19

1883

PARIS

SOUS LES OBUS

PARIS
SOUS LES OBUS

19 Septembre 1870 — 3 Mars 1871

PAR

A.-J. DALSÈME

ILLUSTRATIONS PAR AD. BEAUNE

PARIS

GEORGES CHAMEROT, IMPRIMEUR-ÉDITEUR

19, RUE DES SAINTS-PÈRES, 19

1883

PARIS
SOUS LES OBUS

17 Septembre 1870 — 3 Mars 1871

CHAPITRE PREMIER

L'HÉRITAGE DE L'EMPIRE

L'invasion. — Un regard en arrière. — La veille et le lendemain du
4 septembre. — La mission du gouvernement de la Défense nationale.
— La duplicité prussienne. — Apprêts de défense. — Les épaves d'une
armée. — Les camps parisiens. — Prouesses allemandes. — Les revenants. — Haut les cœurs !

L'invasion !

« Sept corps allemands sont en marche sur Paris, »
télégraphiait le roi Guillaume à Berlin, le soir de Forbach et de Wœrth, vingt et un jours après la déclaration
de guerre du 16 juillet 1870.

Depuis près d'un mois déjà, les armées prussiennes
s'avançaient sur nos routes et dans nos campagnes. Leurs
hordes foulaient insolemment le sol français. Pour la
troisième fois en un siècle, le torrent de Germanie, roulant le flot de ses peuples affamés, se répandait dans nos
villes et submergeait nos plaines.

L'invasion ! l'invasion avec son sinistre cortège d'in-

cendies et de massacres ; l'invasion avec ses sanglantes
lueurs ! L'invasion, image effroyable devant laquelle le
pays, réveillé en sursaut de dix-huit années d'engourdis-
sement, jetait aux hommes cramponnés au pouvoir un
long cri de douleur, de honte et de rage : des armes !

N'avions-nous pas encore un allié fidèle : le temps ?
Le temps, qui ne remporte pas les victoires, mais qui
prépare les batailles. Chaque jour qui s'écoulait n'était-il
pas un secours pour nous, et, pour nos ennemis, la défaite peut-être ?

Pendant près de trois semaines, l'armée du prince
royal de Prusse, de « notre Fritz », comme ils l'appelaient, venait de manœuvrer à vide, n'avançant qu'avec
une prudente lenteur, décidée à n'accepter le combat
que deux contre un, étonnée d'effectuer librement la traversée des Vosges, de cette puissante digue d'arrêt que
notre tradition nationale, aussi bien que les lois de la
stratégie, eussent fait un devoir de disputer pouce à
pouce, et que les subordonnés de Napoléon III avaient
laissée loin derrière eux. L'armée de Frédéric s'était
attardée.

Une armée qui s'attarde fond sous les pluies, le froid
des nuits, le manque de vivres. — Devions-nous attendre, nous ?... Fallait-il négocier ?

Attendre, c'était la ruine assurée du pays. — C'était
le doute, il est vrai, pour le sort des Bonaparte ! Et, dans
la capitale, le pouvoir croulant ne gardait plus souci et
force que pour étouffer les colères d'un peuple qui se
voyait livré à l'envahisseur ! Et, dans les provinces, l'appel des hommes valides, le rassemblement des volontaires
ne s'accomplissaient qu'à travers l'étroitesse des forma-
lités imposées par une administration caduque ! Et là-bas,

en deçà des Vosges maintenant, le prince royal, rassuré, doublait la rapidité de sa marche.

Mouvement masqué tout d'abord par la multiplicité des points où se montraient simultanément les troupes qu'on voyait rayonner à la fois vers Varennes et Sainte-Menehould, sur la ligne de l'Argonne ; à Vitry, dans la Marne ; à Vassy, à Saint-Dizier, dans la Haute-Marne ; à Brienne, dans l'Aube ; — bref, sur une étendue embrassant, du nord-ouest au sud-ouest, plus de quarante lieues ! — Mais mouvement qui d'heure en heure s'accentuait davantage ; les ministres de l'empereur avaient dû se résigner à en laisser échapper l'aveu officiel. On apercevait nettement l'armée du fils aîné de Guillaume s'avançant vers Paris, tandis que les uhlans, — ces terribles uhlans que certaines de nos populations commençaient à tenir en respect avec des pioches et des pelles lorsqu'elles n'avaient pas de fusils sous la main, — poussaient leurs incursions dans tous les sens et jusqu'à rencontrer, sujet d'indicible stupéfaction pour les chefs de l'armée prussienne, le camp de Châlons évacué hâtivement par les nôtres !

Car l'armée de Mac-Mahon, se rabattant vers le nord (Reims), pointait presque aussitôt vers l'est (Vouziers). Ce qui restait de force française organisée courait s'enfoncer dans la gigantesque tenaille dont les 200,000 Allemands du prince royal de Prusse et les 150,000 du prince royal de Saxe serraient les deux branches. Incroyable abandon de la ligne de la Marne ; abandon criminel de la défense de Paris, accompli sous la pression des dépêches affolées où le ministre de la guerre Palikao sommait le maréchal de se diriger vers Bazaine bloqué autour de Metz.

Défendre les approches de la capitale eût été défendre la patrie même... Ne fallait-il pas avant tout que la dynastie fût sauve? — Alourdi par la pesante maison impériale; rivé, comme à un boulet, au souverain morne et incohérent qui persistait à encombrer l'état-major de sa présence, l'armée de ses fourgons, et les campements de ses cuisines; troublé dans ses responsabilités et gêné dans son commandement, le duc de Magenta parvenait le 31 août sur la Meuse, après avoir parcouru un immense demi-cercle à l'intérieur duquel le prince royal, se mouvant à son aise, avait conservé toute son avance sur lui.

Et puis, Beaumont, Mouzon, tentatives folles aboutissant à se mettre une rivière à dos; combats désordonnés dont le télégraphe, instrument impassible, condensait le récit en cette ligne sinistre : *La Meuse charrie de nombreux cadavres.*

Et puis, Sedan!

Sedan, après Gravelotte et Vionville; Fræschwiller précédant Gravelotte; Wissembourg, précurseur de Fræschwiller!

De toute la France, désarmée et prisonnière en deux coups de filet, il ne restait que Paris.

Mais au cri d'angoisse qui fait comme l'écho du dernier coup de canon de Sedan, répond bientôt sur tout le territoire un autre cri : La guerre!

Allons, debout, France; notre France, debout!

Tes plus beaux enfants sont tombés; que d'autres générations se lèvent! Que pères et fils marchent côte à côte s'il le faut! Que vieillards et enfants se dressent derrière leurs cadets et leurs aînés! Qu'après la muraille de leurs poitrines et de leurs baïonnettes, l'on trouve d'autres baïonnettes et d'autres poitrines! S'arrêter à la page la plus lamentable de notre histoire? Non. Ah! si nous ne pouvons la déchirer, cette page sombre, nous en préparerons du moins une que l'avenir peut-être illuminera!

Nos ressources sont englouties? Nous en trouverons d'autres. Le Trésor est vide? On le remplira. L'ennemi nous pressure? On empruntera. Nos bataillons désarmés sont, comme des troupeaux, chassés au loin par la chiourme prussienne? Nous ferons sortir du sol de nouveaux bataillons. Trop de sang, généreux, a coulé? Nos veines ne sont point taries.

Mais le roi de Prusse a déclaré qu'il menait la guerre contre Napoléon III, non contre le pays? — Illusion! Guillaume encore incertain du sort des armes pouvait tenir semblable langage; Guillaume victorieux ne veut plus partir les mains vides.

Mais l'empereur prisonnier, c'est la paix? — Mensonge! L'empereur, comme il a fui la mort, a fui la responsabilité : cet homme qui s'est investi du droit de déclarer la guerre, proclame qu'il a perdu le droit de parler de la paix. Et n'entendez-vous pas l'écho du quartier prussien : « Nous ne traiterons qu'à Paris! » Chance pour chance, mieux vaut combattre. On se relève d'un désastre; on ne se relève point de la honte... Debout, la nation!

Paris fait le 4 septembre,... ou plutôt le 4 septembre se fait. Révolution sans exemple. Chute d'un pouvoir tombant sous le plus lourd opprobre militaire que la France eût jamais subi. Journée où pas une voix ne s'éleva en faveur du régime qui s'effondrait; où la servilité des courtisans et des thuriféraires de la veille n'eut d'égale que l'indifférence des spectateurs du lendemain.

La province, le soir même, en apprend les paisibles péripéties résumées en cette proclamation concise comme une dépêche :

Français,

Le peuple a devancé la Chambre, qui hésitait. Pour sauver la patrie en danger, il a demandé la République.

Il a mis ses représentants non au pouvoir, mais au péril.

Citoyens, veillez à la Cité qui vous est confiée ; demain vous serez, avec l'armée, les vengeurs de la patrie !

Les onze députés républicains de la capitale [1], portés au pouvoir par l'acclamation populaire, mettent à leur tête le gouverneur de Paris, le général Trochu, un homme d'opposition appelé naguère à ce poste par l'empire agonisant ; un soldat éclairé et un cœur brave, mais un esprit irrésolu ; un chef militaire que l'histoire ne tardera pas à charger du plus irrémédiable des crimes : le manque de foi.

Cependant, les faiblesses et les hésitations du gouverneur de Paris restent encore cachées au fond des replis de sa conscience. Invité à prendre place parmi les mandataires momentanés de ses concitoyens : « Oui, répond-il ; mais à la condition expresse que je serai leur président. » Réponse ferme, allant au-devant des vœux de tous. Indice d'une âme que ne doit point effrayer la perspective de résolutions viriles.

De l'homme qui, le premier, quatre années auparavant, a su, dans un livre technique célèbre [2], traduire avec éloquence ses inquiétudes et formuler avec énergie ses revendications, le pays attend et espère une impulsion vigoureuse et, s'il le faut, révolutionnaire. En lui s'incarne, pour l'instant, notre espoir anxieux. Les départements, galvanisés par l'appel à la résistance, s'apprêtent à

---

1. Emmanuel Arago, Adolphe Crémieux, Jules Favre, Jules Ferry, Léon Gambetta, Garnier-Pagès, Glais-Bizoin, Eugène Pelletan, Ernest Picard, Henri Rochefort, Jules Simon.

2. Le général Trochu : *l'Armée française* en 1866.

créer de toutes pièces des armées nouvelles. On fouille
les dépôts d'hommes, on sonde les dépôts d'armes. Épuisés les uns, gaspillés les autres. N'importe. On forgera
des fusils et l'on improvisera des soldats. Ne vient-on pas
d'improviser des ministres? Et n'applaudit-on pas fréné-
tiquement au premier acte de celui de ces ministres que
la volonté de ses collègues a investi de la tâche la plus
délicate en le chargeant de présider à nos relations avec
les autres puissances?

Dès le 6 septembre, en effet, vingt-quatre heures à peine
après avoir pris possession de ses bureaux, le nouveau
secrétaire d'État aux affaires étrangères, M. Jules Favre, a
expédié à tous nos représentants en Europe la circulaire
destinée à acquérir un si rapide et si triste renom. Au
cours de cette circulaire, après avoir nettement séparé la
cause de la république de la cause de l'empire, le ministre
ajoute :

« Le roi de Prusse veut-il continuer une guerre im-
pie qui lui sera au moins aussi fatale qu'à nous?

« Faut-il donner au monde du xixᵉ siècle ce cruel
spectacle de deux nations qui s'entre-détruisent, et qui,
oublieuses de l'humanité, de la raison, de la science, accu-
mulent les ruines et les cadavres?

« Libre à lui : qu'il assume cette responsabilité devant
le monde et devant l'histoire !

« Si c'est un défi, nous l'acceptons.

« Nous ne céderons ni un pouce de notre territoire,
ni une pierre de nos forteresses.

« Une paix honteuse serait une guerre d'extermination
à courte échéance. »

Fières paroles, et phrases imprudentes. Le vaincu
adressait par toutes les voies de la publicité européenne
son *ultimatum* au vainqueur! Se liant par des engage-

ments que l'avenir n'allait pas tarder à taxer de téméraires,
il rejetait par avance toute tentative de médiation qui
n'adopterait pour base l'intégrité absolue du sol. Quelle
fortune pour la Prusse conquérante que cet orgueilleux
défi, où, devant ses serres avides, s'isolait un adversaire
moribond !

Et cependant, jamais pièce gouvernementale ne tra-
duisit mieux les sentiments d'un peuple ! Jamais document
n'inspira semblable enthousiasme. Paris, en particulier,
l'accueillit avec exaltation. Ah ! si l'art de gouverner con-
siste uniquement à se placer, comme un miroir, en face
de l'opinion, en aucun temps l'opinion n'eut un reflet plus
fidèle. Une faute lourde, si l'on veut, que cette circulaire
du 6 septembre, mais une faute commise sous la pression
de tous ceux dont elle allait faire des victimes. Une faute,
soit ; mais jamais faute ne réunit plus de complices.

« Ni un pouce de notre territoire, ni une pierre de
nos forteresses, » apparaît comme la formule lumineuse
du devoir national. Les stupeurs se dissipent, la confiance
renaît, l'élan se propage. Dans la plupart des chefs-lieux
s'instituent des comités de défense ou d'armement. L'effort individuel se superpose à l'effort collectif. Sur les
lignes des chemins de fer, une incessante succession de
trains fait converger vers la grande cité canons, affûts,
munitions, vivres.

De l'Hôtel de Ville, où le gouvernement s'est établi
en permanence, les ordres se succèdent et s'éparpillent.
Peut-être, dans ce flot de télégrammes, un observateur
chagrin découvrirait-il parfois quelques contradictions ;
mais l'esprit public n'est ni à l'analyse, ni à la critique.
Au milieu des préoccupations auxquelles si peu étaient
préparés, les nouveaux gouvernants ont au moins su

trouver un mot : leur nom. Ils sont le gouvernement de
la Défense nationale. Un beau titre. Puissent-ils ne point
le démentir! Leur tâche, en somme, ne dépassera pas
l'effort dont ils sont capables, s'ils réussissent, tandis qu'il
en est temps encore, à associer devant le monde la France
tout entière à l'œuvre entreprise. Appelés à l'honneur et
au péril en un jour de fièvre, il leur appartient d'appeler au
péril et à l'honneur d'autres mandataires librement élus
par le peuple. Ils le savent. Le sentent-ils? Oui, sans
doute : le 8 septembre, une proclamation et un décret
convient la nation à élire une assemblée souveraine :

Français.

En proclamant il y a quatre jours le gouvernement de
la Défense nationale, nous avons nous-mêmes défini notre
mission.

Le pouvoir gisait à terre : ce qui avait commencé par un
attentat finissait par une désertion. Nous n'avons fait que
ressaisir le gouvernail échappé à des mains impuissantes.

Mais l'Europe a besoin qu'on l'éclaire. Il faut qu'elle con-
naisse par d'irrécusables témoignages que le pays tout entier
est avec nous. Il faut que l'envahisseur rencontre sur sa route
non seulement l'obstacle d'une ville immense résolue à périr
plutôt que de se rendre, mais un peuple entier, debout, organisé, représenté, une Assemblée enfin qui puisse porter en
tous lieux, et en dépit de tous les désastres, l'âme vivante de
la Patrie.

En conséquence,

Le gouvernement de la Défense nationale décrète :

Article premier. — Les colléges électoraux sont convoqués
pour le dimanche 16 octobre, à l'effet d'élire une Assemblée
nationale constituante.

Art. 2. — Les élections auront lieu au scrutin de liste,
conformément à la loi du 15 mars 1849.

Art. 3. — Le nombre des membres de l'Assemblée constituante sera de sept cent cinquante.

Pourquoi le 16 octobre? Pourquoi cette date lointaine? Pourquoi ce délai que les événements transformeront à leur gré? Espère-t-on, par hasard, que le Prussien, d'ici là, arrêtera généreusement la progression de ses colonnes? On le croirait presque, à en juger par la candeur avec laquelle le ministre des affaires étrangères s'efforce d'entamer des négociations d'armistice et de paix. On renonce à toute espèce de conjecture lorsqu'en regard on place cette circonstance que M. Jules Favre, inquiet de l'appréciation de collègues qu'il estime trop surexcités, s'ouvre de ses desseins à un seul d'entre eux, et sous forme confidentielle[1].

Toujours est-il que, proclamation et décret à peine lancés, le vice-président du gouvernement de la Défense nationale s'abouche, par l'intermédiaire de l'ambassadeur d'Autriche-Hongrie, le prince de Metternich, avec l'ambassadeur d'Angleterre, lord Lyons; réclame les bons offices de celui-ci pour transmettre au prince de Bismarck des ouvertures... Trois jours après avoir brûlé ses vaisseaux dans les déclarations enflammées du 6 septembre, le ministre français fait tenir au chancelier prussien cette demande :

« Veut-on entrer en pourparlers pour arriver à un armistice et à une conférence sur les conditions de la paix; et avec qui entend-on engager cette conversation? »

L'homme d'État de l'Allemagne sait à merveille à quoi s'en tenir sur ses intentions propres. Néanmoins il réclame le droit de réfléchir. Oh! un petit nombre d'heures : trois ou quatre jours seulement! Le temps, sans doute, de s'assurer que l'Europe saura, indifférente, assister à notre ruine. Sa réponse, annonce-t-il, pourra se produire

1. J. VALFREY, *Histoire de la diplômatie du gouvernement de la Défense nationale.*

vers le 13. — Le 13, retenons bien cette date. Nous y verrons éclater, avec les preuves de la rouerie que la Prusse ne dédaigne pas de mettre au service de sa force, la justification de la partie suprême où le pays, contre son existence, va jouer son honneur.

A Paris et autour de Paris, les préparatifs se poursuivent. Des corps francs s'organisent. On rallie le long des voies ferrées tout ce qui, dans la garde mobile, a pu recevoir un uniforme et un fusil. Bientôt on rallie même ce qui ne possède ni fusil ni uniforme. On arme les forts. On reconstitue le matériel qui fait défaut, en empruntant à la marine ses pièces de gros calibre. Dans tous les ateliers de l'État, on force le travail. Partout où il y a des fourneaux, du bronze et de l'acier, l'on chauffe, l'on fond et l'on forge.

Dans l'immense catastrophe où s'est engloutie la fortune de la France, quelques épaves ont surnagé. Paris les recueille. Décidée à tenir jusqu'à ce que le pays la délivre, la capitale concentre ce qui subsiste encore de forces à peu près organisées : réservistes retardataires ou renforts arrêtés à temps.

Quelques régiments, formant le corps d'armée du général Vinoy, ont échappé au dernier désastre: De Mézières, de Soissons, de Laon, ces régiments nous parviennent, traqués de près par l'ennemi.

A Laon, 15,000 hommes d'infanterie, 10 batteries d'artillerie couronnent les plateaux élevés qui dominent la ville, lorsque les éclaireurs prussiens se montrent dans la plaine.

L'occasion de vaincre se présenterait-elle enfin? Le nombre, ce terrible auxiliaire des envahisseurs, nous laisserait-il, pour une fois, lutter à chances égales ? Qui sait?

La première revanche est peut-être là, sur ces coteaux !
Les soldats français brûlent de se mesurer avec l'ennemi...
Impossible ! Paris les appelle.

Les faisceaux sont rompus ; les baïonnettes rentrent
dans les fourreaux ; les courroies sont bridées sous les
sacs. La colonne se forme. En route !

Le lendemain, ce sera au tour de l'artillerie.

Ces dix batteries, Paris les réclame.

En un clin d'œil, les câbles s'accrochent aux flancs des
attelages, les artilleurs escaladent les caissons ou sautent
en selle. Les tentes ployées se tordent sur la croupe des
chevaux, et le cri : En avant ! retentit au moment même où
les premiers bataillons prussiens sont signalés en arrière.

Retournera-t-on les pièces contre eux ? Hélas ! l'artillerie seule, et sans l'appui d'une autre arme, est impuissante ; tenter de combattre, ce serait livrer les canons.

Ce qu'il faut au contraire, c'est les sauver, les ramener coûte que coûte. Et les artilleurs excitent les chevaux,
et les lourdes roues ébranlent le sol ; la route se crevasse
sous leur poids et leurs ressauts ; un galop infernal commence et ne discontinue pas. La pluie tombe à grosses
gouttes, puis en lignes serrées, puis obscurcit tout le ciel.
Les batteries galopent toujours vers Paris. Toute une
nuit se passe sur ce chemin qu'il faut dévorer sans un
repos, sans une halte, sans une minute d'arrêt.

A six heures du matin, le train entier franchit les
portes, aux acclamations des Parisiens.

Soixante bouches à feu sont sauvées.

En même temps que ses arsenaux se remplissent, que
ses magasins se garnissent d'approvisionnements, Paris
voit chacune de ses maisons se transformer en caserne,
tandis que chacun de ses habitants devient un soldat :

— Garde à vous, peloton !

En route pour Paris !

— Portez armes !

— Charge à volonté... chargez armes !

Voilà ce que l'on entend depuis huit jours, du matin au soir, sur toutes les places, dans toutes les rues dont la largeur se prête aux évolutions militaires.

Et le soir, alors, ne finit guère avant onze heures ou minuit. En maint endroit, par exemple dans les galeries couvertes du Palais-Royal, c'est à ces moments tardifs que se réunissent, pour leurs exercices journaliers, ceux de nos travailleurs que leur besogne retient pendant le jour. — Le patriotisme n'a pas d'heure.

Paris entre dans une phase nouvelle. Plus de chants, plus de manifestations bruyantes, plus de luxe, plus de théâtres, plus de concerts... Partout une seule pensée : la résistance. Plus d'oisifs ni de curieux : des soldats.

Aux gares, les trains se succèdent d'instant en instant et dégorgent sur nos grandes voies de longues et pâles files d'hommes : cavaliers démontés, fantassins épuisés, artilleurs sans équipement.

Dans cet ensemble sordide, les gardes mobiles des départements mettent une note moins sombre. Avant hier, c'étaient trois mille Bretons à la solide carrure ; des enfants de la Normandie ; dix mille jeunes gens venus des bords de la Marne, ceux-ci reconnaissables à leur blouse grise portant à l'épaule une large patte rouge. Hier, les gares du Nord et de l'Ouest nous apportaient les plus nombreux contingents. Aujourd'hui le défilé continue de plus belle, et nos maisons reçoivent tous ces braves enfants, que couvrent les costumes les plus divers, mais qu'anime un sentiment unique.

A peine débarqués dans nos rues, ils sont entourés, guidés sympathiquement. Comme tous ceux qui pour la

première fois foulent ce sol, ils ont pour les splendeurs
nouvelles qui les entourent des regards de surprise ou
de curiosité ; mais le Parisien, si frondeur d'habitude, a
oublié ses antiques plaisanteries sur la province et les
provinciaux.

La province !

Elle aussi, elle a oublié ces facéties douteuses que
Paris lançait volontiers à son adresse ; elle n'a vu qu'une
chose : le danger, — et, résolue, elle a marché en avant.
Elle sait que Paris est plus que le cœur du pays ; elle
sait que si toutes les contrées ont leur capitale, la France,
elle, possède la capitale du monde.

Le cirque Napoléon et le cirque de l'Impératrice (la
République n'a pas eu le temps de les débaptiser) offrent
d'immenses casernements, capables de contenir sept ou
huit mille hommes. C'est là qu'en attendant le matin
s'installent les bataillons débarqués pendant la nuit.

A peine arrivés, ils commencent l'exercice du fusil,
de la baïonnette, et achèvent de parcourir les phases suc-
cessives de leur éducation militaire, dont les débuts se
sont effectués au chef-lieu.

Dans combien de jours seront-ils des troupiers ?

Vers la circonférence, à mesure que l'on se rapproche
de l'enceinte fortifiée, l'aspect s'accentue.

Aux Tuileries, dont le jardin est interdit au public,
les grilles laissent apercevoir de longues rangées de caissons alternant avec les files des chevaux.

Au Champ de Mars, un vrai camp retranché. Sur les
côtés la terre a été remuée et forme des épaulements, fortifications passagères qui constituent, avec les bâtiments
de l'École Militaire, de véritables lignes de circonvallation. La zone de soixante hectares qui s'étend comme

une vaste plaine entre ces lignes s'est couverte de tentes
abritant des soldats de toute arme et dessinant comme
les quartiers d'une petite ville.

A Vincennes, le vieux fort, où se pressent ouvriers
et bourgeois en groupes impatients, se désencombre de
ses amas de fusils de tous les modèles et de toutes les
époques. Par contre, les hangars s'emplissent de fourgons.
Les tonnes de poudre s'empilent dans les casemates. Des
camions, franchissant le pont-levis, s'engouffrent inces-
samment à l'intérieur des cours, où viennent s'aligner
caissons, canons et mitrailleuses... Les mitrailleuses! Il
faut les voir, ne serait-ce que pour se rendre compte de
l'enthousiasme qu'elles excitent parmi leurs servants.
Ceux-ci parlent avec admiration de ces terribles instru-
ments de mort.

— Partout où nous avons donné, disent-ils, nous
avons fait des trouées énormes; jamais une colonne ou
une ligne ennemie n'a pu s'avancer sous notre feu; les
gens tombaient comme les brins d'herbe sous la faux.

Un officier, le bras en écharpe, hoche tristement la
tête.

— Ce que vous avez fait, d'autres l'eussent accompli.
Encore un trompe-l'œil de l'Empire, que ces engins-là!
Pure question d'arithmétique. Comptons bien : Une mitrailleuse tire en moyenne 120 balles à la minute, sous
une portée de 1,200 à 1,500 mètres. Les fantassins, avec
leurs chassepots, tirent par minute 7 ou 8 balles à la
portée de 1,000 mètres et souvent de 1,200. Ainsi,
sauf exception, quinze hommes produisent l'effet d'une
mitrailleuse. Comme auxiliaire, elle vaut une escouade.
Pour défendre un défilé, une porte, un pont, elle jouera
meilleur rôle. Mais au combat, adjoindre une mitrailleuse
tirant 120 coups à un régiment qui, déployé, en tire

3

25,000 dans le même temps, c'est chercher un piètre résultat !

Dans cette fatale guerre, si fertile déjà en déceptions et en promesses illusoires, on aimerait pourtant à trouver, à défaut d'un homme, une chose qui n'eût point menti.

Tout le long des avenues qui rayonnent de l'Arc de Triomphe jusqu'aux abords des fortifications, on a fait camper surtout les débris de nos régiments les plus éprouvés.

Là se pressent les visiteurs, les camarades, anxieux du sort d'un ami ou d'un parent. Heureux quand, à leurs questions rapides, il est répondu par un : « légèrement blessé », ou « prisonnier » ! Là aussi se succèdent les récits de ces batailles, de ces boucheries, de ces guet-apens, de ces exécutions sauvages dont le seul souvenir fait tressaillir d'horreur.

On se demande si réellement c'est un peuple civilisé que nous combattons. Comment ne pas flétrir du nom d'assassins ceux qui tirent sur des blessés, sur des mourants ; ceux que ne retient pas le respect du drapeau qui flotte sur les ambulances ; ceux qui ont recours, pour vaincre, à des ruses de Peaux-Rouges !

Dans un groupe, des témoins disent ceci : A Forbach, le 12e chasseurs se trouvait en avant. Après un combat acharné, les Prussiens faiblissaient. Tout à coup ils s'arrêtent. Ils mettent la crosse en l'air comme pour se rendre. Nos soldats confiants entonnent des cris de triomphe. Mais pendant qu'ils s'abandonnent à leur enthousiasme, un nouveau régiment ennemi arrive pour soutenir les troupes engagées, et alors ces mêmes soldats, qui tout à l'heure encore imploraient notre pitié, s'élancent sur nous la baïonnette haute, tandis qu'une de leurs batteries nous prend en flanc et foudroie le bataillon.

Arrivée des Mobiles.

Un franc-tireur échappé par miracle d'un convoi prêt à passer en masse devant une cour martiale dit la popularité de Bismarck parmi les soudards de Bavière; de Bismarck, qui classe en tête des troupes allemandes les Bavarois à cause de « la facilité avec laquelle ils fusillent »; de Bismarck, qui, abordé à Commercy par une malheureuse en larmes, répondait avec un sourire placide : — On a arrêté votre mari? Il a menacé, dites-vous, un soldat qui le maltraitait? Il promet de ne plus recommencer? Très bien, ma bonne femme; je vous crois aisément, car je puis vous assurer que votre mari sera pendu...

D'autres racontent Bazeilles; Bazeilles coupable d'avoir, par son héroïsme, retardé d'une heure la capitulation de Sedan; Bazeilles incendié maison par maison, massacré habitant par habitant; Bazeilles, où les Bavarois de Von der Thann, ayant fusillé à bout portant ou lardé de coups de pointe vieillards, enfants, femmes, revenaient le lendemain, inassouvis, parachever leur hideuse besogne, conduisaient froidement au supplice ceux qui avaient survécu, et broyaient contre les murs le crâne de pauvres petits êtres errant au milieu des ruines; Bazeilles enfin, dont il ne reste plus que des pierres tachées de sang et des souvenirs qui seront l'éternelle flétrissure des bourreaux d'outre-Rhin!

C'est de la bouche même des acteurs ou des témoins de ces drames sinistres qu'il faut en recueillir les scènes. Car ces récits sans suite apparente font l'histoire; une histoire dont les pages laisseront longtemps pensifs nos arrière-neveux.

Par moments, dans la foule qui se presse autour des tentes et des cuisines improvisées entre deux pierres, on entend un appel : — « Mon régiment? ma compagnie? Subsistent-ils seulement? » Et l'on aperçoit, fendant les

groupes, un homme, un soldat au costume déchiré, ra-
piécé; au visage noirci par la poudre, la poussière et le
soleil. C'est un revenant, un camarade sur lequel on ne
comptait plus, dont parfois l'oraison funèbre a été faite là-

Un revenant.

bas ou ici, et qui arrive de Sedan ou de la frontière belge...
Comment? La plupart du temps, il n'en sait rien lui-même;
il a marché la nuit sur les routes; il a marché le jour dans
les bois; il a fini par atteindre une station de chemin de
fer, une voiture qui lui a abrégé une partie de la distance.
Quelquefois, il vient de franchir à pied les cinquante ou

soixante lieues qu'il a encore allongées par son inexpérience des chemins ou la crainte de tomber dans un parti
ennemi.

Petit à petit, les revenants se succèdent. Le faible
noyau que formaient d'abord ces débris grossit bientôt;
des compagnies se retrouvent; des bataillons se reforment. Au milieu des spectacles qui sont devenus sa vie de
chaque jour, Paris redouble de vigueur dans ses apprêts.

Si les peureux s'éloignent, si les gares sont encom-
brées des faibles, des impuissants, des timorés, des malades, des vieillards et des femmes fuyant devant le
danger, ceux qui restent s'animent, se rapprochent, se
serrent; et, à travers cette grande communion des courages, parmi cette foule ardente, électrisée, court un
patriotique frémissement.

CHAPITRE II

L'HEURE DES SACRIFICES

L'opinion d'un Alsacien. — Premiers symptômes. — Les espérances d'outre-Rhin. — Deux journalistes. — A l'état-major. — L'ordre de marche prussien. — La commission des barricades. — L'incendie des forêts et la chute des ponts. — Paris devant Strasbourg. — Autour des groupes. — La revue du 13 septembre.

Dans la soirée du 4 septembre, parmi la multitude, dans les salons de l'Hôtel de Ville, se trouvait un ancien correspondant du *Temps* en Allemagne. M. Eug. Seinguerlet, celui-là même qui, ému à la pensée de nos effectifs insuffisants, de nos forteresses dégarnies, de nos services désorganisés, de nos généraux ignorants de la grande guerre, et témoin de la foudroyante campagne de Sadowa, avait traduit en dix mots l'impression causée en lui par l'organisation prussienne :

« Ce n'est pas une armée, c'est une machine à broyer des bataillons. »

Ernest Picard le connaissait. Il lui demanda :

— Quelle influence croyez-vous que cette journée puisse exercer en Allemagne?

— Aucune; elle ne retardera pas de vingt-quatre heures la marche sur Paris.

— Que feriez-vous?

— La paix.

— Et c'est vous, un Alsacien, qui le dites?

— Oui.

Ce sentiment, qui impliquait de la part de ceux qui en étaient imbus le devoir étroit, en se retirant, de ne point entraver une œuvre à laquelle ils ne croyaient pas, plus d'un des membres du gouvernement nouveau l'éprouvait, sans avoir osé tout d'abord se l'avouer à soi-même. Moins d'une semaine après son installation, des rumeurs sourdes, répercutées par quelques journaux, dénonçaient dans le ministère l'existence de deux camps : le groupe des timides, le groupe des hardis. On désignait M. Ernest Picard, ministre des finances, comme l'âme du premier ; M. Gambetta, de toute sa fougue de tribun, dominait le second. Rien, pourtant, n'était venu clairement déceler des difficultés intestines. Des indiscrétions seules, au sortir des séances du conseil, pouvaient apprendre à quelques familiers de l'Hôtel de Ville que le gouverneur de Paris, invité à se montrer aux gardes nationales en les convoquant à une revue solennelle, se dérobait en allé-guant la perte de temps qu'occasionnerait la revue ; que, sur les aigres réclamations de l'irascible et indécis Vinoy, l'on n'avait osé le subordonner à l'entreprenant Ducrot, un cadet de grade ; que, devant l'imminence du péril, le gouvernement ne savait encore s'il s'établirait en terri-toire libre ou s'enfermerait dans la capitale ; que, des dé-légués des divers ministères ayant émigré vers Tours avec une portion du personnel primitif, le ministre de la justice, Crémieux, parti à leur tête et représentant à lui seul tout le gouvernement, avait obstinément refusé de partager avec aucun collègue le poids de la tâche écrasante qui allait lui incomber[1] ; qu'après bien des discussions, enfin,

---

1. Glais-Bizoin, *Cinq mois de dictature.*

on s'était résolu à composer de trois membres la délégation de Tours, mais que nul ne consentait à figurer parmi
les trois.

L'Allemand, lui, espérait fermement n'avoir qu'à
ouvrir la main pour saisir la proie. C'était une opinion
accréditée, de Reims jusqu'aux confins de la Silésie,
qu'une paix dictée par le vainqueur n'était plus qu'une
affaire de jours, peut-être d'heures. Si, parmi les hommes
de la Défense nationale, quelques-uns envisageaient la
résistance comme « une héroïque folie », la plupart de
nos adversaires montraient l'intime conviction de n'avoir
point à redouter cette folie-là. Les chefs de corps n'étaient
pas loin de penser qu'une marche vivement conduite pren-
drait Paris au dépourvu. Dans l'armée, on espérait mieux
encore, et, de l'autre côté du Rhin, nul n'eût osé conce-
voir le moindre doute. Toutes les Gretchen teutonnes
saluaient déjà le retour prochain de leurs fiancés. Les
feuilles tudesques s'accordaient à considérer le reste du
chemin à parcourir, pour les soldats de Guillaume, comme
une simple promenade militaire.

Le rédacteur historiographe de la campagne pour
le compte de la *Gazette de Cologne* écrivait de Château-
Thierry à son journal :

« Ils n'ont à Paris que 25,000 hommes de troupes
régulières, 18 bataillons des départements voisins,
10,000 gardes champêtres, autant de pompiers. Comptons
encore 50,000 gandins, *petits crevés* et autres vagabonds,
qui se sauveront devant la première patrouille de uhlans,
— je ne parle pas du premier obus, — et nous aurons
tout dit. »

Un confrère du correspondant précité, M. Arnold
Wellmer, arrêté par un embarras de wagons, expédiait à
sa famille ces lignes convaincues :

« Je vous écris de Faulquemont, qui va reprendre son
honnête nom allemand de Falkenberg. On me dit la
voie obstruée. Quel malheur! Je ne verrai point la bataille
devant Paris, car je n'y arriverai pas avant quinze jours;
et dans quinze jours nos camarades se promèneront depuis
longtemps sur les boulevards! »

Le grand état-major, malgré un optimisme après
tout fort justifiable, ne se guidait cependant ni sur des
suppositions aussi cavalières, ni sur des prophéties aussi
fantaisistes. On n'y méconnaissait pas la grandeur du
mouvement qui entraînait la République à tout entrepren-
dre pour venger la France des désastres de l'empire. Le
Journal officiel y avait apporté la série des décrets et des
proclamations du gouvernement de la Défense nationale.
D'autres journaux y avaient fait connaître des détails susceptibles de donner matière à réflexion. — « Si jamais
les Prussiens forçaient la première enceinte, avait dit le
gouverneur de Paris à M. Henri Rochefort, je vous nom-
merais général des barricades et je vous remettrais le
soin de la défense intérieure. » Et comme il l'avait dit
il l'avait à peu près fait. Sans attendre qu'une occurrence désespérée se manifestât, le général Trochu avait
institué une *Commission des barricades,* avec Rochefort
pour président. Des barricades?... Enfantillage! s'écriait
à la vérité maint officier français. Mais, du côté des envahisseurs, on paraissait disposé à une appréciation moins
dédaigneuse.

Ce n'était point un obstacle à mépriser, qu'un réseau
de barricades dans une cité où les rues offraient plusieurs
centaines de kilomètres de développement. Peut-être le
roi Guillaume y songeait-il lorsqu'il s'écriait, à peu de
jours de distance, dans un accès de philanthropie expan-
sive que ses sujets ont enregistré :

— Assez de sang. Nous ne livrerons pas l'assaut.
Nous prendrons Paris par la faim et par la soif!

Il ne faut jamais traiter d'enfantillage l'effort d'un
peuple combattant *pro aris et focis*. Le vieux Moltke le
savait bien. A son quartier général, il y avait aussi des
hardis et des timides. Un officier supérieur, attaché au
grand état-major, nous a laissé le résultat des médita-
tions du stratégiste calme qui, entendant ne rien laisser
au hasard, demeurait avec ceux-ci :

« En dehors du blocus, un seul procédé aurait pu
être mis en usage : celui d'une attaque de vive force.
Mais on n'aurait eu que de très minimes chances de succès
contre une place aussi sérieuse, protégée par des forts
et un corps de place, tous à l'abri d'un assaut. Quelque
insuffisamment organisées que fussent encore les forces
ennemies, elles auraient suffi cependant, grâce à leur
nombre, pour opposer derrière leurs remparts et *dans les
rues* de la capitale une résistance que n'aurait pu surmonter peut-être l'attaque la plus héroïque des troupes
même les plus braves... Puis, les conséquences d'un assaut manqué eussent été incalculables. Quel essor aurait
pris, dans tout le pays, l'organisation de la résistance !
La confiance morale du défenseur d'une part, et d'autre
part les pertes énormes qu'eût subies l'assaillant dans sa
tentative malheureuse, auraient rendu impossible toute
entreprise ultérieure ayant pour objet de bloquer Paris[1]. »

Aussi, le grand conducteur des armées allemandes,
avec ce sang-froid méticuleux et cette prudence métho-
dique qui jamais, depuis le début des hostilités, n'avaient
consenti à engager des troupes contre un adversaire
insuffisamment inférieur en ressources, traçait-il l'iti-

---

1. Le major W. BLUME, *Opérations des armées allemandes après Sedan.*
Traduction Costa de Serda.

néraire simultané des corps destinés à l'investissement.

Les forces primitives de l'invasion (environ 450,000 hommes et 1,200 bouches à feu) avaient été divisées en trois armées.

La Ire armée (général Steinmetz) était entrée par Forbach, refoulant le corps Frossard.

La IIe armée (prince Frédéric-Charles), suivant une route parallèle, et venant se joindre à la Ire, avait barré la route de Verdun, coupé les communications de Bazaine et isolé le maréchal dans Metz.

La IIIe armée (prince royal de Prusse) avait pénétré par Wissembourg, écrasé en passant le corps Abel Douay jeté là comme une sentinelle perdue, et enfoncé à Frœschwiller les 45,000 hommes de Mac-Mahon.

Le blocus définitif de Metz et l'inaction de Bazaine avaient motivé bientôt une nouvelle distribution : avec les corps de la Ire et de la IIe armée, non maintenus sur la Moselle, renforcés par la garde et par des corps arrivant d'Allemagne (IVe corps, prussien ; XIIe corps, saxon) ; plus les 5e et 6e divisions de cavalerie, on avait formé de nouvelles colonnes, sous le nom d'*armée de la Meuse*. Celle-ci, placée sous le commandement du prince royal de Saxe, venait d'opérer conjointement avec la IIIe armée (Fritz). De la combinaison de ces deux masses, jointe à l'impéritie de Napoléon III, était résulté Sedan.

Donc, à la date du 15 septembre, les troupes en marche sur Paris et débarrassées désormais de toute barrière devaient occuper les positions suivantes :

Pour l'armée de la Meuse :

IVe corps (général d'Alvensleben), — Villers-Cotterets.

Corps de la garde (prince Auguste de Wurtemberg), — la Ferté-Milon.

XIIe corps (prince de Saxe), — Monthiers.

5° division de cavalerie (général de Rheinbaben), — Nanteuil-le-Haudouin ;

6° division de cavalerie (duc Guillaume de Mecklembourg), — Senlis.

Pour la III° armée :

VI° corps (général de Tumpling), — Meaux et Crely.

V° corps (général de Kirchbach), — Farmoutiers.

II° corps bavarois (général de Hartmann), — Rozoy.

2° division de cavalerie (général de Stolberg), — Tournan.

4° division de cavalerie (prince Albrecht de Prusse), — Provins. .

Et, un peu en arrière, — car il avait fallu garder les prisonniers de Sedan :

XI° corps (général de Bose), — Reims.

I°° corps bavarois (général de Thann), — Épernay.

Division wurtembergeoise (général de Obernitz), — Château-Thierry.

Soit, 250,000 hommes, avec 800 bouches à feu.

L'armée de la Meuse avait pour tâche de se répandre sur les fronts nord de la capitale, suivant la rive droite de la Seine et la rive gauche de la Marne ; l'armée du prince royal devait fermer toute issue vers le sud ; l'une et l'autre se maintenant, sur leur ligne la plus avancée, hors de la portée efficace de l'artillerie des forts [1].

L'heure des sacrifices, pour nous, était venue.

1. Ordre de marche arrêté au grand quartier général :
Armée de la Meuse. — La 6° division de cavalerie, avec deux équipages de pont et le 4° bataillon de chasseurs, séjournera le 17 septembre à Beaumont et à Pontoise ; marchera le 18 sur Poissy, y jettera un pont sur la Seine, poussera son avant-garde sur la rive gauche et prendra position le 19 vers Chevreuse.

La 5° division de cavalerie se portera, le 17, sur Monsoult ; le 18, sur Pontoise ; le 19, entre Poissy et l'aile gauche de la 6° division.

Le IV° corps fera séjour, le 17, à Nanteuil ; marchera, le 18, sur Ménil-

Sacrifices volontaires, sacrifices immenses, mais dont chacun comprenait la nécessité.

A d'autres d'évaluer les millions qui s'en vont en fumée ou qui restent noyés sous les eaux, lorsqu'on met le feu à une forêt, à un village, ou qu'on fait sauter les écluses d'un canal... Les patriotes, eux, disaient : un mois d'occupation par un ennemi dévastateur, cela ne se chiffre pas par millions, mais par milliards !

Que de pertes, que de désastres, que de capitaux et d'existences engloutis parce que nous n'avions pas su à temps faire les sacrifices utiles !

Amelot; le 19, sur Saint-Brice, en poussant ses avant-postes sur la ligne Argenteuil, Deuil, Montmagny, Sarcelles.

La brigade de uhlans de la garde établira par Saint-Germain, si c'est possible, la liaison avec la 5e division.

Le corps de la garde séjournera, le 17, à Acy; se portera, le 18, sur Thieux; le 19, sur Roissy, avec avant-postes sur la ligne Arnouville, Garges, le Blanc-Mesnil, Aulnay-lès-Bondy.

Le XIIe corps séjournera, le 17, vers Lisy; marchera sur Claye le 18, et, le 19, s'établira sur la ligne Sevran, Livry, Montfermeil, Chelles.

Armée du Prince Royal. — La 2e division de cavalerie franchira la Seine, le 17, à Ris, Juvisy et Villeneuve; le 18, elle se dirigera sur Saclay, en cherchant à se mettre en communication avec la division de Chevreuse.

Le Ve corps se portera, le 17, vers Villeneuve-Saint-Georges, passera la Seine le 18 et ira jusque vers Palaiseau et Bièvre; le 19, il occupera Versailles et poussera ses avant-postes vers Saint-Cloud, Sèvres et Meudon.

Le IIe corps bavarois franchira la Seine près de Corbeil; le 17, il prendra ses cantonnements sur la rive gauche; il marchera, le 18, sur Longjumeau, en envoyant une brigade sur Montlhéry. Le 19, il s'avancera vers Paris, et établira ses avant-postes du parc de Meudon à l'Hay.

Le VIe corps se portera, le 17, aux environs de Roissy et d'Ozouer-la-Ferrière; le 18, sur Villeneuve-Saint-Georges et Brunoy. Le 19, passage de la Seine; avant-postes de la Bièvre à l'Hay, avec fort contingent à Choisy-le-Roi.

La 4e division de cavalerie franchira la Seine, le 17, à Fontainebleau pour éclairer le pays dans la direction de la Loire.

Le Ier corps bavarois se dirigera de manière à atteindre Montlhéry, par Corbeil, le 22.

Le XIe corps d'armée, de façon à passer par Meaux pour gagner, à la même date, Boissy-Saint-Léger.

La division wurtembergeoise s'avancera dans la vallée de la Marne, le 18, jusqu'à Lagny.

Fallait-il laisser à Paris sa ceinture verdoyante de
bois, laisser au Prussien les taillis pour s'y embusquer?
les fourrés touffus de Bondy, de Meudon, de Clamart,
pour y prendre ses fascinages et se faire un abri contre
notre canon? nos hêtres et nos chênes pour réparer ses
batteries? nos bouleaux et nos tilleuls pour élever des
palissades?

Le feu et la hache, tardivement, éclaircissaient l'horizon
de notre enceinte.

La forêt de Bondy, les bois de Montmorency, de Saint-
Gratien, d'Enghien, étaient en combustion.

« Bientôt, se disait-on, viendra le tour des bois de
Ville-d'Avray, de Saint-Cloud, de Meudon, de Saint-
Germain... de tout ce qui peut offrir un asile à l'ennemi,
un obstacle au défenseur. »

Le feu est un auxiliaire terrible, mais c'est aussi un
auxiliaire capricieux. Nul n'en peut répondre. Tantôt
la plus faible étincelle se communique de branchage en
branchage avec une effrayante rapidité; tantôt la flamme,
un instant montée jusqu'au ciel, redescend, se calme et
s'éteint. D'ailleurs, dans l'incendie d'une forêt, il n'y a
pas seulement un foyer qui crépite et grandit. Il y a aussi,
du côté où ne souffle pas le vent, du côté où la terre et
l'écorce ont gardé de la dernière pluie des traces plus
humides, l'incandescence qui couve sous les rameaux
tombés et les feuilles encore vertes. Parfois, les cendres
brûlantes du brasier principal, emportées au loin, viennent
créer, à des moments inattendus, des foyers secondaires.

« La forêt de Bondy, disait à ce propos l'un des ingé
nieurs de la défense, a été mise en feu il y a deux jours.
Pendant toute une nuit, des lueurs ont éclairé le ciel,
puis ont soudain semblé disparaître. L'œuvre de destruction, pourtant, était loin d'être consommée. A l'heure

qu'il est, et pour un temps qu'il n'est au pouvoir de personne de fixer encore, la forêt, immense brasier aux rougeurs intermittentes, s'illuminera et s'éteindra tour à tour ; opposant à la marche de l'ennemi, à l'instant où peut-être il sera le plus loin de s'y attendre, une infranchissable digue, une digue de flammes. »

Vains calculs ! Dans tous les bois où nous portions la torche, de menues branches crépitaient et entretenaient bien, pour quelques jours, un maigre bûcher ; mais la sève d'automne s'opposait vite à la marche envahissante du fléau.

Néanmoins, si nos forêts refusent de se consumer, les forces destructives que Paris a mises en jeu autour de lui rencontrent des résistances moins opiniâtres. Nos travaux d'art, les ponts, les viaducs qui assuraient la continuité des communications du dehors ; toutes ces œuvres qui représentent des années et des millions sont immolées à la défense nationale.

Il ne se passe guère vingt-quatre heures, depuis une semaine, sans que l'alerte ne se répande parmi quelques-uns des gardes nationaux qui surveillent les abords de l'enceinte parisienne.

La nuit a été calme, les sentinelles n'ont rien vu ni entendu encore... Une détonation retentit.

— Aux armes ! crie-t-on.

Chacun sort du demi-sommeil où les heures monotones l'avaient petit à petit plongé, chacun arme son fusil et interroge l'horizon...

Rien qu'un léger nuage grisâtre, — fumée de poudre et de poussière mélangées, — qui s'élève au loin.

Un pont vient de sauter.

La mine, en jouant chaque nuit, met entre les Prus-

siens et nous ces deux larges fossés naturels qui s'appellent la Seine et la Marne.

A l'inertie coupable des semaines précédentes a succédé une véritable fièvre de dévastation. Ponts, viaducs,
ouvrages de toute sorte, sont livrés, sans compter, à
la poudre ou à la dynamite. On sacrifie jusqu'au pont
d'Asnières, aboutissant à la presqu'île de Gennevilliers
que barre une seconde fois la Seine! Sur plus d'un autre
point, on oublie de se demander si l'œuvre détruite n'eût
pas été plus utile à l'assiégé qu'en l'assiégeant. Enlever
à celui-ci les moyens de parvenir jusqu'à nous, c'est
aussi nous ôter les moyens de parvenir jusqu'à lui. Jeter
bas les millions serait peu; mais compromettre les len-
demains de la résistance constitue une faute irrépa-
rable. Le génie militaire semble vouloir confiner Paris
dans un rôle de défense passive et lui interdire tout retour
vers le dehors.

Et cependant les abords de l'immense forteresse ne
sont pas rendus, sur toute leur périphérie, inaccessibles
à un ennemi grisé par ses succès. Aussi les ouvriers
appelés par l'autorité militaire viennent-ils en foule aider
les soldats du génie et les gardes mobiles à semer d'obstacles les routes.

En avant des points vulnérables de notre double enceinte, on pratique de nombreux travaux, — travaux d'ordre
secondaire, il est vrai, mais qui donneront aux ouvrages
intérieurs le temps de s'achever. Les grands chemins et
les avenues sont coupés de tranchées, entravés par des
abattis d'arbres ou des amoncellements de matériaux de
toute sorte. Plus près, on creuse des trous-de-loup, que
l'on garnit de pieux aigus. Nos belles voies extérieures se
métamorphosent en une série d'échiquiers.

Au sommet des buttes Montmartre, sur un terrassement de sable, derrière un parapet dûment gabionné, s'alignent en batterie huit splendides canons de la marine, de ces canons dont la portée utile dépasse 7 kilomètres. Leur tir protège les sinuosités du cours de la Seine et peut envoyer des boulets jusqu'à Argenteuil.

Sur le versant nord des buttes, derrière la tour Malakoff dont les **Parisiens** connaissent bien les murs bariolés, on a placé une batterie semblable, dont les feux plongeants passent entre le fort de la Briche et ceux de Saint-Denis.

A mesure que les journées s'écoulent, les préoccupations de la défense embrassent un plus vaste champ.

Chacun vient joindre son effort à l'effort de chacun. Tandis que le soldat aiguise sa lame ou compte ses cartouches, tandis que l'ouvrier taille glacis ou créneaux, le savant guerroie aussi à sa façon. Courbé sur sa table de travail ou sur son fourneau de chimiste, il arrache à la science des moyens de combat nouveaux et imprévus.

Puis, à l'inverse des faiseurs de projets, on voit ceux qui, plus modestes, se bornent à chercher quelles précautions simples et immédiates nous avons à prendre contre l'ennemi.

Les secrétariats des ministères sont pleins de lettres, les journaux sont pleins d'articles où chacun vient signaler les *desiderata* de la situation. Les observations pratiques s'y heurtent aux idées saugrenues.

L'un prescrit un examen attentif des issues souterraines et une surveillance rigoureuse exercée sur les ouvertures des carrières ou des catacombes. D'autres nous mettent en éveil au sujet du rôle que pourrait jouer notre système d'égouts. Les envahisseurs, prétendent-ils, auraient songé déjà à en tirer parti pour pénétrer. Ils savent qu'on peut s'y tenir à hauteur d'homme; ils connaissent exactement la situation des bouches, leurs dimen-

sions, qu'au besoin ils se feraient forts d'agrandir ; et ils
ont un plan tout tracé pour faire usage de ces précieuses
notions.

Rien, au surplus, n'autorise à accueillir ironiquement
les appréhensions même les plus exagérées. Les armées
que nous nous préparons à combattre possèdent la connaissance minutieuse de la topographie du sol et de la
configuration de la place, comme aussi des ressources
de ses abords ; de ces ressources que nous nous efforçons,
— infructueusement, — d'anéantir.

Dans une brochure publiée à Berlin, en 1867, par un
capitaine de l'artillerie prussienne, ne lit-on pas qu'en cas
d'attaque de Paris, la forêt de Bondy serait d'un précieux
secours aux assaillants, qu'ils pourraient aisément s'y dissimuler, et que rien ne leur serait plus facile que de s'en faire
un refuge en supposant un assaut repoussé de ce côté?

On le voit, ce n'est point d'aujourd'hui que date la
prédilection du Prussien pour les bois. L'attrait que lui
inspire la forêt de Bondy n'a d'ailleurs rien de surprenant.
— Ce n'est que de l'instinct, sans doute !

Cette exclamation, chacun la jetait involontairement
au récit, apporté chaque jour par les quelques journaux
étrangers qui nous parvenaient encore, des atrocités commises par l'armée assiégeant Strasbourg.

On se racontait avec horreur les scènes du bombardement, la destruction de monuments séculaires, l'incendie de cette bibliothèque sans pareille à laquelle la
science allemande doit tant.

Nous apprenions d'avance ce qu'allait être le siège, et
nous disions à Strasbourg merci, pour nous avoir montré
à souffrir.

Sur un des côtés de cette place, unique au monde,

dont l'histoire a enregistré les fastes en la désignant tour
à tour sous les vocables de place Louis XV, place de la
Révolution et place de la Concorde, — non loin des premières arcades de la rue de Rivoli, s'élève, entre deux
figures allégoriques du même genre, une statue de pierre
posée sur un socle élevé.

La base de granit porte, incrusté en lettres capitales,
ce nom désormais immortel :

STRASBOURG.

Les promeneurs qui naguère traversaient la place,
n'accordaient à l'image sculptée qu'une attention promptement distraite ; leurs yeux se portaient plus volontiers
vers les jets d'eau éblouissants, les façades monumentales
et les avenues dont les arbres, près de là, dressent leurs
cimes vers le ciel.

Tout au plus si parfois, en contemplant la statue, quelque enfant s'extasiant sur ses dimensions la désignait
du doigt.

— Qu'elle est grande !

Ce que l'enfant eût dit alors, chacun le redisait maintenant en se découvrant le front. Autour du piédestal, Paris
défilait, tantôt grave et recueilli, tantôt fiévreux et emporté.

En accourant en foule au pied de la statue devenue
comme l'incarnation de l'antique capitale de l'Alsace,
Paris ne voulait pas seulement rendre hommage à la
gloire de Strasbourg ; Paris venait chercher un exemple.
Et c'était un moment saisissant que celui où une multitude tout enflammée d'une sombre énergie s'écriait, en
levant la main vers l'image ensevelie à moitié sous les
drapeaux et les emblèmes :

« Nous jurons tous de faire comme toi ! »

Paris devant Strasbourg.

Dès le premier jour, un registre était ouvert, recevant les signatures des citoyens. Sur la première page, les membres du gouvernement de la Défense nationale avaient tracé leurs noms au-dessous de cette dédicace :

Honneur à nos frères défenseurs de Strasbourg.

Le piédestal abondait en inscriptions votives, mêlées aux fleurs et aux couronnes que des mains pieuses apportaient.

Tout en haut brillaient ces quatre mots destinés à rester dans le souvenir des générations futures comme la devise sublime de ceux qui défendaient Strasbourg :

VIVRE LIBRES OU MOURIR !

Des poètes avaient aussi apporté leur tribut : odes, stances, quatrains se pressaient côte à côte. Certes, il ne fallait pas nourrir d'illusion ; Corneille eût fait mieux, les versificateurs improvisés n'avaient pas su toujours respecter la cadence ni donner à la rime toute la richesse à laquelle elle avait droit... Qu'importe! C'est avec ces documents-là que se reconstruit l'histoire.

Des frissons couraient dans cette foule dont les noms venaient pêle-mêle remplir le registre d'honneur : les fils avec leurs pères, les femmes avec leurs maris. Des bouquets, des palmes étaient hissés au faîte de la statue, aux applaudissements de l'assemblée. Entreprise parfois périlleuse. On vit un tout jeune gars risquer presque sa vie pour aller poser sur la tête de Strasbourg une couronne civique.

L'enfant redescendu, on lui demanda son nom.

— Je m'appelle Eugène Ferrand.

6

En voilà un qui, certes, aura dans son existence un ineffaçable souvenir.

Le livre des signatures, richement relié, est soigneusement conservé parmi nous. Mais c'est à Strasbourg elle-même qu'il appartient, et s'ils eussent vu inscrits sur ses feuillets les noms de leurs frères de Paris prêts à les suivre dans la voie glorieuse qu'ils traçaient, nos frères d'Alsace eussent pu dire :

« Nous étions le drapeau; ils sont, eux, la légion! »

Ainsi s'enflammaient les cœurs. Tout entier aux pensées généreuses, absorbé par la grande œuvre de la lutte prochaine, Paris ne prêtait qu'une attention médiocre aux bruits de médiation diplomatique dont quelques gazettes essayaient quotidiennement de l'entretenir.

« Quoi! entendait-on dire dans les groupes, quoi! les hordes de Guillaume souillent notre territoire, l'Allemagne foule le sol de la France, ses soldats bouleversent nos villes, incendient nos villages, dévastent nos champs, outragent nos femmes, enchaînent nos frères et nos fils, fusillent nos paysans, brûlent nos fermes, dévorent nos moissons....., et l'on vient nous parler de paix!

« Paris, avec ses trois cent mille combattants, peut résister; Paris doit se défendre.

« Que les faibles s'en aillent; que les pusillanimes disparaissent; que les poltrons fuient pendant qu'il en est temps encore. Paris ne veut pas de timides dans ses murs; il lui faut des hommes et non point des lâches. »

Voilà ce que l'on entendait. Et il n'y avait qu'une voix pour le redire. Car ils ne laissaient rien derrière eux, les successeurs d'Attila.

Ils savaient sur le bout du doigt l'art de piller avec méthode et de détruire selon les règles.

Là où ils ont passé, il ne reste plus qu'un désert.

Ils ne demandent pas, ils prennent. Si on leur résiste, ils fusillent. Du reste, ils fusillent aussi si on ne leur résiste pas.

Peut-être ne viendront-ils pas sous Paris, pensait-on par moments; peut-être songent-ils à voler, à violer, à assassiner la France.

D'aucuns assuraient qu'un de leurs corps se dirigerait sur la Normandie, d'où il se rabattrait du côté de la Picardie; qu'un autre corps, passant par Dijon, aurait pour objectif les fertiles provinces de la Loire; qu'un troisième marcherait vers l'Ouest, et qu'ils mettraient ainsi en coupe réglée nos plus riches provinces.

L'exaspération arrivait alors à son comble. Il fallait entendre dans les cafés, sur les boulevards, devant les mairies, les discussions entre citoyens et les apostrophes aux envahisseurs! En se reportant à ces heures de colères et d'enthousiasme, on comprend mieux toute la grandeur du rôle que se proposait de jouer la population parisienne : sauver la France!

Cette effervescence patriotique se manifestait partout, mais principalement dans les grandes réunions, où le contact des hommes entre eux, où le choc des discours et des idées attisaient encore le feu allumé dans les âmes.

Telle la revue de la garde nationale, enfin passée le 13 septembre par le gouverneur de Paris.

Trois cent mille citoyens défilant aux cris de : Vive la France! Vive la République! et jurant sur leurs armes de vaincre ou de mourir : tel fut le spectacle auquel assista Paris ce jour-là, sur toute la profondeur de l'immense revue qui, de la place de la Bastille, déployait ses colonnes jusqu'à l'Arc de Triomphe.

Inoubliable souvenir, que l'écho prodigieux de ces acclamations. Tableau grandiose d'union qui arrachait à l'impassible Trochu cet ordre du jour aux phrases ardentes :

ORDRE

Jamais aucun général d'armée n'a eu sous les yeux le grand spectacle que vous venez de me donner : trois cents bataillons de citoyens, organisés, armés, encadrés par la population tout entière, acclamant, dans un concert immense, la défense de Paris et de la liberté.

Que les nations étrangères qui ont douté de vous, que les armées qui marchent sur vous ne l'ont-elles entendu! Elles auraient eu le sentiment que le malheur a plus fait en quelques semaines, pour élever l'âme de la nation, que de longues années de jouissances pour l'abaisser. L'esprit de dévouement et de sacrifice vous a pénétrés, et déjà vous lui devez le bienfait de l'union des cœurs qui va vous sauver.

Avec notre formidable effectif, le service journalier des gardes dans Paris ne sera pas de moins de soixante-dix mille hommes en permanence. Si l'ennemi, par une attaque de vive force, ou par surprise, ou par brèche ouverte, perçait l'enceinte, il rencontrerait les barricades dont la construction se prépare, et ses têtes de colonne seraient renversées par l'attaque successive de dix réserves échelonnées.

Ayez donc confiance entière, et sachez que l'enceinte de Paris, défendue par l'effort persévérant de l'esprit public et par trois cent mille fusils, est inébranlable.

Gardes nationaux de la Seine et Gardes mobiles,

Au nom du gouvernement de la Défense nationale, dont je ne suis devant vous que le représentant, je vous remercie de votre patriotique sollicitude pour les chers intérêts dont vous avez la garde.

A présent, à l'œuvre dans les neuf secteurs de la défense. De l'ordre partout, du calme partout, du dévouement partout !

Général TROCHU.

Le Défilé des troupes.

Depuis l'heure mémorable où Mirabeau, du haut de
la tribune, demandait aux législateurs de 1789 de voter
l'institution de la *Garde bourgeoise*, bien d'autres fois
déjà la milice citoyenne s'était trouvée mêlée à nos événements nationaux; jamais elle n'avait affirmé et jamais
on n'avait affirmé avec un tel éclat sa volonté de participer
aux destinées du pays.

Ces longs vivats n'étaient pas seulement un vœu de
délivrance et un cri de guerre jeté par trois cent mille
poitrines. C'était la voix même de la patrie qui criait :
En avant!

CHAPITRE III

L'INVESTISSEMENT

Tirage au sort ou scrutin? — Un tiers de dictature. — La délégation de Tours. — Le dernier convoi. — Escarmouches. — Les hussards de Blücher. — Le 19 septembre. — Châtillon. — La première torpille. — Les fuyards. — Le secret de l'avenir.

Le temps pressait. Le gouvernement de la Défense nationale restait-il ou partait-il? Une décision était urgente.

Un membre, un seul, M. Gambetta, avait émis l'idée de ne laisser à Paris, place de guerre, que le gouverneur, et de transporter à Tours tous les services ministériels avec leurs chefs. A Tours, on pouvait organiser des armées et administrer les départements. Motion écartée. A la rigueur, chacun de ceux qui plaçaient ainsi au-dessus des plus graves intérêts l'honneur de voir se dérouler une page imposante d'histoire, eût pu étayer d'un prétexte ses préférences. Toute explication raisonnable échappait en ce qui concernait M. Jules Favre, et pourtant le ministre des affaires étrangères, en dépit de toutes les objurgations, coupait ses communications avec les gouvernements étrangers.

A force de délibérer, on s'était mis d'accord sur un chiffre : trois membres du gouvernement se rendraient à Tours. Seulement, à l'heure du départ, tous persistaient

à demeurer dans Paris. De guerre lasse, quelqu'un parla
très sérieusement de mettre en loterie ce que chacun
s'obstinait à considérer comme une chance négative.

Écoutons un spectateur qui fut un acteur aussi,
M. Glais-Bizoin :

« Garnier-Pagès proposa de recourir au sort : sa proposition fut rejetée par cette considération que si certains
membres, les ministres des affaires étrangères, des finances
et de l'intérieur, par exemple, sortaient de Paris dans
ce moment, l'opinion publique en serait alarmée et pourrait croire que le gouvernement mettait en doute la défense de la ville.

« Le vote au scrutin fut préféré.

« Le premier tour me donna l'unanimité des voix
moins une. Un second tour fut impossible, tous ceux dont
les noms étaient tombés dans l'urne déclarant que, si le
sort les atteignait, ils ne partiraient pas [1]. »

M. Glais-Bizoin s'inclina donc, mais sans consentir
à accepter la moitié de dictature qu'on lui imposait. Un
tiers de la responsabilité lui paraissait suffisant. Il insista
pour l'adjonction d'un homme de guerre. L'amiral Fourichon, commandant en chef la flotte de la Baltique,
venait de débarquer à Cherbourg pour faire du charbon.
Le général Trochu l'offrit comme collègue. L'amiral avait
la réputation d'un bon et brave marin. Un décret le nomma
ministre de la guerre et de la marine, avec le titre de
délégué du gouvernement de la Défense nationale.

De forêts incendiées en ponts anéantis, de voies coupées en routes interrompues, le vide commençait à se
faire aux alentours. De toutes les directions affluaient

1. GLAIS-BIZOIN, *Dictature de cinq mois.*

vers le grand centre d'interminables files d'immigrants.

Bizarre cortège! accumulations incroyables! Tout ce qui avait des roues, — voitures, chariots, chars à bancs, brouettes, — tout avait été mis en réquisition. jusques et y compris les sombres véhicules des pompes funèbres.

Et là-dessus, des entassements invraisemblables : des portraits de famille gisant sur des matelas, des cages à perroquets se dandinant sur des étagères de salon, des piles de vaisselles vacillantes, des superpositions de paquets en équilibre à l'instar de la tour de Pise, des sacs de pommes de terre cahotés entre des meubles de Boule..., bref, un amas d'objets de tout acabit que leurs propriétaires s'empressaient de soustraire aux risques de l'invasion contre lesquels il n'y a pas d'assurance.

Négligeons pour l'instant le chapitre des approvisionnements ; il aura sa place ailleurs. La plupart des compagnies de chemins de fer avaient cessé leur trafic, mis à l'abri leur matériel, expédié leurs employés. Bientôt ceux qui partaient n'eurent plus à leur service que l'Orléans et l'Ouest. Le 17 septembre au matin, la ligne d'Orléans demeurait le seul lien par lequel Paris tînt au monde extérieur. Le 17 au soir, ce dernier fil fut rompu. Le 18, un train parti pour déménager les gares d'Ablon et de Choisy-le-Roi était reçu à coups de fusil par des hussards. Ces cavaliers étaient les mêmes qui, dans la nuit, soûls de vin et de bière, s'étaient répandus dans Ablon, avaient enfoncé les portes et tout mis à sac. Ils portaient d'ailleurs un nom prédestiné : les *hussards de Blücher*.

De moins lamentables rencontres, sur tout le périmètre de la banlieue, préludaient à l'action et, en plus d'un cas, refrénaient l'audace trop longtemps impunie des têtes de colonne allemandes. Fréquemment, c'étaient des irréguliers qui tentaient ainsi la fortune et essayaient

leurs forces dans des escarmouches d'avant-postes ; des
groupes dont l'organisation s'achevait ou même commençait à peine : Amis de la France, Éclaireurs de la Seine,
Tirailleurs de la République, Guérillas de l'Ile-de-France,
Éclaireurs du commandant Franchetti, Éclaireurs du commandant Poulizac et Éclaireurs de Paindray ; Francs-
Tireurs de la Presse, Éclaireurs des Ternes, Chasseurs
de Neuilly...

Les troupes régulières avaient aussi leur part dans ces
succès de début.

Près de Villejuif, le mobile Vigneau, de la 2ᵉ compagnie du 8ᵉ bataillon, se heurte dans une reconnaissance
à des dragons bavarois. Ajustant, sans s'émouvoir, avec
son chassepot, il tue d'abord l'officier commandant le
détachement, puis blesse un dragon ; il se saisit ensuite
d'un troisième, qu'il ramène prisonnier. Inutile de dire
comment il est reçu en revenant avec sa capture !

La compagnie du 25ᵉ de ligne casernée au fort de
l'Est, à Saint-Denis, se signale dans une reconnaissance
au Bourget. Le sergent-fourrier Lachize, avec deux compagnons, était chargé d'éclairer les environs pour reconnaître la force de l'ennemi. Ces trois hommes, arrivés à
2 kilomètres de nos avant-postes, se trouvent tout à coup
en face de huit uhlans, qui, à leur aspect, se groupent et
poussent vivement une charge. Aussitôt le fourrier Lachize
fait mettre ses deux soldats à genoux, ordonne de viser le
chef et de ne faire feu qu'au commandement. Il laisse
ainsi arriver la bande tenue en joue à 200 mètres ; puis,
commandant le feu, il étend raide mort le chef ; les autres
s'enfuient ; deux étaient blessés.

Un habitant du Bourget, M. Rougé, posté près de la
route qui du Bourget se dirige sur Pont-Iblon, attendait,
caché dans un taillis, le passage des uhlans signalés aux

environs. Il était armé d'un fusil de chasse à deux coups.
Bientôt il entend le trot des chevaux et aperçoit au loin
un peloton qui s'avance. Sans se troubler, il ajuste, fait
feu et voit tomber un cavalier; visant encore et tirant de
nouveau, il en abat un second ; les autres ont déjà tourné
bride.

Le récit de ces menus faits, dont un sentiment bien
excusable grossissait l'importance, jetait dans le concert
des bonnes volontés sa note encourageante. Tout était
loin, cependant, d'être prêt pour la défense. L'armement
des forts commençait à peine; les portes des remparts
restaient encore à édifier, et bien des bastions déserts
attendaient leurs canons.

« Si les Prussiens avaient eu le courage de nous
attaquer, disait à quelque temps de là le brave commandant C., nous n'avions pas, dans chaque embrasure, six
coups pour leur répondre! »

L'ennemi, nous le savons, était résolu à user de procédés moins hasardeux.

En tout état de cause, et dans l'ignorance où l'on se
trouvait de ses desseins, il importait, d'une part, de ne
lui rien laisser soupçonner de la faiblesse matérielle
des moyens de défense, et, d'autre part, de tenter au
moins un effort pour conserver les ouvrages avancés
construits à la hâte, ouvrages malheureusement dépourvus de relief, insuffisamment munis de quelques pièces
de campagne, et auxquels, en un mot, le manque de
temps n'avait pas permis de donner une valeur défensive
sérieuse.

La journée du 19 devait donc être disputée. Où porter
l'effort principal? Le simple bon sens eût suffi à dicter
la réponse : le front sud de Paris dessinait la ligne le long

de laquelle l'enceinte était dominée de l'extérieur à la
plus courte distance; il fallait tâcher de se maintenir en
possession des ouvrages ébauchés en avant du front sud.
D'ailleurs, à ne considérer les choses qu'à un point de
vue purement géométrique, le maintien de ces positions
obligeait l'ennemi à allonger de 12 ou 15 kilomètres le
circuit de l'investissement.

Pour cet effort, on disposait, à la vérité, d'un grand
nombre d'hommes, mais non de soldats. Les seules troupes susceptibles, non pas même de manœuvrer, mais
simplement de faire usage de leurs armes, comprenaient
le 13ᵉ corps (Vinoy), réorganisé tant bien que mal après
la retraite précipitée de Mézières, et les douze régiments
rappelés de province et rassemblés sous la rubrique de
14ᵉ corps, avec le général Ducrot pour chef; régiments
formés — comme au surplus ceux du corps Vinoy — à
l'aide des bataillons de dépôt et des jeunes gens appartenant à la deuxième portion du contingent; c'est-à-dire
de recrues ne possédant qu'un rudiment d'instruction
militaire.

Deux régiments, le 35ᵉ et le 42ᵉ, offraient seuls une
origine différente. Tout ce qui restait de nos vieilles
troupes de ligne! Quant aux marins, on les réservait
pour le service des forts.

L'avant-veille, une forte reconnaissance conduite par
le général d'Exéa (une division du 13ᵉ corps) avait découvert et refoulé l'arrière-garde d'un corps ennemi se
dirigeant sur Versailles en contournant Châtillon et Clamart. Le mouvement demi-circulaire entrepris de ce côté
par les troupes allemandes se dessinait nettement. — La
veille, une pointe de cavalerie ordonnée par le général
Ducrot avait confirmé les renseignements acquis et indi-

qué la mise en marche du gros des troupes du Ve corps, s'appuyant au VIe et suivi de près par le IIe corps bavarois [1].

Jusqu'à l'aube, s'effectuèrent les mouvements des troupes qui devaient défendre les hauteurs s'étendant vers le sud. Nos soldats passèrent la nuit sans camper et sans allumer de feux. Les Prussiens, eux, couvraient de leurs masses les crètes qui dominent Plessis-Piquet, celles de Fontenay, et restaient en observation ; tandis que d'autres régiments, défilant derrière et à travers le bois de Verrières, se dirigeaient sur Versailles.

L'aile gauche de notre petite armée, — une armée de quarante-cinq mille hommes environ, y compris deux bataillons de mobiles, — sous le commandement du général Caussade, avait couronné les collines de Bagneux, dont la chaîne subsiste jusqu'à Montrouge.

Le centre, commandé par Ducrot, faisait front à la route de Versailles et se rangeait en avant des ouvrages en terre de Châtillon.

L'aile droite enfin, ayant à sa tête le général d'Hugues, se massait devant les bois de Clamart.

Dès le jour, la première ligne, au Plessis-Piquet, prit bravement l'offensive et s'élança à la rencontre du Ve corps qu'elle arrêta au Petit-Bicêtre.

L'artillerie française ouvrit le feu.

Décimées d'abord par un tir d'une remarquable justesse, les troupes adverses ne tardèrent pas à se déployer pour prendre leurs positions de combat, tandis que leur nombreuse artillerie nous envoyait, à son tour, une grèle de projectiles.

Nos jeunes soldats, allant au feu pour la première fois, ne se laissèrent troubler néanmoins que pendant

---

1. Voyez la note sur l'ordre de marche d'armée du Prince Royal, page 31.

quelques minutes. Déployés en tirailleurs, de façon à
offrir plus de surface et moins de corps aux projectiles
ennemis, ils ripostèrent vigoureusement de leurs chassepots. Riposte insuffisante, par malheur, et surtout à
laquelle ne faisait écho que dans une trop mesquine
mesure le grand accompagnement du canon.

Deux fois ces braves jeunes gens, après un court
mouvement rétrograde, se lancèrent à la charge avec
impétuosité. Le combat, pendant une heure, se poursuivit
opiniâtrement. Le moment était venu, pour les brigades
prussiennes engagées, de réclamer l'assistance des réserves, lorsque la brigade d'avant-garde du Ier corps bavarois, survenant à l'improviste sur le flanc gauche français, le culbuta. — La route de Versailles était grande
ouverte aux troupes du Prince Royal.

Devant le nombre sans cesse croissant des assaillants,
on se replia sur les ouvrages de Châtillon et de Clamart.
A Clamart, le fortin, que la coupable incurie du ministère
précédent avait négligé, n'avait pu être mis en état de
défense. Il était miné ; malheureusement une seule torpille
joua, en avant du fort de Vanves.

Pendant quelques moments l'ennemi ralentit sa marche. On eût pu croire qu'il l'interrompait.

Vers midi, un long moment de silence.

Tout se taisait, la fusillade au loin et le canon aux forts.

Ce n'était qu'un intermède.

Bientôt le grondement de la bataille se fit entendre
de nouveau ; l'attaque et la défense de la redoute de Châtillon commencèrent avec une égale fureur.

Dans cette redoute, un charpentier attaché au génie
était au travail, à l'instant des premiers coups de canon.
Il dépouille son vêtement, revêt son costume de garde
national, et, à côté du capitaine du génie, M. Robert de

Saint-Vincent, commence bravement le feu, pour ne le cesser qu'avec la garnison.

Châtillon, pendant le tiers de la journée, supporta presque tout l'effort des Prussiens. Le tir de leur artillerie redoubla de violence. Les obus à balles, les bombes crevaient sur la tête de nos soldats, environnés d'une pluie de fer. La place devenait intenable. Le général Ducrot ne voulut pas, pour prolonger de quelques heures la résistance, sacrifier tant d'existences dévouées. Les gardes mobiles de Rennes et le bataillon du 87ᵉ de ligne, garnison de la redoute, reçurent l'ordre de battre en retraite. Les mobiles bretons, dont les feux de file depuis le matin avaient semé de vides nombreux les rangs ennemis, n'abandonnèrent la place qu'à regret. A quatre heures, ils tenaient encore.

Ce fut seulement lorsque le général Ducrot eut fait, devant lui, partir les attelages, les avant-trains et les munitions des pièces en batterie, enclouées par ses soins, que les défenseurs se retirèrent.

Durant toute cette journée, une fièvre intense calcinait Paris, en proie aux rumeurs les plus diverses, suivant l'heure, le quartier, et selon l'attitude des soldats rentrant de l'extérieur dans l'enceinte.

Car, il faut l'avouer, hélas! à côté des braves qui le soir, au retour, pleuraient parce qu'ils étaient obligés de dire : — Nous avons quitté la redoute! des troupes sur lesquelles on comptait assez pour les mettre en première ligne s'étaient retirées,... non, avaient fui dès les premiers coups de feu! Le tonnerre de leur fusil luisait, tout battant neuf!

Des gens douteux que l'on avait affublés du costume de zouaves, indisciplinés sans bravoure auxquels on avait prodigué un uniforme jusqu'alors sans tache, s'étaient

bandés à l'approche de la brigade bavaroise. D'autres
soldats, emportés dans le même mouvement, s'étaient
mêlés à ces zouaves indignes. Rien de tristement conta-
gieux comme la panique. Tout ce monde refluait vers
la zone protectrice. Leur parcours affolé semait, sur les
routes qui s'étendent entre l'enceinte des remparts et l'enceinte des forts, un désarroi général.

Des voitures, des camions, des charrettes, accouraient
de toutes les directions; terrassiers employés aux travaux
de défense, femmes, enfants, habitants de la banlieue, ma-
raudeurs et rôdeurs de toute sorte, auxquels se mêlaient
quelques blessés, se précipitaient vers nos portes avec des
cris et des bousculades à faire croire que les cent mille
Prussiens dont tous parlaient à la fois, étaient sur leurs
talons.

Au milieu du désordre et des contradictions du premier moment, la garde nationale de service aux remparts
s'était montrée parfaite de calme et de présence d'esprit.

Le contre-amiral de Montagnac, commandant la sec-
tion, avait sans perdre un instant donné l'ordre de faire
rétrograder au delà des murs tous les hommes armés,
quel que fût leur uniforme. Chaque voiture qui entrait
était minutieusement fouillée par les gardiens du poste.
Le pont-levis, relevé tout d'abord pour ne laisser entre
les arrivants et la porte de Paris que le fossé béant, fut
rabaissé bientôt. En moins de cinq minutes, toute la garde
citoyenne était aux bastions, les artilleurs de l'armée
active debout près de leurs pièces, et un bataillon de
mobiles sous les armes.

Pour empêcher poltrons et fuyards d'aller jeter la
peur, un cordon de troupes barrait les principales rues
avoisinant les remparts. La consigne, trop tôt levée,

livra passage à un certain nombre de ceux-là. Des groupes se répandirent dans la ville, essayant de dissimuler
leur honte sous les vociférations. Écœurant spectacle

Le Supplice des Couards.

que le défilé de ces hommes criant qu'on les avait envoyés
à une perte certaine, alors qu'aucun d'eux n'avait de
blessures; prétendant n'avoir point reçu de cartouches,
alors qu'ils étaient encore pourvus de leurs paquets intacts;

hurlant à la trahison, alors qu'eux-mêmes étaient les traîtres! Image que devait graver plus lugubrement dans les souvenirs le honteux supplice des couards, conduits le surlendemain par les rues et les places, entre deux haies, capote retournée et, plaqué entre les épaules, l'écriteau infamant.

A notre extrême gauche dépourvue de défenseurs en ligne, le VIe corps prussien, après avoir passé la Seine, s'enhardissait au point de laisser son avant-garde, — une brigade avec un régiment de dragons, — s'aventurer jusque sous le canon de Bicêtre. Le tir du fort, dirigé avec précision, ravagea les rangs ennemis. Le premier obus parti de Bicêtre mit 24 hommes hors de combat. Bientôt les éclaircies se succédèrent. L'avant-garde, poursuivie par des troupes sorties du fort, se replia sur Belle-Épine et s'y maintint.

Mais les Allemands, maîtres de la ligne des collines méridionales, enveloppaient désormais Paris de toutes parts. Dans la soirée même du 19 septembre, le prince Fritz donnait les deux mains au prince royal de Saxe : la main droite à Gournay-sur-Marne; la main gauche vers Bougival. La chaîne qui nous entourait était rivée. Comme le prisonnier bouclé dans sa cellule, il nous fallait dire adieu au reste de l'univers.

Combien de jours, combien de semaines, combien de mois allaient s'écouler ainsi? C'était le redoutable secret de l'avenir.

CHAPITRE IV

NÉGOCIATIONS

Les résultats de Châtillon. — Le cercle du blocus. — Inaction militaire et tentatives diplomatiques. — Les propos de table du comté de Bismarck. — Exigences de la Prusse. — Le voyage de Meaux et l'entrevue de Ferrières. — Retour de Jules Favre. — Le cri général.

Si, le 19 septembre, des défaillances s'étaient produites dans les rangs subalternes, l'autorité militaire avait fait son devoir. L'insuccès, sans doute, constituait le motif réel des reproches que quelques personnes, et, ce qui est plus surprenant, des officiers, crurent devoir lui adresser ouvertement ou par des murmures mal contenus. En exposant nos soldats dans une tentative condamnée d'avance à se transformer en échec, disaient ceux-là, on avait inutilement affaibli le moral des troupes et gaspillé leur énergie naissante au lieu de la laisser se développer et s'affermir pour des entreprises futures. — A la vérité, les résultats matériels du combat de Châtillon étaient entièrement négatifs ; mais des résultats d'une autre nature avaient pu être obtenus et n'étaient point à dédaigner. Les assiégeants avaient vu devant eux des troupes régulières, alors qu'ils étaient persuadés d'en avoir anéanti ou capturé les derniers restes à Sedan ; ils avaient dû déployer des forces supérieures aux nôtres, alors qu'ils marchaient en

colonne, comme pour parcourir un itinéraire libre de
tout obstacle; la conquête de la route de Versailles à la
haute Seine, enfin, leur avait coûté dix heures de bataille.
Autant de motifs pour éteindre en eux, s'il en eût pu subsister, toute velléité d'attaque de vive force.

Le gouvernement militaire de Paris se trouvait-il
atteint par le blâme d'une minorité? Jugeait-il qu'il fût
trop tard ou trop tôt pour agir? En tout cas, pendant
quelque temps, l'armée d'investissement eut le loisir
de se cantonner dans les conditions les plus avanta-
geuses. Des mamelons avoisinant certaines portions de
l'enceinte, des hauteurs de Montmartre, du plateau de
Romainville, du Mont-Valérien, on apercevait les escouades de travailleurs prussiens, bavarois, wurtembergeois
ou saxons, tranquillement occupées à organiser leurs
postes. Organisation purement défensive, au surplus, et
qui dénotait de la part de ses auteurs la préoccupation dominante de se mettre à l'abri de nos coups de
main.

Sur la rive droite de la Seine, les lignes d'investissement étaient généralement beaucoup plus éloignées de
la place que sur la rive gauche.

Notre front de défense couvrant non-seulement Paris,
mais la ville de Saint-Denis, tenait nécessairement l'ennemi à une distance considérable. Saint-Denis, du reste,
était le seul point des environs qui eût conservé avec
Paris des communications sûres. En avant, ses abords
étaient couverts par les forts de l'Est, de la Briche et un
ensemble respectable de redoutes. A l'intérieur, les rues
dépavées étaient garnies de barricades, elles-mêmes dé-
fendues du côté de la Seine par le fort de la Double-
Couronne.

L'adversaire occupait, entre le fleuve et la route du

Havre, en aval du charmant village d'Épinay, les coteaux d'Orgemont. De là, par Saint-Gratien et Montmorency, il s'étendait jusqu'aux collines couvertes de bois qui abritent des vents d'est la vallée de Montmorency, et, en face de Saint-Denis vers le nord, jusqu'à la butte élevée qui, à une distance de treize kilomètres, fait comme vis-à-vis à Montmartre : la butte Pinson.

Au nord-ouest, il tenait, en arrière de la Celle-Saint-Cloud, les hauteurs de Bougival, de Louveciennes, de Marly et de Saint-Germain. En laissant la Celle-Saint-Cloud entre ses positions et le Mont-Valérien, l'ennemi toujours habile s'était mis à l'abri des feux du Mont ; de là l'inaction de ce fort, inaction forcée, quant à présent, et dont il semblait dès lors inutile de chercher ailleurs la cause.

Entre Saint-Germain et Asnières, les sinuosités de la Seine forment deux presqu'îles.

L'une, la plus rapprochée de Paris, est la presqu'île de Gennevilliers ; plaine absolument plate, au milieu de laquelle s'élève le village de Gennevilliers.

L'autre, celle de Croissy, fait face à Saint-Germain : le fleuve, en la contournant, passe à Chatou, puis entre Croissy et Bougival, et, après avoir coulé à quelques centaines de mètres du Vésinet, s'étend sous la terrasse de Saint-Germain.

A Bougival, en face de la presqu'île de Croissy, campaient des Badois et des Bavarois. Les avant-postes de ce côté étaient établis entre Rueil et Bougival. La route n° 13, de Paris à Cherbourg, l'un des prolongements de l'avenue des Champs-Élysées après la bifurcation de Courbevoie, passe sous le Mont-Valérien, côtoie Nanterre, traverse Rueil et atteint la Seine à peu de distance de la Malmaison. Cette route était coupée en avant de la Mal-

maison par une énorme barricade fortifiée de canons et
derrière laquelle s'abritait l'artillerie badoise.

Dans le village de Rocquencourt, sur la route de
Saint-Germain à Versailles, séjournait le quartier général
des corps occupant la Celle-Saint-Cloud, Bougival, et se
répandant en avant-postes jusque dans la presqu'île de
Croissy.

En arrière du Vésinet et de Chatou, dans cette même
presqu'île, est assis sur une petite hauteur le village de
Montesson. Les Prussiens avaient essayé de s'y fortifier,
ils avaient voulu établir à Montesson une redoute et des
batteries; mais ils comptaient sans la longue portée de
l'artillerie du Mont-Valérien. Elle avait déjoué l'essai.

Bougival, Croissy, Chatou... Qui jamais nous eût dit...
Enfin!...

Cependant, si ces localités étaient occupées par l'ennemi, il n'avait pas pénétré jusqu'ici dans la presqu'île de
Gennevilliers, défendue par une redoute, avec des gardes
mobiles en force considérable.

Toute protection de ce genre faisait défaut au nord-
ouest, entre le Mont-Valérien et Saint-Ouen. Mais la Seine
était là, avec son triple circuit, fortification naturelle que,
de loin, appuyaient les batteries de Montmartre.

A l'ouest, Versailles, on ne l'ignorait pas, était le centre d'une agglomération de troupes déployées en éventail
sous le couvert des bois, vers Bellevue, Meudon et Clamart. C'est dans cette direction que nos regards étaient
fixés; c'est de ce côté que guettaient nos canonnières
croisant en avant de l'île de Billancourt jusqu'au pont à
double étage, prolongement du viaduc d'Auteuil.

Au sud, quelques groupes de soldats prussiens restaient disséminés dans les dernières maisons du village de
Châtillon, en avant du fort de Vanves.

Enfin, à l'est, c'était surtout le long de la Marne, vers Noisy-le-Grand, Neuilly-sur-Marne et Bry que se trouvaient échelonnées les forces ennemies, jusqu'à nouvel ordre s'abstenant de manifestations hostiles, — ce qui ne signifiait pas que, de ce côté plus que des autres, il fallût s'endormir.

Paris voulait combattre.

Il le voulut avec une énergie plus vive encore lorsque, quarante-huit heures après Châtillon, la diplomatie ayant enfin dit son mot et l'Allemand jeté bas tous les voiles, il devint avéré que la Prusse poursuivait et poursuivrait implacablement une résolution longtemps mûrie dans la haine : le démembrement de la France.

Dès le 10 août, à la suite de Forbach et de Wœrth : « L'Allemagne ne se contentera pas du renversement de Napoléon », avait déclaré le comte de Bismarck à des hommes politiques. Et l'un de ses familiers, soulignant ce propos dans un journal de campagne depuis livré à la publicité et demeuré exempt de démentis, poussait à la plume cette exclamation : « Strasbourg! l'Alsace, la frontière des Vosges peut-être! Qui nous l'eût prédit [1]! » Quatre jours plus tard, à Herny, l'on se préoccupait déjà de l'administration des provinces conquises, et, pour y pourvoir, on convoquait au quartier général les hommes que recommandait un long séjour en France, le comte Haenckel, très répandu dans la société parisienne, M. Louis Bamberger, admis pendant de longues années dans l'intimité des chefs du parti républicain français.

Le 22 août, après Gravelotte, le futur chancelier de l'Empire avait dit, en s'adressant au docteur Busch, le

---

1. Maurice Busch, *le Comte de Bismarck et ses gens pendant la campagne de France.*

familier connu pour tout prendre en note ostensible-
ment : — Il n'y a plus de doute, si nous conservons le
dessus, que nous ne gardions l'Alsace et Metz avec son
territoire...

C'étaient là des bruits vagues, apportés on ne sait
comme, et qu'un nombre restreint de personnages avaient
pu recueillir. Les indiscrétions du lendemain ne s'étaient
pas encore produites ; la parole fameuse du roi Guillaume :
« Nous ne faisons la guerre qu'à l'empereur Napoléon III »,
continuait à défrayer çà et là les commentaires des salons
et parfois du rempart.

Mais le 22 septembre éclatait le récit de l'entrevue
de Ferrières.

Dès le 13, d'ailleurs, le comte de Bismarck s'était
chargé de dissiper toutes les illusions que les données du
simple bon sens n'avaient pu réussir à faire disparaître.

On n'a pas oublié cette date du 13, fixée par le ministre
prussien comme l'échéance au moins approximative de
sa réponse à la demande formulée par M. Jules Favre et
transmise par l'ambassade anglaise. Le 13, M. de Bismark
avait en effet répondu. Il avait répondu à la mode des
chancelleries, sans rien dire. A la question posée par
Jules Favre, il s'était contenté d'opposer cette autre
question :

« Quelle garantie avons-nous que la France, ou même,
pour le moment, les troupes à Metz et à Strasbourg,
reconnaîtront des arrangements sur lesquels on tomberait
d'accord avec le gouvernement de Paris ou avec un de
ceux qui *probablement succéderont?* »

Question dont l'ambiguïté avait sans doute pour objet, dans son esprit retors, de susciter la division parmi
ses adversaires en laissant entendre qu'au fond Napoléon III n'avait point cessé pour lui de représenter le

pouvoir légitime. Les garanties de la France! Le décret de convocation des électeurs pour la nomination d'une Assemblée nationale, lancé depuis quatre jours, suffisait amplement à démontrer que ce serait, non avec les hommes du 4 septembre, mais avec le pays que les conditions de la paix seraient débattues. Non. La pseudo-invitation du comte de Bismark indiquait simplement qu'il considérait « l'instant psychologique » comme imminent. Aussi, cette même date du 13 coïncidait-elle avec l'expression, officielle cette fois, des exigences territoriales de la Prusse.

« Nous ne pouvons pas, concluait le ministre des affaires étrangères du roi Guillaume dans une circulaire adressée à tous les agents diplomatiques de la confédération allemande, nous ne pouvons pas ne pas faire nos conditions de paix uniquement dans le but de rendre plus difficile à la France sa prochaine attaque contre l'Allemagne, et surtout contre la frontière du sud-ouest jusqu'ici sans défense, en reculant cette frontière et par là le point de départ des attaques françaises, et en cherchant à acquérir les forteresses par lesquelles la France nous menace, afin d'en faire des boulevards de défense. »

On ne disait pas « Metz et Strasbourg », on parlait de « forteresses », menaçantes entre les mains de la France et qui, dans celles de l'Allemagne, se réduiraient à de simples boulevards défensifs! La traduction n'offrait aucune prise au contre-sens.

Jules Favre n'eut-il point connaissance de la pièce? Élucider ce point n'offrirait qu'un médiocre intérêt, à en juger par la suite.

Le ministre français, persistant dans ses projets, sollicita de nouveau l'intermédiaire de lord Lyons. Celui-ci, d'accord avec le gouvernement de Londres [1], s'entremit encore.

Un secrétaire de l'ambassade anglaise, M. Malet, s'aboucha directement avec M. de Bismark. Le 16, Jules Favre apprenait qu'il pouvait partir.

Le 16 aussi, le chancelier prussien expédiait aux représentants de l'Allemagne à l'étranger une deuxième circulaire, plus précise et plus arrogante ; il n'y s'agissait plus de forteresses menaçantes ni de boulevards défensifs : Metz et Strasbourg y étaient désignés en toutes lettres.

En revanche, le 17, à la veille de se mettre en route, le vice-président du gouvernement faisait parvenir aux agents diplomatiques de la France un second document où il s'inscrivait avec énergie contre toute concession susceptible d'entamer nos frontières.

Un semblable dialogue par écrit rendait parfaitement inutile toute conversation échangée de vive voix.

Faut-il, après ces prolégomènes, raconter le voyage de M. Favre à Meaux, puis à Ferrières ?

Mieux vaut peut-être lui laisser la parole et reproduire le récit attristé de ses déboires, adressé sous forme de rapport aux membres du gouvernement de la Défense nationale.

Après un préambule destiné à justifier, avec sa démarche, le secret dont il l'avait entourée momentanément, l'auteur rend compte de ses tentatives pour négocier ; il dit, et ses allées et venues à la découverte du quartier général allemand, et son arrivée à Meaux au moment où le chancelier venait d'en partir, et ses recherches opiniâtres,

---

1. Le ministre des affaires étrangères du cabinet britannique, présidé par M. Gladstone, était lord Granville.

et sa rencontre enfin avec le comte sur la route de Ferrières ; puis l'entretien ébauché séance tenante au château
de Haute-Maison, dans un salon saccagé, et les exigences
arborées dès les premiers mots par le ministre prussien...

Comme je le pressais vivement sur ses conditions, il m'a
répondu nettement que la sécurité de son pays lui commandait de garder le territoire qui la garantissait. Il m'a répété
plusieurs fois : « Strasbourg est la clé de la maison, je dois
l'avoir. » — Je l'ai invité à être plus explicite encore : —
« C'est inutile, objectait-il, puisque nous ne pouvons nous entendre ; c'est une affaire à régler plus tard. » — Je l'ai prié de
le faire de suite ; il m'a dit alors que les deux départements
du Bas et du Haut-Rhin, une partie de celui de la Moselle avec
Metz, Château-Salins et Soissons lui étaient indispensables, et
qu'il ne pouvait y renoncer.

Je lui ai fait observer que l'assentiment des peuples dont
il disposait ainsi était plus que douteux, et que le droit public
européen ne lui permettait pas de s'en passer. « Si fait,
m'a-t-il répondu. Je sais fort bien qu'ils ne veulent pas de nous.
Ils nous imposeront une rude corvée ; mais nous ne pouvons
pas ne pas les prendre. Je suis sûr que dans un temps prochain
nous aurons une nouvelle guerre avec vous. Nous voulons la
faire avec tous nos avantages. »

Je me suis récrié, comme je le devais, contre de telles solutions. J'ai dit qu'on me paraissait oublier deux éléments
importants de discussion : l'Europe, d'abord, qui pourrait
bien trouver ces prétentions exorbitantes et y mettre obstacle ;
le droit nouveau ensuite, le progrès des mœurs, entièrement
antipathique à de telles exigences. J'ai ajouté que, quant à
nous, nous ne les accepterions jamais. Nous pouvions périr
comme nation, mais non nous déshonorer ; d'ailleurs, le pays
seul était compétent pour se prononcer sur une cession ter-
ritoriale. Nous ne doutons pas de son sentiment, mais nous
voulons le consulter. C'est donc vis-à-vis de lui que se trouve
la Prusse. Et, pour être net, il est clair que, entraînée par
l'enivrement de la victoire, elle veut la destruction de la
France.

Le comte a protesté, se retranchant toujours derrière des nécessités absolues de garantie nationale. J'ai poursuivi : « Si ce n'est de votre part un abus de la force cachant de secrets desseins, laissez-nous réunir l'Assemblée; nous lui remettrons nos pouvoirs, elle nommera un gouvernement définitif qui appréciera vos conditions.

— Pour l'exécution de ce plan, m'a répondu le comte, il faudrait un armistice, et je n'en veux à aucun prix.

La conversation prenait une tournure de plus en plus pénible. Le soir venait. Je demandai à M. de Bismark un second entretien à Ferrières, où il allait coucher, et nous partîmes chacun de notre côté.

Voulant remplir ma mission jusqu'au bout, je devais revenir sur plusieurs des questions que nous avions traitées, et conclure.

Aussi, en abordant le comte vers neuf heures et demie du soir, je lui fis observer que les renseignements que j'étais venus chercher près de lui étant destinés à être communiqués à mon gouvernement et au public, je résumerais, en terminant, notre conversation pour n'en publier que ce qui serait bien arrêté entre nous.

— Ne prenez pas cette peine, me répondit-il, je vous la livre tout entière; je ne vois aucun inconvénient à sa divulgation.

Nous reprîmes alors la discussion, qui se prolongea jusqu'à minuit.

J'insistai particulièrement sur la nécessité de convoquer une Assemblée.

Le comte parut se laisser peu à peu convaincre et revint à l'armistice.

Je demandai quinze jours.

Nous discutâmes les conditions. Il ne s'en expliqua que d'une manière très incomplète, se réservant de consulter le roi.

En conséquence, il m'ajourna au lendemain onze heures.

Je n'ai plus qu'un mot à dire; car, en reproduisant ce douloureux récit, mon cœur est agité de toutes les émotions qui l'ont torturé pendant ces trois mortelles journées, et j'ai hâte de finir. J'étais au château de Ferrières à onze heures.

Le comte sortit de chez le roi à midi moins le quart, et j'entendis de lui les conditions qu'il mettait à l'armistice ; elles étaient consignées dans un texte écrit en langue allemande et dont il m'a donné communication verbale.

Il demandait pour gage l'occupation de Strasbourg, de Toul et de Phalsbourg, et comme, sur sa demande, j'avais dit la veille que l'Assemblée devrait être réunie à Paris, il voulait, dans ce cas, avoir un fort dominant la ville... celui du mont Valérien, par exemple...

Je l'ai interrompu pour lui dire :

— Il est bien plus simple de nous demander Paris. Comment voulez-vous admettre qu'une Assemblée française délibère sous votre canon ? J'ai eu l'honneur de vous dire que je transmettrais fidèlement notre entretien au gouvernement ; je ne sais vraiment si j'oserai lui dire que vous m'avez fait une telle proposition.

— Cherchons une autre combinaison, m'a-t-il répondu.

Je lui ai parlé de la réunion de l'Assemblée à Tours, en ne prenant aucun gage du côté de Paris.

Il m'a proposé d'en parler au roi, et revenant sur l'occupation de Strasbourg, il a ajouté :

— La ville va tomber entre nos mains, ce n'est plus qu'une affaire de calcul d'ingénieur. Aussi je vous demande que la garnison se rende prisonnière de guerre.

A ces mots j'ai bondi de douleur, et, me levant, je me suis écrié :

— Vous oubliez que vous parlez à un Français, monsieur le comte : sacrifier une garnison héroïque qui fait notre admiration et celle du monde, serait une lâcheté ; — et je ne vous permets pas de dire que vous m'avez posé une telle condition !

Le comte m'a répondu qu'il n'avait pas l'intention de me blesser, qu'il se conformait aux lois de la guerre ; qu'au surplus, si le roi y consentait, cet article pourrait être modifié.

Il est rentré au bout d'un quart d'heure. Le roi acceptait la combinaison de Tours, mais insistait pour que la garnison de Strasbourg fût prisonnière.

J'étais à bout de forces et craignis un instant de défaillir. Je me retournai pour dévorer les larmes qui m'étouffaient, et, m'excusant de cette faiblesse involontaire, je prenais congé par ces simples paroles :

— Je me suis trompé, monsieur le comte, en venant ici ; je ne m'en repens pas, j'ai assez souffert pour m'excuser à mes propres yeux ; d'ailleurs, je n'ai cédé qu'au sentiment de mon devoir.

« Je rapporterai à mon gouvernement tout ce que vous m'avez dit, et, s'il juge à propos de me renvoyer près de vous, quelque cruelle que soit cette démarche, j'aurai l'honneur de revenir. Je vous suis reconnaissant de la bienveillance que vous m'avez témoignée, mais je crains qu'il n'y ait plus qu'à laisser les événements s'accomplir.

« La population de Paris est courageuse et résolue aux derniers sacrifices ; son héroïsme peut changer le cours des événements. Si vous avez l'honneur de la vaincre, vous ne la soumettrez pas. La nation tout entière est dans les mêmes sentiments. Tant que nous trouverons en elle un élément de résistance, nous vous combattrons. C'est une lutte indéfinie entre deux peuples qui devraient se tendre la main. J'avais espéré une autre solution. Je pars bien malheureux et néanmoins plein d'espoir. »

Je n'ajoute rien à ce récit, trop éloquent par lui-même. Il me permet de conclure et de vous dire quelle est, à mon sens, la portée de ces entrevues. Je cherchais la paix, j'ai rencontré une volonté inflexible de conquête et de guerre. Je demandais la possibilité d'interroger la France représentée par une Assemblée librement élue, on m'a répondu en me montrant les fourches caudines sous lesquelles elle doit préalablement passer. Je ne récrimine point. Je me borne à constater les faits, à les signaler à mon pays et à l'Europe. J'ai voulu ardemment la paix, je ne m'en cache pas, et, en voyant pendant trois jours la misère de nos campagnes infortunées, je sentais grandir en moi cet amour avec une telle violence, que j'étais forcé d'appeler tout mon courage à mon aide pour ne pas faillir à ma tâche. J'ai désiré non moins vivement un armistice, je l'avoue encore ; je l'ai désiré, pour que la nation pût être consultée sur la redoutable question que la fatalité pose devant nous.

Vous connaissez maintenant les conditions préalables qu'on prétend nous faire subir. Comme moi, et sans discussion, vous avez été unanimement d'avis qu'il fallait en repousser l'humiliation. J'ai la conviction profonde que, malgré les souffrances qu'elle endure et celles qu'elle prévoit, la France indignée partage notre résolution.

Plus d'une fois, au cours de ces entretiens, M. de Bismarck avait fait allusion à des négociations possibles avec le prisonnier de Wilhelmshohe. Simple finasserie d'homme d'affaires. Le chancelier prussien, évidemment, ne nourrissait à cet égard aucun préjugé. A preuve, cette note que, le 21 septembre même, il dictait à son secrétaire :

« L'émigration impérialiste a créé à Londres un organe, *la Situation*, pour la défense de ses intérêts. Les journaux que nous avons fondés dans l'est de la France feront connaître les idées de cette feuille, mais en ayant soin d'indiquer la source des citations, de façon qu'on ne puisse croire que nous identifions notre opinion avec celle de la *Situation*. Il ne s'agit pas de préparer les voies à une restauration impérialiste ; il ne s'agit que d'entretenir l'incertitude et la désunion parmi les divers partis français, qui nous sont également hostiles. C'est pour ce motif qu'il importe de maintenir partout les emblèmes et les formules exécutoires de l'Empire. Napoléon nous est indifférent, la République ne nous intéresse pas davantage ; c'est le chaos qui actuellement nous est le plus utile en France. »

Approuvée des uns, blâmée par les autres, qualifiée par ceux-là d'heureuse en ce qu'elle dégageait définitivement la cause de la République de celle de l'Empire, taxée d'humiliante par ceux-ci qui la regardaient comme indigne des fières traditions de 92, la démarche de

M. Jules Favre avait abouti tout au moins à ce résultat
de forcer la Prusse à démasquer, avec l'énormité de ses
exigences, le but réel de la continuation de la lutte.

Quant aux conditions d'armistice posées à Ferrières,
le sentiment public n'eût pas laissé une heure de plus au
pouvoir un gouvernement qui eût fait mine d'y souscrire.
Livrer à l'ennemi Strasbourg, Toul, Bitche, le Mont-
Valérien, alors que l'œuvre de la Défense nationale était
à peine inaugurée? Enrayer l'élan de la nation alors que
toutes nos forteresses tenaient bon ; alors que l'armée du
Rhin nous apparaissait au loin, à nous inconscients du
rôle ténébreux de Bazaine, avec tout le prestige de ses
160,000 hommes? Réunir une assemblée qui eût délibéré
sous le canon de l'envahisseur? C'eût été le suicide. Même
devant l'effroyable inégalité des armes, Paris voulait le
duel.

CHAPITRE V

CE QUI MANQUAIT

Le périmètre investi. — L'inventaire de la Défense. — Fusils, canons et soldats. — Conférences en plein air. — Bastions et courtines. — Dorian. — Espions et espionnes. — Histoire d'un coutelas. — Prenons-nous l'offensive ? — Villejuif. — Le combat du 30 septembre : Chevilly. — Des pièces, des affûts, des attelages !

Le corps de place de la forteresse parisienne offrait plus de 28 kilomètres de circuit ; une ligne brisée passant par les forts eût présenté environ le double, 57 kilomètres. Le polygone d'investissement accusait de 75 à 80 kilomètres de pourtour. On savait à peu près à quoi s'en tenir relativement à l'effectif des assiégeants. Le bon sens populaire, à défaut de connaissances techniques, suffisait à laisser comprendre que la répartition de 200,000 ou même de 250,000 hommes sur un périmètre de près de 20 lieues constituait en définitive une opération audacieuse, qu'une ceinture aussi vaste offrait nécessairement des points d'inégale solidité. Sans se risquer encore à de trop téméraires entreprises, de fortes reconnaissances appuyées par des réserves pouvaient découvrir les points faibles, y culbuter les travaux en cours, harceler l'ennemi en l'obligeant à des rassemblements continuels, rayonner aujourd'hui là, demain ailleurs ; tenir tête en tous sens, en un mot, par d'incessants coups de boutoir.

Pour compléter une armée de rase campagne, on avait la garde mobile; pour constituer des réserves de deuxième ligne, on avait la garde nationale, corps hétéroclite, mais d'un patriotisme indiscutable, et des rangs duquel on pouvait tirer 50 ou 60,000 combattants, au bas mot.

On avait accueilli par des applaudissements la brève proclamation qui, placardée sur tous les murs, y traçait une réponse publique à l'ultimatum prussien : « Notre politique est celle qui se résume en ces termes : Ni un pouce de notre territoire, ni une pierre de nos forteresses. » Chacun attendait des résolutions viriles, et, en attendant, s'efforçait de traduire en chiffres l'inventaire de la défense.

45,000 hommes de troupes de ligne, 90,000 gardes mobiles en formaient le fonds principal.

Les 288 bataillons de la garde nationale comptaient pour 280,000 fusils. A la vérité, sur ce nombre, 90,000 armes seulement étaient propres au tir rapide : d'anciens fusils à piston, à canon rayé, transformés par une modification du système Snyders en armes se chargeant par la culasse et, à raison de leur mécanisme, dits fusils à *tabatière;* 120,000 autres fusils à percussion, également rayés, étaient susceptibles d'une transformation analogue ; quelques semaines, avait-on le droit d'espérer, suffiraient à l'accomplir. Quant au reliquat, 55,000 fusils à canon lisse, on ne pouvait le regarder que comme une collection de fossiles.

Ces inégalités d'armement, des inégalités bien plus criantes dans l'équipement et l'habillement : autant de motifs pour que l'on se hâtât de créer, dans la garde nationale, des catégories d'après l'âge et l'état civil. Quelques-uns en faisaient la remarque. D'autres, égalitaires à outrance, exigeaient que tous les hommes fussent armés dans des conditions identiques, ce qui était de toute impossibilité. Le plus que l'on pût raisonnablement espérer, c'était, pour fin octobre, un total de 150,000 fusils à chargement rapide.

Dans les forts, 600 pièces de gros calibre, desservies par 9,000 marins; sur les remparts, ou prêts à y prendre place, 1,100 canons ou obusiers de modèles divers, — parmi lesquels, hélas! un grand nombre de surannés, — éloignaient pour un long temps toute perspective d'approche de l'ennemi; les pièces les plus puissantes distribuées principalement sur les fronts du sud et de l'ouest.

Le corps de place, d'ailleurs, maintenant partout muni d'un armement de sûreté, était prêt contre toute surprise. Ses remparts, aux contours naguère déformés par le temps et les saisons, se découpaient nettement dans l'épaisseur de la terre; de distance en distance, leurs crêtes s'étaient creusées d'embrasures; du dehors, on pouvait voir déjà les taches encore blanches sur la verdure des talus, piquetées au milieu par de larges points noirs: les bouches des canons.

Cette transformation, l'enceinte de la ville n'avait pas été seule à la subir. Dans la foule qui s'y portait, on ne reconnaissait guère la curiosité vaine, et, disons le mot, la *badauderie* légendaire du Parisien. Point de groupes tumultueux, point d'attroupements gênants pour les travailleurs, point de discours animés. En revanche, des curiosités sans cesse en éveil, et, parmi ces hommes qui n'avaient vu la guerre que dans les livres et leurs fortifications que pour y admirer la verdure du gazon, une irrésistible soif d'apprendre le pourquoi des choses.

Cette suite de rentrants, de saillants, ces lignes singulièrement coupées, ces angles pointant alternativement vers la ville et vers la campagne; ces portions de rempart garnies d'une artillerie formidable à côté de murs faiblement armés ; tout cela présentait un aspect que l'esprit justifiait mal à première vue.

Mais toutes ces bizarreries, se disait-on, sont calculées ; le raisonnement a présidé au tracé de ces brisures ; il n'est pas une motte de terre dont la place n'ait sa raison d'être.

Des officiers ou des ingénieurs complaisants s'érigeaient parfois en moniteurs. Des conférences en plein vent s'improvisaient. On expliquait, aux ignorants avides de s'instruire, les combinaisons savantes de lignes qui constituent un front bastionné :

Le bastion, à proprement parler, se compose uniquement de l'espace qui forme comme une presqu'île, ou plutôt une sorte de cap, la pointe tournée vers l'ennemi.

C'est là que se place la grosse artillerie.

La pointe du cap est le *saillant* du bastion. A droite et à gauche sont les deux *faces*. Entre deux bastions consécutifs s'étend la *courtine*. Protégée par eux contre toute tentative, la courtine est en réalité, quoique la moins vigoureusement armée, la partie la plus forte de l'ensemble. Aussi est-ce là qu'on pratique tous les ouvrages dont la présence peut amener un affaiblissement, — les portes, par exemple, dont les ponts-levis ne doivent pas excéder une certaine longueur, et au-devant desquelles le fossé rétréci ne présente pas un obstacle assez infranchissable.

Le point vulnérable, — celui que l'assaillant cherchera toujours à battre en brèche lorsque ses travaux incessants et coûteux lui auront permis de s'en rapprocher, — c'est le saillant du bastion. Ici, dans l'intérieur, le terrain plus resserré entre les talus des deux remparts ne saurait contenir un effectif sérieux de combattants. Les canons ne peuvent se loger dans des embrasures aussi rapprochées. Partant, un feu moins nourri en interdit les abords. Aussi n'est-ce point à cette partie que l'on a confié le soin de sa propre défense, et c'est tout particulièrement pour protéger le saillant de chaque bastion, que le précédent et le suivant sont reliés au reste de l'enceinte par une portion de rempart moins longue que les autres, et de laquelle le regard, aussi bien que le tir, plonge dans toute l'étendue du fossé.

Ce *flanc* permet aux défenseurs des bastions, en cas d'assaut, de se prêter un mutuel appui [1].

Ce n'est pas tout : une ceinture de forts présente autour de la grande cité comme une ligne de sentinelles avancées. Au nord, les forts de la Briche, de la Double-Couronne, de l'Est et d'Aubervilliers ; à l'est, Romainville, Noisy, Rosny, Nogent ; au sud, Charenton, Ivry, Bicêtre, Montrouge, Vanves, Issy ; à l'ouest, le Mont-Valérien ; puis, pour rattacher les forts entre eux, les redoutes de Gravelle et de la Faisanderie, entre Nogent et Charenton ; la redoute de Fontenay, entre Nogent et Rosny ; entre Rosny et Noisy, les redoutes de Boissières et de Montreuil. Impossible de tenter le siège de l'enceinte sans avoir pris d'assaut deux forts au moins.

Canons de marine et canons de rempart, bastions et fossés, forts et redoutes, tout cela, c'était le bilan de la résistance défensive. Le sens de la masse, d'accord sur ce point avec les théoriciens les plus illustres, proclamait que la défense la meilleure est celle qui attaque. Pour attaquer des troupes cantonnées et fortifiées elles-mêmes, il fallait des canons, des affûts, des attelages. L'artillerie de campagne manquait. Il s'agissait de savoir si l'industrie privée

1. Voir A.-J. DALSÈME. *L'Art de la guerre.*

serait admise à fabriquer des canons, et si ces canons se chargeraient par la culasse. Un tel débat était-il possible ? Oui, paraît-il. Un comité, jadis, avait proscrit le chargement par la culasse. Les régimes tombent, mais les proscriptions restent ! On ne pouvait en croire les récits des journaux. Heureusement pour sa mémoire, le gouvernement de la Défense nationale, à côté du général Trochu, président, et du général Le Flô, ministre de la guerre, avait su s'adjoindre un homme : Dorian.

Dorian était ministre des travaux publics. Tandis que les comités discutaient, il se préparait à agir. « Il faut trois mois pour faire un affût », avait prétendu un spécialiste. Dorian en fit fabriquer un en quinze jours. « Vous n'aurez jamais raison contre la routine, » lui avait dit un de ses collègues. — « Tant pis pour la routine ; je lui brûlerai la politesse ! » avait répondu Dorian.

La question de l'artillerie de campagne était tranchée. Dorian était résolu à confier à l'industrie la fabrication de pièces du nouveau modèle. Les grandes fonderies, prévenues, apprêtaient leur outillage. Les patriotes apprêtaient leurs deniers. Les chefs de l'armée ne pouvaient qu'être unanimes à reconnaître l'urgence des besoins. Tout semblait déceler, en effet, une volonté ferme de prendre l'offensive.

Depuis la malheureuse retraite de Châtillon, un coup de main vers le sud était médité.

Le 23 septembre, les troupes du 13ᵉ corps (division de Maudhuy) se lancent sur Villejuif, abandonné le 19, et, à la suite d'un combat heureux, occupent le village, regagnant ainsi une portion du terrain perdu.

C'est un succès. Tout succès encourage.

Çà et là de menus engagements d'avant-poste entretiennent une fusillade intermittente. Presque toutes ces

escarmouches, dont les corps de guérillas sont généralement les héros, se terminent à notre avantage. Autant
d'aliments sains pour l'insatiable soif de nouvelles qui
dévore les Parisiens privés de tout contact avec le monde
extérieur. Parfois, à la vérité, les faits sont grossis, et
les imaginations leur attribuent des conséquences hors de
proportion avec les causes. Parfois aussi, le hasard aidant,
ils viennent attirer l'attention sur un danger d'un caractère spécial, danger auquel une ville de deux millions
d'âmes peut difficilement se soustraire : la présence des
émissaires secrets de l'assiégeant.

Non loin de Charenton, une embarcation portant sept
Tudesques est surprise par des francs-tireurs embusqués
près de la berge. Six sont tués; le septième, ramené prisonnier, est reconnu pour un espion que, peu de jours
avant, on avait vu rôdant aux environs et prenant sour-
noisement des notes.

Les espions ! Espèce maudite dont la ville et ses environs sont infestés; race venimeuse qui partout soulève
le dégoût et l'horreur.

A chaque instant, dans les divers quartiers de la ville,
sur nos promenades aussi bien qu'aux abords des monuments publics, autour des ministères comme le long des
fortifications, on découvre quelques-uns de ces trop zélés
serviteurs de la Prusse ; hommes ou femmes, ouvriers ou
bourgeois, prêtres ou laïques, soldats ou valets, tous les
déguisements leur sont bons. Les signaux qu'ils échan-
gent avec le dehors ne demeurent pas inaperçus; des
piquets de gardes nationaux sont sans cesse sur pied pour
opérer des perquisitions dans les nombreux locaux que
signale à leur vigilance l'indignation de la foule. Indignation parfois aveugle. L'espionnage d'un côté, les

recherches de l'autre, prennent de telles proportions que nos gardes nationaux s'imaginent, à la fin, voir des espions partout. Le moindre lumignon qui brille à un cinquième étage, et voilà la garde civique chez Jenny l'ouvrière! Un reflet de lune sur un carreau suffit, dans les quartiers excentriques, à provoquer une visite à main armée! On incriminerait deux innocents plutôt que de laisser échapper un coupable.

Tantôt cette rage de recherches a pour résultat l'envoi au poste de quelque inoffensif habitant des mansardes; tantôt elle se résout en incidents procédant infiniment moins du drame que du vaudeville.

Au numéro 43 de l'avenue de Clichy, à quelque cinq cents pas de la statue du maréchal Moncey, la maison fait l'angle d'une rue étroite et mal pavée, — la rue Hélène.

Un café occupait le coin, et, porte à porte, s'ouvrait un bal public, aux musiciens duquel le siège faisait des loisirs.

Dans la salle de bal, on avait établi un poste.

Les dorures, déjà depuis longtemps rongées et ternies, avaient à peu près disparu; les tables de bois peintes en vert avaient résisté, ainsi que les escabeaux sur lesquels reposaient tant bien que mal les gardes de service.

La scène qui s'élevait au fond de la salle, avec des coulisses en carton peint et un plancher oscillant à chaque pas, était aussi transformée en dortoir; quatre ou cinq bottes de paille formaient le mobilier. Les lustres, allumés faiblement, répandaient dans ce vaste local une clarté douteuse, tamisée par la poussière du sol et l'humidité de l'atmosphère intérieure.

Ce soir-là, au poste de la rue Hélène, un capitaine, deux lieutenants et cent cinquante gardes se trouvaient de faction. Il était neuf heures. La pluie tombait drue et serrée. Bercés par le bruit monotone des gouttes frappant sur le vitrage des lucarnes, la plupart des hommes s'étaient assoupis. Un vacarme inusité vint tout à coup secouer les dormeurs.

En même temps une patrouille, caporal en tête, s'annonçait, rentrait, et, laissant s'ouvrir ses rangs, montrait les captures qu'elle venait de faire.

Le chef de poste était descendu au premier bruit.

— Qu'y a-t-il?

— Trois arrestations, mon capitaine, et des gaillards pas commodes!

Comme pour ajouter plus de poids à ces paroles, les individus arrêtés, s'expliquant à leur manière, jetaient des hurlements qui n'avaient rien de commun avec le dialogue ordinaire entre instructeur et prévenus.

La voix rauque et le geste menaçant de l'un des interlocuteurs, surtout, avaient frappé le capitaine.

D'une haute stature, avec un visage aux pommettes saillantes et des yeux à fleur de tête, ce suspect avait désastreuse mine. Aussi, devant son poing fermé et ses traits crispés par la rage, le chef du poste n'hésita-t-il pas à s'écrier :

— Qu'on le fouille!

Le colosse se démenait. On vit tout à coup jaillir de sa poitrine comme un éclair : les scintillations du gaz tombaient sur la lame d'un large coutelas.

En un clin d'œil, l'arme était saisie, tandis que trois ou quatre vigoureuses paires de bras tenaient en respect le porteur.

— Enfin, nous en tenons donc un ! s'écriait-on.

Le capitaine maniait le coutelas dans tous les sens, passant les doigts sur le fil de la lame grossière, collant

son œil sur le métal pour en lire la provenance, frôlant
des narines le fer comme si un indice eût dû surgir de
l'odeur qui s'en dégageait.

Soudain, approchant un flambeau du visage de chacun
des prisonniers :

— Ces drôles sont tout simplement gris à ne plus
reconnaître leur chemin. Qu'on les fasse déguerpir !

Une fausse alerte.

— Mais, capitaine,... et le couteau ?

— Loin d'avoir trempé dans le sang, il n'a servi, je
m'en porte garant, qu'à un usage des plus avouables...

— C'est vrai ! fit aussitôt l'assassin présumé, je suis
resté tout le jour aux portes de Paris à arracher des légumes, — et sous le fusil des Prussiens, encore !

Un murmure incrédule accueillait cette apostrophe,
quelques regards soupçonneux se portaient déjà sur

l'officier, et le mot de « connivence » circulait dans les groupes, lorsqu'un garde sortit des rangs :

— Capitaine, n'était-ce pas un signe de reconnaissance que vous faisiez à cet homme en portant au visage la lame de son couteau?

— Du tout, mon ami, je le sentais.

— Et il fleurait?

— L'oignon!

Ah! si tous les espions avaient été de la trempe de celui-là, nous n'aurions pas subi le sort qui, le 30 septembre, nous attendait à Chevilly.

Cette date tombait un vendredi.

Sept jours s'étaient écoulés depuis le succès de Villejuif. Le moment semblait propice à un nouveau pas en avant. Les circonstances le commandaient, au surplus.

L'ennemi, menacé sur sa ligne de communications avec Versailles, s'occupait à protéger les villages restés en son pouvoir : l'Hay, Chevilly, Thiais, Choisy-le-Roi. Depuis le 23, on l'y voyait élever des travaux de terrassement, créneler les clôtures et les maisons.

Le 30, Paris se réveille au bruit d'une violente canonnade.

Les troupes du général Vinoy, massées pendant la nuit entre les forts d'Ivry, de Bicêtre, de Montrouge et le cordon des postes avancés, sortent de leurs lignes à la pointe du jour. Accueillies par un feu roulant de mousqueterie et d'artillerie, elles répondent énergiquement. L'engagement, bientôt, s'étend sur tout le plateau de Villejuif. Le 35ᵉ et le 42ᵉ de ligne, s'élançant sur Chevilly, délogent l'adversaire dans un assaut furieux. Le général Guilhem, à leur tête, tombe mortellement blessé. A Thiais, la brigade du général Blaise pousse à la baïonnette une

batterie de position et s'en empare… Puis, presque aussitôt, devant l'arrivée des forces ennemies rapidement
concentrées la retraite est sonnée sur toute la ligne.

Pour conserver la position, l'effectif a manqué. Pour
emporter les redoutes de Thiais et de l'Hay, l'artillerie a
manqué. Pour emporter les canons pris par les soldats du
général Blaise, les attelages ont manqué.

Hâtons-nous donc, hâtons-nous de fondre des canons,
de charpenter des affûts! Pour ce qui est des attelages,
il existe à Paris une Compagnie générale des omnibus
dont le trafic pourrait sans grands inconvénients subir
une légère atteinte, et le droit de réquisition n'a pas
été inventé au bénéfice du seul Prussien!

Le surlendemain de Chevilly, il y eut, sur la place de
la Concorde, un long cortège autour de la statue aimée.

Le peuple de Paris y portait des couronnes encore,
mais des couronnes de deuil.

Une dépêche venait de lui apprendre la capitulation de
Strasbourg.

CHAPITRE VI

LE PROBLÈME ALIMENTAIRE

Premières terreurs. — Les comptoirs de consommation. — Nos caves. —
Les Irlandais de la Villette. — Une heure à l'Académie. — La ligue
contre la famine. — Le prophète Dorderon. — M. Richard et M. Riche.
— La science et l'industrie. — Tous jardiniers ! — La récolte en cinq
temps. — Les pourvoyeurs de la mort.

Octobre arrivait, cependant, et des préoccupations d'un
autre ordre se faisaient jour dans l'esprit du public.

Le bilan de la défense, en hommes et en armes, en
murailles et en fossés, était aisé à établir. Plus difficile,
celui des approvisionnements.

Quelques-uns savaient bien que, pour la nourriture
des troupes, le gouvernement avait emmagasiné :

77,000	quintaux	de blé.
210,000	—	de farine.
4,200	—	de viande salée.
48,000	—	de sel.
36,500	—	de fourrage.

Soit l'existence de l'armée, — 400,000 hommes —
pour 3 mois 1/2, ou celle de la population, — 2 millions
d'êtres, — pour 1 mois.

Mais nul n'eût été capable de dresser le tableau, même

approximatif, des approvisionnements dont disposait la masse des habitants en dehors du parc de 30,000 bœufs et de 200,000 moutons rassemblé par les deux minis-tères, celui d'août et celui de septembre. Pour combien de temps possédait-elle des vivres? Pour six semaines, affirmaient les gens réputés pratiques. Les plus aventu-reux disaient : deux mois.

Cette ignorance était compréhensible : si le ministère avait dressé le catalogue des têtes de bétail et des sacs de farine achetés sous ses auspices, il eût fallu un immense réseau de perquisitions pour établir le compte de ce que négociants et particuliers avaient pu accumuler sur leurs rayons, dans leurs caves ou au fond de leurs armoires.

L'incertitude, sur ce point, existait au même degré chez l'ennemi. De part et d'autre elle allait durer, comme nous l'allons voir, jusqu'au suprême épuisement.

Certaines rumeurs commençaient donc à circuler tou-chant l'état de nos provisions de bouche. Était-ce la néces-sité d'apaiser ces terreurs qui avait dicté au maire de Paris la pensée de publier un *Bulletin de la Municipalité?* Tou-jours est-il que la capitale devait voir un beau matin, étalé sur ses murs, ce journal-affiche que, du fond de l'Hôtel de Ville, M. Étienne Arago lançait à ses administrés. Le *Bulletin de la Municipalité* énumérait complaisamment les quantités de farine et de bétail en notre possession. De ces chiffres rassurants, il ressortait que Paris assiégé avait de quoi se nourrir pendant soixante jours au bas mot. D'autre part, l'autorité compétente prenait les mesures les plus propres à assurer une répartition équitable des provisions entre les citoyens. Des taxes et des arrêtés relatifs à la vente du pain et de la viande réglementaient l'écoulement de ces produits.

La majorité de la population eût voulu voir fonctionner

un système plus radical. Divers projets soumis au ministère du commerce tendaient à l'établissement du rationnement immédiat basé sur la réquisition générale de toutes les denrées alimentaires.

Le rationnement, décrété sans retard, permettait de compter sur une plus longue durée de nos vivres, dont une commission spéciale eût déterminé le chiffre exact.

Cette mesure très sérieuse, examinée superficiellement, fut à peu près repoussée.

Enfin, des comptoirs de consommation, dont le premier venait de s'ouvrir dans le neuvième arrondissement, prenaient les dispositions nécessaires pour livrer au public la plupart des produits *au prix de revient*.

Un ingénieux système de cartes fonctionnait à cet effet; chacune d'elles, portant au recto le nombre de rations à délivrer et une série de cases à poinçonner au fur et à mesure des distributions, contribuait à procurer une répartition équitable.

C'était donc une sorte de panique qui engendrait la hâte de certains acquéreurs à s'approvisionner coûteusement au delà de leurs besoins.

« Que craignent-ils, ceux-là? se demandait-on. Ne sommes-nous pas en présence d'une situation nettement définie? Nous avons deux mois devant nous, c'est-à-dire bien plus que le plus long délai supposé nécessaire pour que nos troupes de la Loire soient prêtes à entrer en ligne. Deux mois pendant lesquels nous n'avons qu'à tenir en échec les armées de Guillaume, puisque notre subsistance est assurée pour tout ce temps. »

Du pain, nous pouvions en fabriquer. Quant au vin..., nous n'en avions plus guère, et, à en croire une rumeur née on ne sait où, bientôt Paris allait compter deux millions de buveurs d'eau.

12

La nouvelle était inquiétante ; elle valait la peine d'être vérifiée. D'aucuns prenaient un parti auquel auraient bien dû songer ceux qui l'avaient mise en circulation, un parti énergique, un parti décisif.

Ils allaient à Bercy.

Aller à Bercy ! Tout le monde, au fait, ne pouvait penser à cela : voir de ses propres yeux avant de rien affirmer, examiner de près les choses afin d'en juger sainement, fi donc ! Il était bien plus simple de décréter soit d'un mot, soit d'un trait de plume, qu'à dater de tel jour Paris n'aurait plus de vin, que toutes les réserves se trouveraient épuisées, et que nous ne tarderions pas à faire comme elles.

Si, au départ, on éprouvait quelques appréhensions, elles étaient, au retour, parfaitement dissipées, et on se l'explique aisément : Paris, voué avant un mois à une pépie inévitable, au dire des alarmistes, renfermait encore, après trois semaines d'investissement, quelque chose comme *quinze cent mille hectolitres* de vin de qualités ordinaire et moyenne ; ce chiffre ne comprend pas les vins fins qu'on se fût résigné pourtant, s'il l'eût fallu, à boire à la dernière extrémité, imitant ces malheureux qui, n'ayant pas de pain, mangent de la brioche.

La plus grande partie se trouvait emmagasinée dans les entrepôts du quai de Bercy et du quai Saint-Bernard, d'où l'on avait retiré, du reste, tous les alcools, rhums, eaux-de-vie et autres spiritueux. Précaution que recommandait l'éventualité d'un bombardement.

Transportés et centralisés dans les caves dites de Lyon, ces liquides y séjournaient à l'abri de la bombe sous des voûtes indestructibles ; une immense travée de 250 mètres de long sur 12 mètres de large était dévolue à cet usage, et l'on peut se faire une idée des quantités emmagasinées, en calculant que, sur toute cette étendue, des tonneaux étaient empilés jusqu'à une hauteur de 5 mètres.

Quant aux prix, ils étaient alors peu sensiblement supérieurs à ceux des bonnes années, pour les alcools aussi bien que pour les vins.

— En 1854, disait un négociant, la barrique se vendait 30 fr. plus cher qu'aujourd'hui, et pourtant, alors, on ne pensait guère à la Prusse !

— Mais, lui demandait-on, quel est donc actuellement le prix d'une pièce de Bordeaux ?

— 85 à 100 francs les 228 litres, *en entrepôt*.

— Celui d'une pièce de Mâcon ?

— 90 à 110 francs les 215 litres ; ni l'un ni l'autre ne manqueront de longtemps ; les Roussillon non plus, qu'on se procure aisément à 45 francs l'hectolitre, et bien d'autres encore. Les commissionnaires sont démunis, mais non les marchands en gros. Ils ont en cave de quoi fournir longtemps aux détaillants et à l'armée. Tout ce qui se trouvait disponible en vins du Midi de 22 à 28 francs l'hectolitre a été enlevé en un clin d'œil ; mais tout cela n'est pas bu et ne le sera pas de sitôt, quel que soit le nombre incommensurable de canons pris sur les comptoirs, — en attendant qu'on prenne ceux de l'ennemi.

— De sorte que les commerçants en vin et les débitants de boisson... ?

— Sont encore pourvus pour bien des semaines ; sans compter aussi les futailles pleines qui attendent leur tour dans les celliers bourgeois.

Tout près de l'endroit où cette conversation était tenue, un brave charcutier, sur le pas de sa porte, contemplait tristement deux ivrognes, et on eût pu, en passant, l'entendre se murmurer à lui-même :

— On dit qu'il y a des gens qui accaparent, — mais les vrais accapareurs, les voilà !

Un compte qui n'avait pas été fait encore, c'est celui des subsistances qui, en dehors des statistiques du gou-

Les accapareurs de Bercy.]

vernement, se trouvaient, au commencement d'octobre, entreposées dans les magasins de nos marchands : légu-mes secs, poissons salés, pâtes, épices, chocolat, café, sucre, confitures, charcuterie, conserves de fruits, con-serves de légumes, conserves de bouillon, conserves de homard.

Sans contredit, c'est une perspective peu séduisante que celle de manger des conserves de homard à tous les

repas. Qu'on voulût bien, cependant, faire le relevé exact·
des quantités énormes de denrées dont nous étions
détenteurs, il devenait impossible de croire que si jamais·
Paris devait être pris, ce pût être par la famine.

Tout le monde, néanmoins, ne paraissait pas convaincu. Plus que jamais, ici, l'observateur est forcé de
s'apercevoir qu'à côté des sujets élevés qui transportent
les âmes loin de notre pauvre hémisphère, il est certaines
préoccupations matérielles destinées, quoi que nous en
ayons, à nous ramener à la réalité.

L'une de ces préoccupations, c'est la *question de la
viande*. Une étude publiée dans un journal avait produit
quelque sensation.

« Paris, y lisait-on, a l'habitude de manger de la
viande, et en pareille matière le maintien des habitudes
est une nécessité de santé publique.

« La consommation de la viande a, d'autre part, une
importance militaire considérable. L'armée régulière, la
garde nationale mobile, la garde nationale sédentaire,
représentent dans le contingent de la consommation parisienne un chiffre très considérable.

« On sait la différence, au point de vue de la puissance
des efforts à obtenir, entre le régime de l'alimentation
par la viande et le régime de l'alimentation par les
céréales.

« A l'époque où l'on construisit le chemin de fer de
Rouen au Havre, on mit côte à côte et l'on fit travailler
ensemble des ouvriers anglais et des ouvriers français.
Ces derniers, malgré leurs efforts, malgré l'amour-propre
qui les talonnait, arrivaient à grand'peine à·faire la moitié de la besogne que leurs compagnons achevaient facilement. Il y avait là une sorte d'impuissance physique
qu'il fallait reconnaître et subir.

« Un médecin, consulté sur ce fait, s'enquit de la nourriture des ouvriers.

« Les Français vivaient avec de la soupe, un plat de légumes, du fromage, beaucoup de pain, et de l'eau. Les Anglais buvaient de la bière et mangeaient de la viande.

« Le problème était résolu.

« On mit nos compatriotes au régime de leurs rivaux. Quinze jours après, ils les avaient égalés ou même surpassés. »

Dans les régions officielles, nul ne semblait redouter que la nourriture animale pût manquer aux défenseurs.

Toutefois, bœufs, vaches, moutons et porcs, soignés et nourris approximativement, dépaysés, confinés dans d'étroits espaces, maigrissaient à vue d'œil. Les hommes du métier évaluaient en moyenne à 2 kilogrammes par tête et par jour le déchet du gros bétail.

La rareté des fourrages n'était pas étrangère à ce résultat. Et plus nous irions, plus cette rareté s'accentuerait, malgré les entassements énormes répartis dans des abris divers. Car tout est relatif. Le foin, denrée commune en des temps ordinaires, devenait un élément précieux. Dès maintenant, on évaluait à plus de cent francs le prix des cent bottes qui, dans les bonnes années, se vendent vingt-huit ou trente francs. Bientôt l'on ne pourrait plus même dire : « Bête à manger du foin. » Il faudrait plus que de l'esprit pour se procurer cet aliment cher aux herbivores !

En outre, un danger devenait imminent.

Des personnes compétentes assuraient que, la pluie venant, les bestiaux logés sur les boulevards et dans les squares seraient exposés à contracter, en quelques heures, des maladies susceptibles d'acquérir un développement funeste.

Et les Prussiens, ajoutait Gavroche, pourraient bien se vanter un jour de nous avoir fait manger... de la vache enragée!

Un moyen préventif, à la fois simple, efficace, pratique et peu coûteux, nous était offert par un homme qui avait consacré à cette question des études suivies, l'Irlandais Wilson. Son système consistait uniquement à conserver les viandes à l'aide de la salaison; mais non telle que la pratiquaient les bonnes gens qui, envahissant de grand matin les étaux, achetaient de la viande bien au delà de leurs besoins réels, et, arrivés chez eux, salaient à tort et à travers.

On pouvait voir, à La Villette, fonctionner l'établissement créé dans le local même des abattoirs. On visitait, attenant à une vaste salle de découpage, la pièce largement aérée où pendant vingt-quatre heures les morceaux étaient mis à *rassir;* les tables sur lesquelles on les déposait pour y introduire le sel par des entailles permettant à l'élément conservateur de pénétrer la chair dans ses fibres les plus profondes; les cuves de saumure glacée où ils restaient plongés pendant un laps de temps variant de trois jours à un mois, selon le degré de conservation qu'on voulait obtenir; les barils dans lesquels, après lavage à grande eau, l'on empilait les quartiers revêtus d'une couche fraîche de sel additionné de salpêtre.

Jusqu'à présent, l'administration n'avait fourni à l'établissement de La Villette qu'une quantité quotidienne de trente bœufs.

Pourquoi ne soumettait-elle pas au même régime toutes celles de nos viandes de boucherie qu'il y avait inconvénient à garder sur pied?

Voilà ce que les craintifs se demandaient, — et aussi
les savants, — car il n'était pas jusqu'à l'Académie des
sciences qui ne s'occupât du grave problème de l'alimentation.

En plein Institut, le 13 octobre, s'agite ce sujet qui,
traité au point de vue scientifique, semblerait aux pro-
fanes bien sec et bien aride.

Mais l'auditoire attend de rassurantes révélations.

Un rapport sur « la préparation des graisses » en ouvre la série.

Graisse de bœuf, graisse de mouton, panne de porc :
autant de mots bien singuliers sous la majestueuse cou-
pole du quai Conti. Mais à combien de singularités ne
nous accoutume pas ce siège !

Jusqu'à ce jour, paraît-il, on n'avait utilisé culinaire-
ment que la graisse de rognon. M. Dorderon, par des
procédés spéciaux, enlève même aux suifs l'odeur et
l'âcreté qui en rendaient impossible l'emploi.

Bien plus, il parvient à imiter l'aspect, le goût et le
parfum des beurres les plus fins ! Il métamorphose en
laiteries les abattoirs de Villejuif et de Grenelle ; il
transplante à Paris la Normandie et la Bretagne !

Comme pendant à ces résultats, le maire de La Villette, M. Richard, achevant des expériences concluantes,
est parvenu à tirer parti de résidus animaux antérieu-
rement épurés sans valeur, et qui pourtant, affirme le
savant M. Dumas, resteront désormais dans l'alimentation.

Ne nommons pas M. Dumas sans citer un de ses
élèves, essayeur à la Monnaie et chimiste distingué, qui,
lui aussi, est venu apporter sa pierre à l'édifice... gastro-
nomique. M. Riche transforme le sang de bœuf en une
substance plastique bien supérieure au vulgaire boudin,

au point de vue de l'hygiéniste aussi bien qu'à celui du gourmet.

L'ingénieux inventeur du boudin Riche avait tenté d'appliquer les mêmes procédés au sang de mouton qui, malheureusement, se divise en parcelles. Après d'infructueux essais, il s'est borné à le mélanger, en terrines, avec du riz ou des pâtes constituant ainsi un mets inédit, mais nourrissant.

Et veut-on savoir de quelle importance la découverte est pour les estomacs?

Cette utilisation d'une matière autrefois en bonne partie perdue ajoute à nos subsistances un appoint quotidien de 10,000 kilogrammes.

En temps normal, la quantité de sang que fournit l'abattage est même supérieure à ce chiffre. Un bœuf en donne environ vingt-quatre litres; un veau treize litres, un mouton sept ou huit. Les fabricants d'albumine, les raffineurs de sucre, achetaient seuls aux échaudoirs précédemment. Dès la fin de septembre, M. Chevalier démontrait que le sang frais peut fournir à la charcuterie un produit sain et d'une facile conservation. Mélangé à d'autres comestibles, on en obtient des ragoûts que les amateurs n'ont pas hésité à déclarer exquis.

Nous savons, au surplus, qu'en Suède on prépare pour la classe peu aisée un pain fait de sang d'animaux mêlé à des fécules. En Italie, on frit à la poêle le sang frais, qu'on mange chaud en tartines. En France même, son emploi nutritif est loin d'être inconnu. Dans le département de l'Allier, on l'accommode sous le nom de *sanguine*, et dans le Languedoc ce régal a de nombreux partisans.

Des recherches consciencieuses ont amené l'utilisation d'autres parties des animaux tués dans nos abattoirs. Ainsi, les muffles, les pieds, les oreilles des bœufs, four-

13

nissent un contingent qu'on s'étonne d'avoir jusqu'à présent négligé, tandis qu'on faisait une consommation régulière du pied de veau. Le tout forme encore un poids de 10 tonnes par jour.

Le docte cénacle agite ensuite la question de la gélatine. La gélatine des os a eu ses partisans et ses détracteurs. Les fanatiques, au début, soutenaient *mordicus* qu'aucun aliment n'était plus riche, que nulle substance ne possédait mieux la propriété de rétablir promptement les forces des malades voués par ordonnance à un régime réconfortant.

Des spécialistes, en voulant en faire l'objet unique de l'alimentation des hôpitaux, soulevèrent dans le monde médical de furieuses controverses.

Le docteur Gannal, le fameux embaumeur, s'était un des premiers élevé contre l'espèce d'engouement dont la gélatine était l'objet. Comme il s'agissait avant tout de confondre ses adversaires par un exemple flagrant, il se soumit lui-même, avec sa famille, au régime gélatineux.

Les personnes vouées à cette expérience ne tardaient pas à en éprouver les effets : affaiblissement général de l'organisme, perte de forces, maigreur, étisie ; au bout de quelques jours, chaque heure était un pas vers la tombe. Alors, quand lui ou un de ses proches se trouvait parvenu à cet état de consomption extrême, signe précurseur d'une fin prochaine, on convoquait des experts, et, d'un accent de triomphe :

— Voilà, s'écriait le docteur Gannal, voilà où la gélatine nous a conduits !

Vu les circonstances et jusqu'à nouvel ordre, la gélatine est réhabilitée.

Aussi bien, nous avons perdu le droit de nous montrer exigeants, en cette ère nouvelle où la margarine est
souveraine, où la chimie remplace ses creusets par des
chaudrons et où des fonctionnaires de l'hôtel des Mon-
naies endossent la casaque blanche du chef-de cuisine.

Entre autres recettes diverses, M. Payen cite l'inven-
tion simple autant qu'ingénieuse de M. Martin de Lignac,
à l'aide de laquelle on règle, par une balance, la quantité
de sel injectée dans les viandes.

M. Wurtz, l'illustre doyen de la Faculté, fait l'éloge de
la viande de cheval, qui prend bien le sel, assure-t-il.

— Quant au mouton, ajoute M. Wurtz, il se prête peu
volontiers à l'action saline... sauf pourtant dans les prés
salés !

On voit que, même au milieu du péril, messieurs de
l'Académie ont quelquefois le mot pour rire. La galerie
fait chorus : les assiégés n'ont pas perdu toute leur gaieté.

Enfin, vient le tour des végétaux.

Déjà nos ménagères constatent, non sans des regrets
légitimes, la difficulté de mêler à notre pâture, dans des
proportions raisonnables, l'élément végétal.

Les légumes frais se font rares ; la culture maraîchère,
notre dernière ressource, se restreint de jour en jour.

Un aimable professeur du Jardin des plantes démontre
qu'il ne tient qu'à nous, pourtant, d'accroître, presque
sans frais, les produits que l'homme sait tirer de la terre.

« Ni les caves, ni les pots, ni le fumier ne manquent
à Paris. Ajoutons-y un peu de graine, et en voilà suffisamment pour nous établir jardiniers. Or, des jardiniers, Paris n'en aura jamais trop. Tout ce qui ressemble
à un légume doit être recueilli avec soin. Qui sait si bien-

tôt un trognon de chou, une carotte ou un navet ne seront pas cotés à la Bourse ?

« On va livrer, il est vrai, à la culture les terrains vagues de l'intérieur. Mais, en attendant l'effet de cette mesure excellente, comme quelques semis de cresson alénois feront admirablement notre affaire ! Une caisse remplie de terreau, un balcon ou le bord d'une fenêtre, et voilà un jardin.

« Si le cresson recherche la lumière, le champignon, au contraire, la fuit. Le grand air l'incommode, le grand jour lui fait mal... C'est dans les caves que ce cryptogame aime à prendre ses ébats. Dans les endroits sombres, humides et tièdes, il se développera avec une merveilleuse rapidité. »

L'excellent maître prêche avec une ardeur si convaincue la culture des plantes à végétation rapide, que, dès le lendemain, d'innombrables prosélytes de ce savant s'en iront en tous lieux préconisant l'exploitation des pâturages avec devanture sur la rue et l'entretien des prairies artificielles en chambre !

Grâce à l'existence de la zone intermédiaire s'étendant entre les forts et l'enceinte de Paris, la ville avait pu conserver, en guise de poire pour la soif, un potager d'une assez respectable étendue.

Jusqu'alors, la récolte s'était faite un peu bien en désordre, le maraudage n'étant pas absolument le meilleur système. Depuis, on avait mis à exécution une idée aussi simple que pratique. On avait organisé des compagnies de pourvoyeurs. Le manque de fusils n'ayant pas permis d'armer entièrement les derniers incorporés de la garde nationale, de beaucoup de ces soldats tard venus on avait fait des travailleurs.

Aux uns on avait donné la pioche et la pelle du terrassier, à d'autres la serpette et la bêche du cultivateur.

Aussi, le factionnaire en vigie sur la banquette du bastion ne se fût-il point étonné si le vent lui eût apporté un écho de ces commandements d'un genre imprévu :

« Portez... hotte !

« Présentez... sacs !

« Chargez... panier ! »

Les opérations toutes champêtres de la récolte s'accomplissaient suivant les principes de la discipline militaire.

Au soldat laboureur célébré par les vieilles estampes, succédait le soldat jardinier.

L'œuvre des compagnons de la bêche, quelque pacifique qu'elle parût, n'était pas dépourvue de risques. Quoique, dans la plupart des cas, nos déterreurs de carottes et de pommes de terre n'eussent pas à affronter directement le feu des avant-postes prussiens, ils n'en devaient pas moins, en mainte occasion, s'exposer aux balles des sentinelles perdues. Heureusement, jusqu'ici, les balles avaient presque toujours été comme les sentinelles.

Pour habiller ces nouveaux régiments, l'État ne s'était pas mis en frais exagérés d'uniformes.

Un képi noir à liserés, une ceinture rouge enroulée autour de la blouse ou de la veste, formaient la partie caractéristique du costume. Mais cette simplicité n'enlevait rien à l'organisation toute militaire du corps. D'un jour à l'autre, les apprentis pouvaient être soldats pour tout de bon, et si leurs mains n'étaient pas encore accoutumées au maniement du fusil, du moins se trouvaient-ils déjà préparés aux mouvements, aux marches, aux déploiements exécutés sous la conduite de leurs chefs.

Pour l'instant, ils étaient comme ces servants des pièces d'artillerie, dont le rôle se borne à transmettre aux servants de tête obus et gargousses. Ne pouvaient-ils passer jusqu'à un certain point, en effet, pour les distributeurs de nos plus essentielles munitions?

Chaque matin, les compagnies sortant de la ville se dirigeaient respectivement vers les terrains dévolus à leurs soins. Elles se répandaient dans la campagne, se distribuaient en pelotons — comme à la manœuvre — parmi les surfaces recélant notre maigre garde-manger, déterraient, arrachaient ou coupaient racines et tubercules, qui s'amoncelaient sur le sol en tas réguliers pour passer bientôt dans les bannes, les voitures à bras ou les charrettes préparées en arrière.

— Besogne de femme, disaient quelques-uns.

Non, besogne d'homme et de soldat; labeur parfois dangereux, et, en tous cas, remarquable application de ce grand principe de régularité et de promptitude : la division du travail.

Les extrêmes se touchent, dit un proverbe. Jamais il n'avait mieux été en place. Les gardes nationaux des compagnies sans armes avaient une autre mission : celle de distribuer, le cas échéant, aux gardes nationaux armés, les cartouches pour le combat.

Ils étaient à la fois les pourvoyeurs de la vie — et les pourvoyeurs de la mort!

CHAPITRE VII

AUTOUR DES MURS

Rêveries d'un factionnaire. — La garde nationale et sa bonne humeur.
— Heures sombres. — Départ de Gambetta. — Pseudo-revanche de Châtillon. — Le rapport de Vinoy. — Nos braves. — Incendie du château
de Saint-Cloud. — Le plan de Trochu. — Le 21 octobre : engagement
de Rueil. — La route de Versailles. — Un épilogue à la prussienne.

La garde nationale s'était organisée. Officiers et soldats,
dans ce corps improvisé si rapidement, s'étaient mis à
l'œuvre, et l'école périodique des postes intérieurs ou
des bastions leur donnait un commencement de pratique
militaire. Au passage des bataillons qui chaque matin
allaient relever la garde, à peine s'apercevait-on que l'uni-
formité du costume laissât parfois à désirer, et que blouses,
vareuses et tuniques se montrassent souvent côte à côte.
La couverture roulée en sautoir imprimait un caractère
commun à tous les défenseurs de l'enceinte.

Quels souvenirs que ces gardes montées aux remparts
pendant les froides nuits d'hiver! Souvent, comme dans
un songe, on se voit encore, au petit jour, relevant
de faction. Les détonations lointaines, assourdies par
l'épaisseur de l'atmosphère, qui nous parviennent des
redoutes avancées, troublent seules le calme solennel des
alentours. Nos environs se dessinent vaguement, enveloppés dans la brume matinale. Paisibles vallées où les

14

uns et les autres nous sommes tous allés autrefois rire de la gaieté de nos vingt ans ; mornes nécropoles où le rire s'est tu. Il semble pourtant que certains coins de terre ne sont pas faits pour le carnage, de même que certains noms ne sont pas faits pour l'histoire.

Ici près, sur le bastion, les artilleurs, fermes au poste, veillent à leurs pièces, — larges bouches muettes qui attendent le moment d'entamer la conversation.

Vers le dehors, le silence. Vers le dedans, le bruit. En bas, le long du chemin de ronde, devisent les gardes nationaux, environnés d'une nuée d'ouvriers posant les rails de la voie circulaire qui transportera plus rapidement soldats et munitions vers les points menacés.

La nuit a été fraîche.

Enroulés dans leur tartan ou dans leur couverture, les compagnons sont tous debout ; il leur tardait de quitter l'oreiller de terre sur lequel reposait leur tête. Heureux ceux qui ont pu camper sur une botte de paille dans une de ces villas qui, par endroits, bordent les fortifications, et que leurs propriétaires mettent à la disposition des soldats-citoyens.

Mais l'exercice, tout à l'heure, va réchauffer les plus engourdis.

Attention, cependant ; voici une troupe qui s'avance.

Chacun regarde : c'est une patrouille qui rentre, ou bien ce sont des mobiles qui passent.

Alors de toutes parts s'entrecroisent des vivats : « Vive la garde nationale ! Vive la garde mobile ! Vive la République ! Vive la France ! » Les « moblots » continuent leur route en chantant des airs de leur pays.

Comme il est interdit de quitter les alentours du poste, il faut, l'heure du repas venue, préparer soi-même sa petite *popote,* si on ne préfère consommer les victuailles emportées de chez soi.

Certes, les habitués de la Maison-Dorée sont désorientés quelque peu ; pourtant plus d'un jeune vicomte et plus d'un fils de banquier s'acquittent à merveille du rôle de maître-coq.

Et puis, pour ces détails et bien d'autres encore, il y a le tambour. A l'occasion, il remplace avec avantage la soubrette la plus dégourdie. Nul mieux que lui ne sait comment on place une giberne, de quelle manière on redresse une pièce de fourniment.

— Tambour ! ma baïonnette ne tient pas...

— Tambour ! mon ceinturon est trop serré...

Et le tambour est là qui aide les maladroits et corrige les imperfections de leur toilette.

Les heures, en somme, s'écoulent assez rapides : on est vite façonné à ces obligations dont chacun prend sa part avec un entrain fraternel.

La nuit, ceux qui ne sont pas de faction et que le sommeil ne tente point causent entre eux, à voix basse, l'oreille au guet, toujours sur le qui-vive. L'aube venue, on examine l'horizon, on regarde du côté des forts, on interroge le grondement du canon et la fumée des escarmouches, en se demandant :

— Sera-ce pour aujourd'hui ?

Au corps de garde, les réflexions sont moins belliqueuses. Les conversations ne chôment point, et c'est un peu tous les sujets qu'elles embrassent.

On parle des assiégeants, qui n'ont pas tous des abris et qui ne sont pas près de revoir leurs foyers... On parle des assiégés aussi, des autres, enfouis jusqu'aux oreilles sous leurs chauds édredons ; et en contemplant la ville calme et silencieuse que pointillent les becs de gaz,

chaque garde national a le droit de penser qu'il contri-
bue pour sa part à cette sécurité.

Au poste, on joue le piquet, le bézigue. Au dehors, on
cultive le tonneau ou le bouchon : un amusement pour
ceux qui veulent tromper leur inaction et que dévore le
besoin de se produire. Et de tous côtés les joyeux propos
vont leur train.

Ne parlons que pour mémoire des visites d'amis.

Autrefois, quand on voulait rencontrer un camarade
ailleurs que chez lui, il fallait le chercher à son bureau.
à son cercle; aujourd'hui. on ne le trouve plus qu'à
l'exercice, à moins qu'il ne gîte au secteur ou au bastion.

Bastions! secteurs! Étrange vocabulaire! Qui se serait
douté, en juillet, que ces mots feraient partie de la langue
usuelle?

Qui se serait douté aussi qu'auprès de ces remparts
on entendrait l'air retentir de couplets chauvins?

Il faut écouter avec quel ensemble un bataillon entonne
le refrain :

> C'est grâce à nous, défenseurs de la France,
> Que le pays ne sera pas déchu.
> Méritons tous, par notre âpre vaillance,
> Les compliments du général Trochu.

Les compliments du général Trochu!

C'est trois mois plus tard qu'il aurait fallu reprendre
ce couplet, dont l'ironie sanglante ne nous apparaissait
pas encore.

Déjà, cependant, les gardes nationaux, dans la plupart
des bataillons, demandaient avec instance qu'on les fît participer aux honneurs et aux périls des sorties. Déjà le gou-

vernement éludait et se contentait de répondre par des
proclamations empreintes de toute l'énergie que l'on aurait
voulu apercevoir dans ses actes.

Aussi, dans les entretiens du corps de garde, ce n'était
pas toujours la bonne humeur qui s'épanouissait. Les discours enflammés y trouvaient place à côté des historiettes
grivoises. Parfois on devenait sombre, et l'on se demandait combien de temps encore l'autorité militaire main-
tiendrait la milice citoyenne dans son rôle quasi-pla-
tonique.

On allait jusqu'à commenter dans les termes les plus
divers, et surtout les plus désavantageux aux membres
de la Défense nationale, le départ du plus entreprenant
d'entre eux.

Le 7 octobre, au matin, Gambetta partait par le ballon
Armand Barbès, de la place Saint-Pierre, à Montmartre.
Son secrétaire, M. Spuller, l'accompagnait. Un second
ballon, gonflé en même temps, était réservé à des négociants américains chargés d'aller acheter des armes pour
le compte de la France. Le temps était brumeux et froid.
Pendant les préparatifs, le brouillard se dissipa peu à peu.
Vers le moment du « lâcher tout », le soleil parut, puis
resplendit. Heureux augure, semblait dire la foule qui,
avec une émotion contenue, se pressait autour de la frêle
enveloppe de soie.

Rien de plus simple et rien de plus touchant que ces
apprêts complètement dépourvus de mise en scène :
auprès de la nacelle, la cage d'osier des pigeons voyageurs ; devant la prison recouverte de serge et agitée par
des mouvements d'ailes, le jeune ministre de la République écoutant religieusement les recommandations d'un
éleveur, se faisant enseigner les soins à prodiguer aux
intelligentes bêtes, notant l'heure de leurs repas, appre-

nant la manière de les lancer, les précautions à prendre
pour enrouler une dépêche autour d'une de leurs plumes ;
minutie de détails contrastant étrangement avec la grandeur de l'entreprise.

A dix heures, l'aérostat s'élevait. Toutes les têtes,
spontanément, s'étaient découvertes. De toutes les poitrines sortait une immense acclamation : « Vive Gambetta !
Vive la République ! » Gambetta portait à la province l'âme
de Paris. Il allait essayer de lui insuffler, avec son ardeur,
sa foi.

Mais, dans les circonstances présentes, cette mission
laissait croire volontiers à une division fâcheuse dans le
gouvernement.

Parmi la masse, quelle que fût l'ignorance à l'égard des
discussions dont l'Hôtel de Ville pouvait être le théâtre,
s'établissait un rapprochement involontaire entre le départ
du ministre le plus actif et l'inaction durant les deux
semaines écoulées.

— Ses collègues se sont débarrassés de lui, pensaient
à haute voix quelques-uns.

D'autres disaient :

— C'est lui qui s'est débarrassé d'eux.

De toute façon, chacun reprochait aux généraux chargés de la défense une somnolence trop prolongée, en
même temps qu'un dédain injustifiable pour les services
militaires des citoyens armés.

Peut-être l'affaire du 13 octobre eût-elle fourni la
revanche de Châtillon, si les quelques brigades de ligne
et de mobiles dont nous disposions avaient été convenablement appuyées par vingt ou trente mille gardes nationaux mobilisés depuis un mois.

Cette affaire du 13, néanmoins, si elle ne constitua

La route des airs

pas pour nos armes un succès réel, ne fut point sans gloire. Elle nous montra que nos soldats étaient capables, à l'occasion, de refouler les assiégeants, et que pour nous il n'y avait plus qu'une question d'effectif.

Voici, d'ailleurs, le rapport explicite envoyé le lendemain au gouverneur de Paris par le général Vinoy, placé à la tête des troupes :

MONSIEUR LE GOUVERNEUR,

Dans la soirée du 12 courant, vous m'avez prescrit d'opérer une grande reconnaissance sur Bagneux et Châtillon et de tâter fortement l'ennemi vers ces positions.

J'ai transmis immédiatement vos ordres, et, pour en diriger et en surveiller l'exécution, je me suis transporté le lendemain, dès six heures du matin, au fort de Montrouge.

Mes instructions n'ont pu parvenir au général Blanchard qu'à une heure assez avancée de la nuit, et les dispositions à prendre nécessitant un certain temps, l'attaque des villages n'a pu commencer que vers neuf heures. Cette circonstance n'a pas été défavorable au résultat de la journée, car l'attention de l'ennemi est surtout éveillée au point du jour : plus tard, il se relâche un peu de sa surveillance.

A neuf heures précises, toutes les troupes étaient postées aux points qui leur avaient été assignés d'avance; elles se mettaient en mouvement à un signal convenu, deux coups de canon tirés par le fort de Montrouge:

La 3e division du 13e corps, général Blanchard, était spécialement chargée de l'action : elle devait être soutenue par la brigade Dumoulin, de la division Maud'huy, et par la brigade de la Charrière, division Caussade.

Deux bataillons du 13e de marche, avec cinq cents gardiens de la paix, devaient s'emparer de Clamart, s'y maintenir, surveiller Meudon, et pousser des avant-postes jusque sur le plateau de Châtillon.

Le général Susbielle, avec le reste de sa brigade (le 14e de marche et un bataillon du 13e), renforcée par cinq cents gardiens de la paix, devait attaquer Châtillon par la droite; les mobiles de la Côte-d'Or et un bataillon des mobiles de l'Aube devaient forcer Bagneux, s'y établir solidement, tandis que le 35° de ligne, avec un autre bataillon de la Côte-d'Or, devait aborder Châtillon de front et occuper Fontenay, pour surveiller la route de Sceaux.

Le 42° de ligne, avec le 3° bataillon de l'Aube, recevait l'ordre de rester en réserve en arrière de Châtillon, vers le centre des opérations, au lieu dit la Baraque.

La brigade La Charrière avait pour mission de se porter sur la route de Bourg-la-Reine, et de maintenir les forces que l'ennemi dirigerait de ce côté pour essayer de tourner notre gauche.

La colonne de droite s'empare, sans coup férir, de Clamart, s'y maintient, mais trouve près du plateau de Châtillon des positions fortement occupées. Elle s'arrête donc sans pousser plus avant.

Le général Susbielle attaque vigoureusement Châtillon, soutenu par son artillerie de campagne et par celle des forts d'Issy et de Vanves; mais il est arrêté dès l'entrée du village par des barricades qui se succèdent, et par une vive fusillade partie des maisons crénelées. Il est obligé d'emporter une à une toutes ces maisons et de faire appel à l'énergie de ses troupes, tout en usant d'une extrême prudence, pour continuer cette guerre de siége. Le général reçoit un coup de feu à la jambe, mais la blessure est heureusement sans gravité; il reste à cheval et continue à commander sa brigade.

La colonne de gauche enlève rapidement Bagneux, après une vive résistance; les mobiles de la Côte-d'Or et de l'Aube, sous la conduite du lieutenant-colonel de Grancey, se montrent aussi solides que de vieilles troupes. C'est dans cette attaque que le commandant de Dampierre, chef du bataillon de l'Aube, est tombé à la tête de son bataillon.

Pendant ce temps, le 35° de ligne et un bataillon de la Côte-d'Or, sous les ordres du colonel de la Mariouse, tentent de se frayer un passage entre Bagneux et Châtillon; mais ils sont arrêtés par la mousqueterie et l'artillerie ennemies; ils sont obligés, eux aussi, de faire le siége des maisons et des murs de parc, crénelés et vigoureusement défendus, et ils parviennent jusqu'au cœur du village.

La brigade Dumoulin, qui avait pris position à la **grange Ory**, reçut ordre de se porter en avant pour appuyer le mouvement du colonel de la Mariouse ; elle occupa le bas de Bagneux, tandis que le 35ᵉ cheminait par le centre pour forcer la position de Châtillon.

La brigade de La Charrière s'acquittait convenablement de la tâche qui lui avait été confiée. Elle faisait taire, par son artillerie judicieusement dirigée, le feu d'une batterie ennemie postée vers l'extrémité de Bagneux et qui s'efforçait d'inquiéter nos réserves dans le but de tourner notre gauche.

Après cinq heures de combat, vous avez ordonné la retraite ; elle s'est effectuée dans le plus grand ordre. L'ennemi a essayé de reprendre rapidement ses positions, et il a engagé un feu très vif de mousqueterie et d'artillerie ; mais nos batteries divisionnaires et les pièces des forts de Vanves, de Montrouge et d'Issy l'ont arrêté court dans cette tentative. Les troupes laissées en réserve ont appuyé la retraite avec calme.

Le but que vous vous étiez proposé a été complètement atteint ; nous avons obligé l'ennemi à montrer ses forces, à appeler de nombreuses troupes de soutien, à essuyer le feu meurtrier de nos pièces de position et de notre excellente artillerie de campagne. Il a dû subir de fortes pertes, tandis que les nôtres sont peu sensibles, eu égard aux résultats obtenus. J'estime que nous n'avons pas eu plus de **trente** hommes tués et quatre-vingts blessés.

Vous avez pu juger vous-même, Monsieur le Gouverneur, par l'attitude des troupes qui reprenaient leurs campements, de l'élan et de la vigueur qu'elles avaient dû déployer dans l'attaque.

Le général commandant en chef le 13ᵉ corps,

Vinoy.

« Le but que l'on s'était proposé a été atteint... » On pensait, dans le public, que le but consistait à conserver les positions conquises, en les appuyant de forces suffisantes. Mais le public n'était point dans le secret des généraux.

Au cours de l'action, était tombé, on l'a vu, le brave commandant de mobiles, digne petit-fils de ce général Dampierre qu'un boulet prussien avait tué sous Valenciennes en 1793. — Les mobiles hésitaient devant une barricade sillonnée de feu. « Allons, mes amis, à la baïonnette! » s'était écrié M. de Dampierre prenant la tête du bataillon de l'Aube. Au même instant, une balle l'avait frappé. Couvert de son sang : « En avant! » criait-il encore. Une heure après, il rendait le dernier soupir.

Entre deux et trois heures, pendant que, sur la ligne qui s'étend du fort d'Issy au fort de Montrouge, la lutte vigoureuse de la matinée semblait toucher à sa fin, au moment où le fort de Vanves lâchait ses dernières bordées, le Mont-Valérien envoyait sur Saint-Cloud une grêle d'obus et de bombes.

Saint-Cloud, depuis quelques jours, était devenu menaçant. Il servait de refuge et de poste d'observation à un nombreux état-major ennemi. Du château même, paraît-il, les officiers allemands dirigeaient la construction de batteries que nos canonniers avaient à plusieurs reprises jetées à bas. On savait en outre qu'une aile contenait des munitions et des approvisionnements destinés aux troupes opérant aux alentours.

Aux premiers projectiles partis du Mont-Valérien, on vit s'élever une flamme, extrêmement faible d'abord et que de prompts secours eussent aisément maîtrisée.

Ce ne fut qu'après l'envoi successif de plusieurs bombes énormes, lancées de la direction de la Seine par la canonnière *Farcy,* que l'incendie sembla prendre son développement.

Des hauteurs du Trocadéro on apercevait — il était alors quatre heures — une épaisse fumée montant vers

le ciel en tourbillons qu'un vent violent chassait dans
la direction de Sèvres. Bientôt la flamme se fit jour, prenant peu à peu, à travers la fumée, un éclat dont les lueurs
se projetaient sur tous les bois et les coteaux en amphithéâtre.

À cinq heures, l'incendie atteignait son apogée. Le feu,
léchant les habitations voisines du château, offrait tout à
la fois un spectacle grandiose et sinistre. À six heures,
il faisait presque nuit. L'embrasement découpait trois
vastes arcades sur le fond sombre de l'horizon. Le vent
s'était apaisé, et la fumée allait se perdre en spirales vers
la crête des collines.

Entre neuf et dix heures seulement, l'incendie commença à diminuer d'intensité.

Le château de Saint-Cloud était à moitié détruit. Triste
ouvrage de nos canons, mais exécution nécessaire.

Le lendemain, 14 octobre, le général Trochu adressait
au maire de Paris une longue lettre.

Cette épître était destinée à devenir vite fameuse. Le
gouverneur y annonçait le dépôt de son testament entre
les mains de M⁰ Ducloux, notaire, avec la mise sous enveloppe scellée d'un plan de débloquement assurant le
succès si l'on voulait bien permettre que son auteur n'allât
pas plus loin dans la voie des révélations.

Le style inspiré de l'honorable président fit sourire,
mais d'un sourire amer.

La popularité du gouverneur sombrait d'un coup
sous ce flot de papier noirci.

Le 16, paraissait le premier décret relatif à la mobilisation d'une partie de la garde nationale. Les engagements
devaient rester volontaires et limités au chiffre de cent
cinquante par bataillon. C'était une levée de 40,000 hom-

mes. La mesure était bonne, bien qu'incomplète. Le décret du 16 valait mieux assurément que la missive du 14.
Mais il venait un mois trop tard.

Six jours après, nouvelle sortie, nouveau succès, et,
faut-il l'ajouter? — nouvelle retraite de nos troupes em-
ployées en nombre insuffisant et privées de soutien.

C'était l'engagement de Rueil et de la Malmaison, où,
comme nous ne devions pas tarder à l'apprendre, quelques
régiments de plus et quelques appréhensions de moins
nous eussent menés en peu d'heures jusqu'à Versailles.

L'objectif? En dehors d'une marche sur le quartier
général prussien, il eût été difficile de le définir en termes
précis, à moins que, le 21 octobre comme le 13, il s'agît
simplement de tâter l'ennemi et de le contraindre à « montrer ses forces ».

Vers midi, le général Ducrot pointait dans la direction
de Buzenval. Il disposait de 11,000 hommes, effectif bien
restreint, quoique appuyé par 94 pièces de canon. Les
troupes d'attaque étaient formées en trois groupes :

1er groupe, général Berthaut; 3,400 hommes d'infanterie; 20 bouches à feu; 1 escadron de cavalerie : destiné à
opérer entre le chemin de fer de Saint-Germain et la partie
supérieure du village de Rueil.

2e groupe, général Noël; 1,350 hommes d'infanterie;
10 bouches à feu : destiné à opérer sur la côte sud du
parc de la Malmaison et dans le ravin qui descend de
l'étang de Saint-Cucufa à Bougival.

3e groupe, colonel Cholleton; 1,600 hommes d'infanterie; 1 escadron de cavalerie : destiné à prendre position
en avant de l'ancien moulin au-dessus de Rueil, à relier
et à soutenir la colonne de gauche.

En outre, deux réserves disposées, l'une à gauche,

sous les ordres du général Martenot, composée de 2,600 hommes d'infanterie et de 18 bouches à feu ; — l'autre au centre, commandée par le général Paturel, composée de 2,000 hommes d'infanterie, de 28 bouches à feu et de deux escadrons de cavalerie.

A une heure, tout le monde était prêt ; l'artillerie, ouvrant son feu sur toute la ligne en vaste demi-cercle de la station de Rueil à la ferme de la Fouilleuse, le concentrait, durant trois quarts d'heure, sur Buzenval, la Malmaison, la Jonchère et Bougival. Pendant ce temps, nos têtes de colonne gagnaient les points à atteindre, c'est-à-dire la Malmaison pour les colonnes Berthaut et Noël, Buzenval pour la colonne Cholleton.

A un signal convenu, l'artillerie cessant instantanément son action, nos troupes s'élançaient avec un admirable entrain ; elles arrivaient promptement au ravin qui descend à l'étang de Saint-Cucufa en contournant la Malmaison. La gauche du général Noël, dépassant ce ravin, gravissait les pentes qui montent à la Jonchère et bravait un feu violent de mousqueterie partant des bois et des clos où l'ennemi était resté embusqué. En même temps quatre compagnies de zouaves acculées dans l'angle que forme le parc de la Malmaison au-dessous de la Jonchère étaient dégagées par l'énergique intervention du bataillon de Seine-et-Marne et pénétraient dans le parc.

Dès le commencement de l'affaire, quatre mitrailleuses et une batterie sous la direction du commandant Miribel s'étaient portées, avec une remarquable hardiesse, en avant, pour préparer l'entrée en scène de l'infanterie, tandis que les francs-tireurs, commandés par le capitaine Faure-Biguet (colonne Cholleton), se précipitant par Buzenval, se dirigeaient de là sous taillis vers les bords du ravin de Saint-Cucufa,

A Versailles, au quartier prussien les craintes étaient sérieuses. Des officiers bouclaient leur valise. Les Versaillais, en groupes haletants, écoutaient l'écho sans cesse plus rapproché des décharges d'artillerie. L'espérance illuminait les visages. Les bouches se taisaient, mais les mains échangeaient de fébriles étreintes, se serrant plus fortement à chaque estafette allemande qui, au triple galop de son cheval, courait vers l'une des portes de la ville. Des canons furent disposés en batterie, en tête de chacune des trois grandes avenues de Saint-Cloud, de Paris, de Sceaux, de façon à les commander. Le général de Voigts-Rhetz vint, sur la place d'Armes, se mettre à la tête de ses réserves, entouré d'officiers et d'aides de camp sans cesse apportant et remportant des ordres. Les troupes étaient massées, l'arme au pied, autour de cet état-major.

Des fourgons chargés à la hâte s'éloignaient par la rue des Chantiers, emportant ce que le quartier général renfermait de plus précieux. Les malles étaient rapidement entassées sur des chariots. A la préfecture, on déménageait les appartements du roi ; on entassait dans des voitures de réquisition les bagages et jusqu'à des tiroirs de meubles pleins de linge et d'effets[1]. Chez M. de Moltke, chez M. de Bismark, mêmes préparatifs et même bouleversement subit. Le roi, déjà, filait sur Saint-Germain, accompagné de son fils et des princes de la maison de Prusse.

Un rédacteur allemand nous a transmis ses impressions au cours de cette journée.

« On bat la générale, écrivait le docteur Blum ; les

1. *Versailles pendant l'occupation.* — Documents réunis par les soins de la municipalité. « *Tout Versailles avait été mis en émoi.* » Dépêche du roi Guillaume à la reine Augusta.

aides de camp galopent en tous sens; on met des canons
sur les avenues; la population manifeste son hostilité.
Nous sortons par la porte Saint-Antoine. Nous demandons
des nouvelles de la bataille à un dragon arrêté sur la route
par un embarras de fourgons : — « *Cela va mal,* dit-il, *très
mal!* » Un peu plus loin, nous croisons le premier blessé;
même réponse : *Cela va mal, très mal;* et il ajoute que sa
compagnie et une autre ont été presque anéanties. M. de
Moltke se tient avec son état-major à Beauregard. Je
lui demande s'il n'y a rien à craindre. — Non, certes!
répond-il. — Le prince royal arrive au galop; puis le roi,
qui, après s'être entretenu avec M. de Moltke, se rend à
l'aqueduc de Marly, d'où il assistera à la bataille. Mais
M. de Moltke part dans la direction de l'engagement [1]. »

Et tout ce remue-ménage pour onze mille hommes
bravement conduits!

Ah! si Paris avait pu! si Ducrot avait su!

Mais, en arrière de la région boisée, les Prussiens
étaient en force. Il fallut rétrograder.

Le lendemain, non loin de la Jonchère, avait lieu
l'épilogue du combat de la Malmaison.

A Bougival, deux Allemands avaient reçu des balles
françaises. Leurs officiers accusent les habitants du village d'avoir tiré sur eux avec des *arquebuses pneumati-
ques...* On les frappe d'une amende collective de cinquante
mille francs; des maisons sont méthodiquement incendiées; dix-huit habitants sont traduits en conseil de guerre.
Deux d'entre eux, MM. Duborgier et Antheaume, sont en-

---

1. Edmond NEUKOMM, *Les Prussiens devant Paris.* — Récit du correspondant du *Daheim.*

voyés prisonniers en Allemagne. Deux autres, Martin et Cardon, sont fusillés. Quant au reste de la population, les bourreaux se contentent de la chasser de son territoire, après l'avoir contrainte à assister, sous les fusils de leurs soldats, au supplice de deux innocents !.

CHAPITRE VIII

CONTRASTES

Appel aux amazones. — Fantaisie et dévouement. — Les ambulances et leur comité. — Infirmières et docteurs. — Alternatives désagréables. — Un faïencier de Bourg-la-Reine. — La passion des pendules. — Réquisitions à outrance. — Chapitre des déprédations. — Une substitution de sépulture. — Les artistes de la landwehr.

Les événements offrent parfois entre eux de singuliers contrastes.

Tandis que la lutte enfiévrait tous les cerveaux; tandis que chaque soir la foule, devant la porte des mairies, attendait avec une impatience nerveuse les bulletins officiels, ou se portait vers les forts pour connaître plus tôt de nouveaux détails, une idée étrange prenait son essor et trouvait dans le public un accueil plus grave qu'on ne serait tenté d'imaginer.

C'est sous la forme d'une affiche vert tendre, placardée à profusion sur les murailles de Paris, que se présentait l'innovation; et, à parcourir les lignes attrayantes de ce manifeste, le moins ambitieux n'eût pu se défendre d'une velléité de commandement.

Voici ce qu'on y lisait :

PREMIER BATAILLON DES AMAZONES DE LA SEINE.

Pour répondre aux vœux qui nous ont été exprimés par de nombreuses lettres et aux dispositions généreuses d'une

grande partie de la population féminine de Paris, il sera
formé successivement, au fur et à mesure des ressources qui
nous seront fournies pour leur organisation et leur armement, dix bataillons de femmes, sans distinction de classes
sociales, qui prendront le titre d'*Amazones de la Seine*.

Ces bataillons seront principalement destinés à défendre
les remparts et les barricades, concurremment avec la partie
la plus sédentaire de la garde nationale, et à rendre aux combattants, dans les rangs desquels ils seraient distribués, tous
les services domestiques et fraternels compatibles avec l'ordre
moral et la discipline militaire.

Ils se chargeront en outre de donner aux blessés sur les
remparts les premiers soins qui leur éviteront le supplice
d'une attente de plusieurs heures.

. . . .

Ils seront armés de fusils légers ayant au moins une portée
de 200 mètres, et le gouvernement sera prié de les assimiler
aux gardes nationaux pour l'indemnité de 1 fr. 50 c.

Le costume des *Amazones de la Seine* se composera d'un
pantalon noir à bande orange, d'une blouse de laine noire à
capuchon et d'un képi noir à liserés orange, avec une car-
touchière en bandoulière.

. . . .

Un bureau d'enrôlement est ouvert rue Turbigo, n° 36,
de neuf heures du matin à cinq heures du soir, pour la formation du premier bataillon, sous la direction d'un officier
supérieur en retraite.

Le chef supérieur du bataillon,

Félix Belly.

Le placard, en somme, témoignait d'un bon sentiment.
Restait à réaliser les conditions assez délicates du programme.

L'initiateur du premier bataillon féminin pourrait-il
concilier les éléments rivaux du futur effectif? On se le
demandait volontiers, tout en souhaitant bonne chance et
bonne fortune au chef hardi des amazones qui devait se

préparer sans doute à répéter, plus souvent que la théorie
ne l'indique, le commandement de : « Silence dans les
rangs. » Mais la police se mêla de l'affaire ; elle n'eût point
de suite. On ne sut même jamais au juste combien de
représentants du beau sexe vinrent s'enrôler sous la ban-
nière nouvelle. Dans la statistique du siége, ce chiffre
ne serait pas l'un des moins curieux.

Mieux vaudrait·encore, cependant, pouvoir compter et
nommer toutes les femmes qui, comprenant mieux la
nature des services qu'elles étaient aptes à rendre à la
cause nationale et sachant trouver leur véritable champ de
bataille, se consacraient à l'adoucissement des souffrances
de nos combattants.

Telles les infirmières de la *Société française de secours ;*
telles aussi les *Sœurs parisiennes,* qui allaient jusque sous
le feu prodiguer les premiers soins aux blessés. Ces Sœurs
parisiennes, aussi bien que les infirmières de la rue Turbigo, vouées à un rôle analogue, n'étaient point des reli-
gieuses, mais des femmes libres de vœux monastiques et
dont la plupart comptaient un mari, un frère, un fils
parmi les défenseurs.

Et toutes celles qui, de leur hôtel ou du simple appar-
tement qu'elles occupaient, avaient fait un asile hospita-
lier et rivalisaient de zèle, auprès des malades qu'elles
obtenaient de soigner, avec les infirmières des ambulances
centrales !

Dresser la liste des unes et des autres serait écrire un
livre d'or ; un livre où, Dieu merci, l'on aurait à feuilleter
de nombreuses pages. Les femmes, pendant la durée du
siége, furent de précieux et dévoués auxiliaires pour la
Société française de secours. Le conseil de cette société,
présidé par M. de Flavigny, ayant comme secrétaire géné-

ral M. de Beaufort et comme trésorier M. A. de Rothschild, comptait, parmi ses membres unis pour l'œuvre commune, des hommes de toutes les castes, des noms de tous les partis. La Faculté, naturellement, y tenait la place prépondérante.

Dès les premiers préparatifs de la guerre, au mois de juillet, la presse parisienne avait, de son côté, lancé une souscription qui, en peu de semaines, avait atteint un chiffre élevé. A mesure que les sommes affluaient, un comité central les transformait en matériel, en médicaments, en indemnités à un personnel nombreux. Le docteur Ricord avait tenu à honneur de diriger le service médical des *Ambulances de la Presse*, que l'intendance militaire s'adjoignit bientôt comme une annexe des services publics.

Grâce à un concours unanime, les blessés n'eurent donc pas trop à souffrir de l'investissement, si l'on en juge du moins par les chiffres suivants, empruntés au rapport du docteur Mundy, chirurgien distingué auquel la Société de secours avait confié la direction de l'ambulance établie au Corps législatif.

On comptait là, en moyenne, par jour et par hôte :

1/2 litre de bouillon ;

250 grammes de viande ;

500 grammes de pain ;

200 grammes de légumes ;

40 grammes de sucre ;

1/4 litre de lait ;

1/6 litre de café, thé ou chocolat ;

100 grammes d'aliments divers.

Presque la consommation quotidienne d'un homme valide.

Il serait plus difficile d'acquérir une idée nette des dépenses que supportèrent les ambulances particulières, et qui doivent aussi entrer en compte dans le bilan de la charité.

Mais ce que l'on ne saurait évaluer, c'est la somme de désagréments, non prévus par eux, auxquels s'exposèrent ceux qui tenaient à planter au-dessus de leur porte le drapeau blanc à croix rouge : telle, par exemple, l'obligation, bien dure pour des gens dont le morceau de pain est rogné à un gramme près, de donner asile à des ennemis.

Un jour quelqu'un s'entretenait de ce sujet avec le docteur Demarquay.

— Croyez-vous, disait celui-ci, que certains particuliers possèdent de la vertu ? Si je n'étais médecin, je ne pourrais oublier la nationalité d'un Prussien ou d'un Bavarois !

— Mais c'est le devoir ! Sûrement vous ne mettriez pas à la porte un adversaire blessé et prisonnier ?

— Ma foi, je ne sais ; je craindrais trop de recevoir un de ces Vandales tueurs et pillards dans le genre de celui que soignait mon ami E...

Et, comme on le regardait d'un air interrogatif :

— M. E..., fit-il, habitait Bourg-la-Reine. Rentré à Paris peu de jours avant l'investissement, il avait fondé une ambulance d'une douzaine de lits donnant asile à un certain nombre de blessés parmi lesquels un Saxon. Ce coquin fut l'objet d'une sollicitude d'autant plus méritoire que celui auquel elle s'adressait semblait n'en éprouver qu'une médiocre reconnaissance. Sombre, défiant, taciturne, le Saxon ne répondait que par monosyllabes aux questions, qu'on les lui adressât en français ou en allemand.

« Ce fut seulement après plusieurs semaines de séjour que, subjugué enfin par le dévouement prodigué, l'étranger se décida à soutenir un dialogue. M. E... lui entendant prononcer le nom de Bourg-la-Reine, comprit que l'infirme y avait tenu garnison. Lui-même venait d'y abandonner une vaste fabrique de poteries et de faïences d'art.

« Or, jugez de la surprise de l'industriel bienfaisant en apprenant que celui-là même auquel son toit offrait une sainte hospitalité avait figuré parmi les occupants de l'usine et participé au pillage en règle des magasins. Tout ce qui représentait une valeur avait passé à l'emballage sous la surveillance d'un officier ; des escouades de soldats étaient commandées pour cette corvée comme pour un service ordinaire. La besogne terminée, les caisses, enlevées sur camions, avaient reçu une destination que le Saxon ne sut ou ne voulut pas dire. Aux porcelaines fines et autres marchandises expédiées par cette voie on avait joint les meubles du propriétaire, les rideaux, les tentures, — sans oublier surtout les pendules pour lesquelles, décidément, les Prussiens semblent professer un goût spécial.

« Quant aux poteries et aux faïences communes, elles étaient laissées à la discrétion des soldats, et ils paraissent en avoir fait un singulier abus ; car certains vases utilisés par eux pour le service de bouche avaient, dans l'origine, une destination diamétralement opposée. Mais les soudards de Guillaume ne sont pas comme Brid'oison ; ils s'inquiètent peu de la forme.

« — Et d'ailleurs, ajouta en manière de péroraison l'excellent praticien, cette forme-là leur sied si bien ! »

A travers les souffrances qui commençaient, nous

trouvions de pâles regains de joie à nous figurer que si
dans Paris l'existence devenait désagréable, elle n'était
pas plus riche d'agréments au dehors, et que si l'ère des
privations s'était pour nous ouverte, nos affameurs, eux
aussi, enduraient parfois la faim. Illusion impardonnable!
La faculté absorbante des assiégeants, certes, était considérable; mais leur faculté préhensive se montra con-
stamment à la même hauteur. Il leur était donné de faire
apparaître tout ce que peut renfermer de puissance un
seul mot. Il est vrai que ce mot était : réquisition.

La réquisition administrative, même à outrance, se
justifiait à la rigueur par les nécessités d'entretien d'un
rassemblement de 250,000 hommes. Mais, petits et grands,
chacun réquisitionnait pour le plaisir de réquisitionner. Des
colonnes mobiles ravageaient le pays à vingt-cinq lieues à
la ronde, chassant devant elles les troupeaux, accumulant
sur des fourgons les fourrages, rançonnant les hameaux
misérables où fourrages et bestiaux avaient déjà été saisis.
Parfois on réquisitionnait uniquement pour souffleter le
vaincu... Un jour, un convoyeur avait disposé sur le coin
de sa voiture une cage, avec deux mignonnes tourterelles
destinées à ses enfants. Le chef de la colonne aperçoit les
pauvres oiseaux, lui fait le signe impératif de les livrer.
Un soldat hasarde une observation :

— Mais, mon lieutenant, ces bêtes-là, ça ne se mange
point !

— En campagne, on mange tout.

Et les subordonnés durent, par ordre supérieur, égor-
ger les tourterelles.

La rapacité prussienne ne le cédait qu'à la voracité
bavaroise. Celle-ci était devenue proverbiale, même parmi
les vainqueurs, — surtout parmi les vainqueurs : « Une
troupe de Bavarois vient-elle à passer dans un village,

17

publiait allègrement une feuille populaire d'outre-Rhin,
aussitôt, une grande rumeur se produit : poules, oies,
canards, dindons poussent des cris désespérés. Puis tout se
tait subitement : les Bavarois ont disparu, et les volailles
aussi. »

Avec cela, un flair sans cesse en éveil. Prussiens, Bavarois, Saxons, autant de boussoles toujours orientées
vers ce qui s'avale. Tous ces gens étaient aux liquides,
en particulier, ce que le verrat périgourdin est à la
truffe. Le jour de Châtillon, au bruit de la canonnade, un
châtelain retardataire avait enfoui trois barriques d'un vin
précieux, puis comblé la fosse. L'excédent de terre l'em-
barrassait. Où le transporter? Sous la pression des circonstances, une idée ingénieuse avait surgi. S'emparant
d'une pelle, le propriétaire inquiet pour son bien avait
hâtivement recouvert la fosse d'un tumulus. Deux lattes
clouées avait servi à confectionner une croix. La croix
plantée dans le sol, il avait tracé, sur la branche trans-
versale, cette inscription en superbe gothique :

Hier liegen drei Kamaraden.

(Ici reposent trois camarades.)

Lorsque le lendemain de l'armistice, cinq mois après,
le gentilhomme campagnard courut vers sa cachette, le
tertre était intact. Le gazon y avait poussé. A la croix,
pendaient des couronnes pieuses et des bouquets d'im-
mortelles. Heureuse chance! Le stratagème avait réussi!
Notre ami jette bas la tombe improvisée, ameublit le sol,
déblaye vigoureusement. Bientôt la pioche bute contre un
obstacle. Le piocheur se penche... Sous ses yeux, à la
place des tonneaux, gisaient trois cadavres.

On a raconté et décrit cent fois les déménagements à la prussienne opérés sur une vaste échelle autour de Paris. Aujourd'hui, on les nie volontiers en Allemagne. Malheureusement pour les déménageurs, il s'est trouvé parmi eux un écrivain naïf pour relater ces entreprises quasi-officielles dans des *Impressions de voyage en France pendant la guerre* [1]. L'écrivain est mort; mais ses *Impressions* restent.

« Nos pauvres soldats, — c'est défunt Gerstaecker qui parle des changements de canton, — nos pauvres soldats, après avoir dormi dans le velours et dans la soie durant quelques semaines, n'avaient plus qu'un carreau humide pour étendre leurs membres fatigués... » Donc, les escouades empaquetaient, avant de partir, les objets qui leur étaient nécessaires ou seulement agréables, et bientôt, si invétérée fut l'habitude, qu'à aucun prix une colonne ne se fût mise en route sans *son* mobilier, *sa* batterie de cuisine et *son* piano.

Quant aux détails d'exécution : « Les officiers veillaient en personne à ce que des voitures et des chevaux fussent réquisitionnés en nombre suffisant pour que le transport des objets *appartenant* à leurs soldats ne souffrît pas d'encombre. »

L'auteur des *Impressions de voyage* rencontra souvent, aux alentours de la capitale assiégée, des colonnes ainsi munies de leurs accessoires. Il en cite une, notamment : vingt-cinq voitures traînées par des chevaux, et de nombreuses charrettes que tiraient à bras des paysans transformés en bêtes de somme ; un troupeau de bœufs fermait la marche.

« On eût cru au déménagement d'une ville entière, et

---

1. M. Gerstaecker, correspondant d'une feuille très répandue, la *Gartenlaube*.

pourtant la colonne ne se composait que de deux compagnies. »

Tout a été dit sur le système d'exploitation des pays occupés, inauguré par les armées allemandes; sur leurs exportations vers la Poméranie, la Silésie ou la Saxe. C'était le pillage scientifiquement organisé.

Mais comment expliquer, en dehors de la barbarie de la race, les maisons ruinées sans but et sans profit, les châssis brûlés sur place, les matelas éventrés à coups de baïonnette, les panneaux crevés à coups de crosse, les glaces brisées à coups de pommeau, les meubles fendus à coups de hache, les œuvres d'art disloquées ou réduites en miettes?

Quel mobile attribuer à la rage féroce de destruction qui poussait les occupants de Bois-Colombes à anéantir l'œuvre de Théodore Ribot, à cisailler ses toiles, à couper en lanières ses études, à déchirer ses ébauches; rage qui, à l'heure du retour dans le foyer souillé, arrachait au grand artiste cette exclamation :

— Les misérables! Sûrement il y avait des peintres dans la landwehr prussienne!

On n'en finirait pas, au surplus, si l'on prétendait traiter, même d'une façon incomplète, le chapitre des déprédations. La rapacité et la voracité tudesques demeureront légendaires. Un pays ne cotera jamais assez haut l'entretien de ses forces, avec des voisins de semblable encolure. Quoi qu'il en puisse coûter, il en coûtera moins cher que le contact de ces doigts crochus et les atteintes de ces mâchoires insatiables.

CHAPITRE IX

L'ART ET LE PATRIOTISME

La confiance renait. — La question des théâtres. — Francisque Sarcey
et Thomas Grimm. — Le premier concert. — Victor Hugo à la Porte-
Saint-Martin. — Patria. — Les artistes. — Des canons! — M. Legouvé
et l'alimentation morale. — Le Théâtre-Français. — Souvenirs de 92.
— L'enrôlement des volontaires.

Il arrive souvent qu'aux plus furieuses tourmentes
succède un calme soudain. Le cœur de l'homme, pas
plus que l'Océan, n'échappe à ces apaisements subits qui
viennent entre deux orages, comme un sourire d'enfant
vient entre deux sanglots. Paris, ce grand et éternel enfant,
peut-il rester longtemps sans sourire? Il a banni le plaisir;
a-t-il le droit d'en tarir jusqu'à la source la plus pure : l'art?

Dès le milieu d'octobre, la question des théâtres est
à l'ordre du jour. Chacun dit son mot pour ou contre.
Beaucoup verraient avec satisfaction, dans la réouver-
ture de quelques salles, l'occasion, pour une fraction no-
table du public, d'oublier, au moins momentanément, des
préoccupations dont rien jusqu'à présent n'est venu le
distraire. Ceux-là citent l'héroïque exemple des habitants
de Lille qui, en 1792, allaient assister, impassibles, aux
représentations de la Comédie et de l'Opéra, tandis que du
dehors les bombes pleuvaient sur la ville assiégée.

« Quoi qu'il arrive, écrit philosophiquement Francisque Sarcey au *Gaulois,* l'art doit planer au-dessus des
évènements ; le théâtre n'est point un plaisir plus incon-
venant que la lecture d'un bon livre, et c'est justement
aux heures les plus tristes de son existence que l'homme a
besoin d'une diversion qui, pour un instant du moins,
bannisse la pensée de ses maux. »

Des moralistes, au contraire, font ressortir la mes-
séance de ces plaisirs mondains dans une conjoncture aussi
grave et n'envisagent qu'avec une sorte d'effroi la possibilité
que des citoyens s'en aillent rire et battre des mains, pendant qu'à quelques pas d'autres tombent frappés à mort
pour la cause sacrée du pays.

« Si j'osais prendre part à la discussion, réplique
Thomas Grimm dans le *Petit Journal,* je ne craindrais
pas d'avancer que l'heure des jeux et des chants ne me
semble pas encore venue. On pourrait à bon droit redouter, ce me semble, que l'esprit des spectateurs fût la plupart du temps ailleurs qu'aux scènes qui se dérouleraient
devant leurs yeux. Et dans les instants où l'auditoire pourrait être le plus vivement captivé par d'agréables fictions,
le bruit lointain du canon ou de la fusillade viendrait plus
d'une fois le rappeler à la réalité. »

A tout prendre, aller s'asseoir au théâtre en un pareil
moment, c'est là une bravade qui n'est pas sans grandeur.

Le dimanche 23 octobre, le Cirque national ouvrait
ses portes au public. On rendait de l'argent aux bureaux ;
et les plus déçus n'étaient pas ceux qui avaient payé leur
place.

L'abbé Duquesnay, venant plaider la cause de l'*œuvre
des fourneaux,* obtenait un véritable succès en faisant, au
lieu d'une homélie, le *speech* le plus humoristique.

C'était prédisposer admirablement l'auditoire à applaudir ensuite l'ouverture de la *Muette*, enlevée avec une énergie entraînante par l'orchestre de Pasdeloup.

L'ouverture du *Freischütz* et la symphonie en *ut mineur* montraient ensuite Weber et Beethoven dans deux de leurs pages les plus nobles. Beethoven et Weber! deux Allemands dont les mélodies exquises charment nos oreilles et apaisent nos cœurs, tandis que l'armée allemande est à nos portes, prête à nous exterminer. Non! Weber et Beethowen ne sont pas allemands. Ces compositeurs immortels n'ont rien de commun avec une race en lutte contre la civilisation. Weber et Beethoven sont du pays des génies.

Victor Hugo le savait bien lorsqu'il écrivit les paroles de *Patria,* ce cantique dont les strophes, bientôt, allaient devenir populaires.

Beethoven en avait composé la musique, sans se douter, certes, que ces quelques mesures intercalées dans une de ses œuvres deviendraient un jour, grâce au poète, un chant consolateur de Paris assiégé.

Patria, d'ailleurs, a son histoire, que volontiers le maître dit.

Victor Hugo était jeune alors; mais la célébrité n'avait pas attendu « le nombre des années » pour déployer son auréole au front du poète que, dès longtemps déjà, Chateaubriand avait appelé l'*enfant sublime*. L'affiche du Gymnase, — à cette époque *Théâtre de Madame,* — annonçait la première représentation d'une pièce de Scribe, *la Chatte métamorphosée en femme.* Sans être un admirateur de Scribe, Hugo avait quelque estime pour le talent de l'auteur dramatique qui fit les délices de nos pères. Il retint une stalle au théâtre de Madame. La pièce, toutefois, — c'est le poète qui raconte, — l'intéressa médiocrement. Il écoutait le dialogue d'une oreille assez distraite. Il suivait l'action vaguemènt, péniblement, comme un homme dont l'esprit est ailleurs. Tout à coup des sons étranges frappent son attention.

Sur un motif bizarre, d'un rythme saisissant, les choristes ont entonné une sorte d'invocation hindoue, dont l'originalité tranche avec la monotonie des scènes précédentes.

Aux premiers accords, le poète est charmé; à mesure que le chant se déroule, la mélodie le pénètre de ses effluves; vers la fin du morceau, il bouillonne d'enthousiasme.

Victor Hugo sort de la salle en murmurant l'air qui l'a bercé si délicieusement.

Cet air s'était gravé dans sa mémoire; il persistait à revenir sur ses lèvres, presque malgré lui.

Le lendemain, l'auteur des *Orientales*, rencontre sur le boulevard des Italiens, — on prononçait alors boulevard de Gand, — son ami Joseph d'Ortigue.

D'Ortigue était un musicien émérite, un érudit surtout, et tenait déjà avec honneur la plume de critique musical au *Journal des Débats*.

— Tiens! c'est vous? fait le poète. Vous arrivez à propos. J'ai entendu hier, intercalée dans la nouvelle pièce, une ravissante mélodie. C'est de votre ressort, cela; je vous engage à en aller goûter les douceurs.

— J'irai, dit le critique.

A quelques jours de là, nouvelle rencontre.

— Eh bien, dit Hugo, êtes-vous de mon avis?

— Parbleu! répond d'Ortigue, c'est du Beethoven!

— Beethoven! qu'est-ce que c'est que ça?

Il faut noter qu'en ce temps-là le nom de Beethoven était aussi inconnu en France que si ce maître n'eût jamais existé. La musique classique restait presque ignorée chez nous, et le premier flon-flon venu était mieux apprécié que ses plus superbes partitions.

Aussi Victor Hugo ne fut-il point médiocrement étonné d'apprendre de son interlocuteur qui était Beethoven : le plus vaste créateur musical de l'Allemagne.

Les années s'écoulèrent.

Puis l'exil vint pour le poète.

L'exil, mais non l'oubli ; car, sur son rocher de Guernesey, un vent lointain lui ramena un jour cet air qui avait charmé sa jeunesse. Et ce fut en suivant note à note la mélodie que Victor Hugo écrivit *Patria*.

Il fallait entendre la cantatrice moduler la première strophe de la mystérieuse vision :

Là-haut, qui sourit?
Est-ce un esprit,
Est-ce une femme?
Quel front sombre et doux. .
Peuple à genoux!
Est-ce notre âme
Qui vient à nous?

Un feu d'enthousiasme réchauffait l'auditoire et de frénétiques bravos interrompaient l'artiste chaque fois que s'achevait ce couplet :

C'est l'ange de nuit,
Rois, il vous fuit,
Marquant d'avance ,
Le fatal moment
Au firmament...
Son nom est France
Ou Châtiment!

Tout ce cortège d'approbations n'était point pour dé-

courager les partisans de la Muse. Peu à peu les murailles se revêtaient d'affiches de toutes dimensions et de
toutes couleurs. Tantôt Arsandaux, Melchissédec, ou bien
Bosquin, le chanteur aimé de l'Opéra, ou Caron, De-
voyod ou Leroy, apparaissaient, entre deux factions au
rempart, en képi et en vareuse, sur une scène improvisée. Tantôt c'était Berthelier, le comique désopilant, qui,
après avoir passé vingt ans de sa vie à imiter les *piou-
pious*, en portait « pour de vrai » le costume ; ou Hustache,
le prodigue, dont les états de service devaient, au bout
du siége, se chiffrer par trente-huit concerts ! ou Constan-
tin, le chef d'orchestre impeccable ; et Febvre, et Saint-
Germain, et Talbot, et Prudhon, Rey, Daubray, Lutz,
Lhéritier, Geoffroy, Monjauze, Parade, — ou madame
Gueymard, mesdemoiselles Agar, Duguéret, Borghèse,
Priola, Sanz, de Lagrange, Davril et tant d'autres, prêts
et prêtes toujours pour quelque bonne œuvre.

Au milieu de nos préoccupations, de nos soucis, de
nos travaux, voilà donc une petite place retrouvée pour
les plaisirs du cœur et les délassements de l'esprit.

Si une pensée pouvait rallier à cette cause jusqu'à ses
derniers adversaires, c'était la satisfaction de savoir que
les recettes ainsi obtenues assureraient un refuge contre
la misère à des malheureux souffrant de la faim et
du froid.

Et puis la souffrance n'est pas seule à bénéficier de
l'art ; le patriotisme y trouve aussi son compte.

Des canons ! des canons ! Que la fournaise flamboie !
Que le bronze en fusion coule à flots dans les moules !
Que les forges retentissent du bruit des marteaux ! Que
le fer, l'acier, le cuivre, se tordent sous l'effort des travailleurs ! Que la flamme éclate ! Que les scies grincent !

Que l'enclume et l'étau geignent près du vaste **soufflet**
attisant sans cesse le feu où le métal se fond !

Des canons ! des canons ! Chaque bataillon de la garde
civique veut avoir les siens, chaque quartier organise
des souscriptions. Dans les rues, sur les places, des tables
se dressent en plein vent, sur lesquelles tout citoyen tient
à honneur de déposer son offrande. On voit des hommes
donner leurs montres, des femmes arracher leurs bou-
cles d'oreilles et leurs bagues pour les mêler aux pièces
d'or et de cuivre qui s'entassent dans le plateau. Des
représentations théâtrales s'organisent. La Société des
gens de lettres donne le signal avec les *Châtiments,* à la
Porte-Saint-Martin.

Quel changement dans cette salle, pour ceux qui se
reportaient au temps où la féerie y trônait en souveraine !
Que nous étions loin des soirs de la *Biche au Bois* et du
Pied de Mouton! Quels interprètes, aussi ! Et comme les
vers tombaient brûlants dans l'âme des auditeurs ! Il fallait entendre Lafontaine soupirer l'*Hymne aux transpor-*
tés; Mlle Rousseil réciter : *Aux Femmes;* Mme Marie Lau-
rent déclamer, superbe et indignée, le *Manteau impérial;*
Berton dire l'*Expiation;* Mme Périga pleurer *Pauline*
Roland; Mlle Favart murmurer *Stella;* il fallait entendre
— et entendre n'est rien, il fallait *voir* — Frédérick
Lemaître dans le *Souvenir de la nuit du 4 décembre;* il
fallait écouter Taillade lancer l'*Ultima verba,* ce cri superbe du poète qui défie le destin, le tyran et l'exil.

Éternellement sur la brèche, les artistes! Le soir, à la
scène ; et le jour, les hommes aux remparts, les femmes
dans les ambulances. Tandis que nos forgerons et nos
fondeurs faisaient sortir de leurs ateliers des montagnes
de projectiles; tandis que dans nos grandes usines naissait

l'armement où s'écrasait le grain dont la ville assiégée attendait sa subsistance, les foyers de nos théâtres se métamorphosaient en asiles. L'actrice s'improvisait infirmière et savait trouver dans son cœur des inspirations pour jouer ce rôle, le seul parfois qu'elle n'eût jamais appris.

Aussi, si au Théâtre-Français les regards de la foule s'arrêtaient fréquemment, humides et émus, sur la plus belle loge, celle qu'on appelait naguère « la loge de l'empereur », c'est que, par une attention délicate dont chacun se sentait touché, on en avait fait le giron d'où les blessés, en train de guérir dans la maison de Molière, pouvaient assister au spectacle.

Parfois, c'était un acte de tragédie qu'on jouait sans décor, les hommes en habit noir, les femmes en robe montante. Parfois, une scène d'actualité signée Manuel ou Bergerat, ou bien une poésie que Coquelin venait dire de son organe vibrant. Parfois encore une conférence : telle cette *Alimentation morale* de M. Legouvé, qui fit le tour de Paris et qui, livrée à l'impression, devait devenir comme le bréviaire de l'assiégé.

« Dans les circonstances critiques que nous traversons, il n'est pas moins utile de songer à alimenter son âme qu'à nourrir son corps. » — Voilà la thèse du conférencier académicien.

Le corps, lui, est à la ration. Mais l'âme? L'âme est à jeun, à jeun de tout ce qui la console ou la relève. Elle est atteinte de toutes parts : les terreurs l'affolent, l'abattement l'accable, les séparations la déchirent! Ce qu'il faut, alors, c'est se jeter en plein courant, agir et réagir, et surtout! ne pas se résigner.

Se résigner, quand on est cloué sur son lit par la maladie, très bien! Se résigner quand on est enfermé

dans un cachot et qu'il n'existe pas de moyen humain
d'en sortir, à merveille! Se résigner quand la pauvreté
vous condamne au travail dur, admirable! Mais se résigner dans les moments de lutte, non! Se résigner pendant le siège, c'est accepter, c'est subir. Redressons la
tête!

M. Legouvé, il est vrai, prèche des convertis. Il suffit, pour en être convaincu, de sentir bouillonner autour
des mairies la houle grossissante des enrôlements volontaires.

Il semble qu'on se retrouve au mois de juillet 1792,
alors que la France voyait ses sillons abreuvés du sang de
ses enfants; alors que, déchirée et meurtrie, elle offrait à
l'Europe des rois coalisés contre la jeune République le
spectacle d'une agonie qu'à chaque instant on s'attendait
à voir finir par la mort; alors que, devant le pays prêt à
succomber, entouré d'oiseaux de proie convoitant ses dé-
pouilles, les représentants venaient de déclarer la patrie
en danger.

Mèmes sentiments, même émulation, même appareil,
même enthousiasme. A l'extérieur des mairies, sur la
façade, flamboient deux cartouches :

RÉPUBLIQUE FRANÇAISE   ENROLEMENT DES VOLONTAIRES
UNE ET INDIVISIBLE.   DE LA GARDE NATIONALE.

Au-dessous, émergeant d'un trophée, sur un écusson,
cet appel :

AUX ARMES, CITOYENS,
FORMEZ VOS BATAILLONS!

Un populaire innombrable stationne, avide d'acclamer

ceux qui vont passer tout à l'heure. Au dedans, la
grande salle, ornée de tentures, ruisselle de drapeaux et
de guirlandes de feuillages, entremêlés des noms des
hommes illustres à qui la France dut son salut : Hoche,
Marceau, Kléber, Desaix, Villaret de Joyeuse, Carnot,
Rouget de Lisle, Dugommier, Jourdan, Joubert...

Sur une estrade, les magistrats. Devant eux, autour
d'eux, le défilé des volontaires qui, tour à tour, aux
applaudissements de l'assistance, viennent s'inscrire sur
le registre d'enrôlements. Les clairons retentissent, les
tambours battent aux champs. La foule, au dehors, répond en chœur aux hymnes patriotiques que jettent les
cuivres des fanfares. Le spectacle est réellement grandiose, et plus d'un œil se mouille de larmes en voyant
signer côte à côte des enfants de seize ans et des vieillards
de soixante. Le vieillard et l'enfant se coudoient devant
cet autel de la patrie, où chacun apporte sa vie en holocauste.

CHAPITRE X

LES SAUVEURS BREVETÉS

Vrais et faux inventeurs. — Le génie civil. — L'extermination fantastique.
— Dynamite, électricité et feux grégeois. — Plus de mystère! — Réunions et expériences. — L'Alcazar de Thérésa. — Le major au bouclier. — Tribuns d'occasion. — Les soirées des Folies-Bergère.

Ce n'était pas seulement les bras qui s'offraient à la
défense. Toutes les intelligences s'étaient mises à l'œuvre,
tous les cerveaux s'exaltaient dans l'enfantement de projets destinés à ajouter aux éléments acquis des découvertes nouvelles, — fléaux opposés par la science à cet
autre fléau : le Prussien.

Le génie militaire était trop peu nombreux. Sous l'impulsion du ministre des travaux publics, M. Dorian, s'était
constitué un corps auxiliaire, ayant pour insigne distinctif
une casquette bleu sombre, galonnée d'or, avec cette inscription au-dessus de la visière : *Génie civil*.

Partout où l'on signalait un point à fortifier, une voie
à défendre, un puits à creuser, un canon à fondre, on ren-
contrait ces nouveaux collaborateurs. Toutes les sommi-
tés, toutes les énergies prenaient place dans leurs rangs,
où, sous la présidence du savant M. Tresca, des hommes
de la plus haute valeur : ingénieurs des chemins de fer,
ingénieurs des mines, ingénieurs des ponts, s'étaient
rassemblés.

Le nombre des propositions plus ou moins réalisables qui affluaient au comité central des arts et métiers est inimaginable. On se le figurera si l'on songe que, un jour dans l'autre, le ministre de la guerre recevait *trois cent cinquante* projets, tous destinés, plus ou moins, à réduire en poussière les 300,000 Allemands qui nous enveloppaient.

Ce sera dans l'avenir un des enseignements les plus étranges de la campagne sans précédent de 1870, que cette substitution des règles — et aussi des rêves — de la science, aux vieilles lois de la guerre usitées jusqu'alors.

L'art de combattre et de s'entretuer est désormais bouleversé de fond en comble ; les belles lignes de bataille qu'affectionnait l'antique stratégie ont fondu comme neige sous les feux de l'artillerie moderne ; les tacticiens les plus habiles ne sont plus toujours des généraux, mais parfois des savants placides qui, d'un modeste coin de laboratoire, conquièrent à leur pays l'alliance de ce pouvoir avec lequel désormais auront à compter les gagneurs de batailles : la Science.

Et il s'allonge, interminable, le défilé des faiseurs de découvertes ! Chacun est persuadé qu'il possède seul le secret d'une victoire définitive et sans remise, et qu'en dehors de lui il n'est point de salut.

Que de plans singuliers ! On est, malgré soi, tenté de sourire à l'aspect de certains appareils et des explications dont leurs auteurs les accompagnent.

Un autre sentiment prédomine, toutefois.

Si, parmi ces propositions insensées ou simplement burlesques, il allait s'en rencontrer une qui pût contribuer au succès ? Si, de ce fatras d'idées saugrenues, une seule pensée lumineuse et pratique devait surgir ?

Le patriotisme fait donc un devoir de jeter les regards sur des dessins extravagants, de prêter l'oreille à des discours qui font que, parfois, l'on considère son interlocu-

Un inventeur.

teur en se demandant avec anxiété si vraiment il jouit de sa raison. Les tristes victimes se consolent en songeant qu'une seule goutte de sens commun dans cet océan de fadaises compensera les innombrables calices qu'il aura fallu boire jusqu'à la lie.

Le gouvernement qui s'intitule *de la Défense nationale*
n'a pas toujours, il s'en faut, fait aux propositions utiles
l'accueil qu'elles méritaient. Il est hors de doute que, dans
la quantité des plans éliminés par lui, un assez bon nombre étaient dignes d'un meilleur sort.

Aussi est-ce sur les particuliers, maintenant, que tombe
le déluge des inventions de toute espèce.

En proie aux scrupules que vous suggère la situation,
vous voilà donc, vous qui n'avez d'autre tort que d'être ou
un ingénieur célèbre ou un journaliste connu, vous voilà
en butte aux plus inqualifiables des obsessions.

Vous êtes, par exemple, tranquillement assis devant
votre bureau, occupé à revoir des épures ou à corriger
un article, et faisant de votre mieux pour que la besogne
accomplie ne soit point inutile.

Un inconnu, tout à coup, fait irruption. Vous levez la
tête. Il vous regarde d'un air inspiré, et, déroulant une
feuille de carton qu'il portait sous le bras :

— Monsieur, dit-il, j'anéantis la Prusse !

Pour peu que vous ayez déjà quelque habitude des
allures de ces pourfendeurs qui écrasent des armées du
fond de leur fauteuil, involontairement vous manifestez
quelques signes d'impatience. Lui, n'y prend garde, et
continuant :

— C'est simple, terrible, impitoyable et prompt comme
la foudre !

Enhardi par l'apparente attention qu'on lui prête, le
visiteur s'échauffe peu à peu, précipite son débit, et à
grands renforts de démonstrations sur la pancarte où
pointent çà et là d'indéchiffrables rébus :

— Voici Paris, reprend-il, Paris avec ses quatre-vingt-
quatorze bastions ; voici les forts et les redoutes. Je trace

trois lignes : par la première, j'envoie 25,000 hommes qui simulent une attaque au nord ; par la deuxième, je fais avancer un corps d'armée égal, pour simuler une attaque au sud. Mes 50,000 hommes sont visibles à l'œil nu ; ils ont commencé leur marche offensive à une heure assez avancée de l'après-midi, mais, cependant, alors qu'il faisait jour encore. Pendant qu'ils feignent leur mouvement, la nuit arrive. C'est le moment que je choisis pour expédier, par la route de l'Est, 150,000 hommes dissimulés derrière un rempart mobile, en zinc noirci au feu, dont je suis l'inventeur. Les 150,000 hommes arrivent jusqu'au milieu de l'armée antagoniste, se couchent sur le dos, tirent dans le tas, à raison de 12 projectiles par homme et par minute, 1,800,000 balles. L'ennemi ignore d'où part le coup ; il ne voit rien. Mais en supposant une riposte de quelques Prussiens restés encore debout, elle viendra s'amortir contre le rempart de métal. Au besoin, les 150,000 hommes se lèvent alors, et fondent sur les derniers survivants, qu'il ne reste plus qu'à tailler en pièces.

Le trait est authentique. L'histoire seule a la parole, ici. En cette succession d'esquisses où nous nous efforçons de mêler au tableau des opérations du siège la physionomie mouvante de Paris assiégé, nous plaçons impartialement en regard de l'épopée le prosaïsme, en face des grandeurs les mesquineries, à côté des héroïsmes les ridicules. Malheur à l'historien qui serait doublé d'un inventeur !

Et combien n'en avons-nous pas vu, de ces illuminés jouant au sauveur providentiel !

Ainsi, le fabricant qui propose un marteau de six kilomètres de diamètre, pesant dix millions de tonnes, qu'on monterait par ballons jusqu'au-dessus de Versailles, où on le laisserait choir pour écraser du même coup le quartier général, les chefs et le gros de l'armée de Guillaume ;

Ou le promoteur de la *mitrailleuse à musique,* qui, tout en berçant l'Allemand de symphonies choisies parmi celles qu'il préfère, vomirait tout d'un coup la mort par mille bouches habilement dissimulées dans l'instrument;

Ou l'entrepreneur prêt à décimer des régiments bavarois, silésiens, wurtembourgeois et autres, à l'aide de la petite vérole mise en bouteille et lancée comme un obus dans les rangs ennemis.

Que conclut, de tous ces projets, le souverain juge, le public? Que si l'imagination a du bon, il ne faut pas toujours s'en rapporter à elle aveuglément. Que, tout en mettant en œuvre les moyens scientifiques propres à aider au succès, il est beau de montrer au monde que jamais, dans notre pays, la valeur ne sera reléguée parmi les accessoires. Et qu'enfin, même contre un adversaire fertile en ressources traîtresses, avec du fer, du plomb, un bras solide et un cœur vaillant, l'on sait encore se garder !

Heureusement, d'ailleurs, tous les inventeurs ne sont point de la même trempe.

Justement, le ministère vient de publier un rapport résumant l'effort immense par lequel, en peu de semaines, Paris est devenu une place imprenable. Ce rapport, tout le monde l'a lu; tout le monde a remarqué le paragraphe relatif aux travaux de la commission de pyrotechnie, à la mise en train de la fabrication de la dynamite, et plus d'un s'est demandé quelle est cette substance dont l'usage, inconnu jusqu'ici, se révèle tout à coup à la suite d'essais concluants.

Les journaux commentent à qui mieux mieux la découverte nouvelle. La dynamite, ignorée la veille, passe à l'état de célébrité, comme le chassepot, la mitrailleuse et

le picrate. Ils expliquent comment elle représente l'un des
produits destructeurs les plus prodigieux, les plus épou-
vantables dont il ait été donné à l'homme de pénétrer le
secret. Ils dépeignent les effets de cette forme de la nitro-
glycérine, rendue inoffensive par les mains qui l'emploient.
Asservi par les efforts de l'Italien Sobrero et du Suédois
Nobel, l'indomptable liquide obéit maintenant au gré de
nos désirs, comme ces bêtes féroces qu'un belluaire audacieux a dressées à ramper à ses pieds. La dynamite,
c'est la nitro-glycérine apprivoisée.

Mais la défense n'en tirera, de même que de tant d'autres éléments, qu'un trop faible parti.

Que de merveilles, pourtant, n'engendrent pas les nécessités du moment, au milieu de ce foyer d'intelligence
qui s'appelle Paris!

Nous sommes aux avant-postes prussiens. Sous les
arbres émondés par le vent et la mitraille, les sentinelles
se promènent de long en large, grelottant dans les plis de
leurs manteaux trempés. Pour quelques heures, le canon
s'est tu; les pas se font à peine entendre sur la terre
amollie, et le silence n'est troublé de temps à autre que
par les deux syllabes brèves et précipitées : « *Wer dà!* »
Le « Qui vive! » des factionnaires allemands.

Le paysage se perd dans la nuit. La lune, dégageant
un instant le ciel des brumes qui le couvraient, a parcouru sa course de quelques heures et disparu derrière
les collines. L'horizon est à vingt pas. L'instant semble
propice à l'adversaire.

Les commandements de ses officiers, transmis sourdement de proche en proche, semblent répercutés comme
par un sombre écho, et se mêlent aux cris des oiseaux

nocturnes. Des masses noires s'agitent sous bois, des colonnes se forment, puis s'ébranlent. De nos forts, on n'a rien pu voir, rien entendre.

Sournois, lents, circonspects, les assaillants s'avancent, sondant le sol à chaque pas. Soudain, le terrain enseveli dans les ténèbres s'inonde de clarté, le voile qui le recouvrait semble se déchirer brusquement ; sur tout le front de la mystérieuse cohorte, l'espace s'illumine. A travers cette sorte d'éclair, un autre éclair rapide, éblouissant, se fait jour ; et la troupe ennemie n'a pas eu le temps de s'arrêter, qu'un ouragan de fer passe sur elle, brisant, anéantissant tout sur son passage, amoncelant des cadavres et des débris.

C'est une bordée d'obus ou une volée de mitraille qui, partie de nos murs, a trouvé son chemin à travers un faisceau de lumière électrique.

L'assiégeant, aujourd'hui, ne peut compter sur son auxiliaire d'autrefois : la nuit. Il n'y a plus de nuit. Entre nos mains, l'électricité, devenue déjà un moyen merveilleux de communications, un agent terrible et sûr pour la guerre des mines, a pu offrir une aide puissante et docile à la défense des lignes avancées.

Que faut-il pour cela ? Peu de chose : une pile ou tout autre appareil producteur d'électricité, deux cônes de charbon disposés pointe à pointe dans un appareil.

Rien de plus simple que la manœuvre de ce nouvel instrument de guerre, sur les remparts de l'enceinte ou des forts. L'opérateur, déplaçant, inclinant la lampe à son gré, peut diriger tour à tour le rayon lumineux à droite ou à gauche, éclairer les glacis, les ouvrages extérieurs, la zone, la route, les champs.

Tous nos forts possèdent des lanternes électriques, malgré l'indifférence de quelques officiers et l'opposition de l'administration des phares, Par contre, un capitaine qui a voulu demeurer anonyme a généreusement consacré 10,000 fr. à l'achat et à l'installation d'un certain nombre d'appareils, et le colonel de la Gréverie, du corps du génie, s'occupe activement de ce service, secondé par de jeunes officiers et des élèves de l'École polytechnique, sans cesse au premier rang.

Partout et toujours les recherches vont leur train ; des artificiers expérimentent un *feu grégeois* à l'aide duquel, disent-ils, on portera dans les parcs de munitions et les campements ennemis des flammes inextinguibles.

Dans les réunions publiques, il n'est question que d'outils destructeurs. Il n'est pas jusqu'à l'Alcazar, ce sanctuaire de la chansonnette dont Thérésa faisait jadis tressaillir les échos, qui ne consacre sa salle à des projets belliqueux. *Exposition et expérience d'engins de guerre*, dit le programme chaque soir.

Mais tout programme n'est point parole d'Evangile. On s'en aperçoit bien en prenant l'une des séances, au hasard.

Elle s'ouvre par une exhibition de plastrons dont la vue n'a rien de terrifiant, quelques efforts qu'ils fassent pour acquérir l'apparence d'*engins de guerre*. Ces objets sont présentés à « l'honorable assemblée » par un major — il y a donc encore des majors ? — dont l'accent italien donne à la démonstration qu'il jargonne une particulière saveur. Expliquant, commentant, louangeant, exaltant ses plastrons, le major cherche à prouver que, sous leur calfeutrage breveté, le soldat le moins aguerri peut impunément marcher au feu ou essuyer les atteintes de l'arme blanche.

Joignant l'exemple à la parole, et appliquant contre une cible l'un de ses appareils, l'inventeur tire à trois ou quatre pas de distance un coup de revolver dont la balle entame l'étoffe sans la traverser d'outre en outre.

Les spectateurs, néanmoins, semblent peu convaincus. L'un d'eux demande à l'Italien s'il consentirait à être lui-même la cible. Grimace significative de l'interpellé. Pourtant il n'ose trop dire non. Un autre auditeur se lève :

— N'avez-vous jamais eu l'occasion d'expérimenter sur des animaux vivants?

— Parfaitement, réplique le major. — j'ai tiré sur mon commis !

Explosion de rires à l'orchestre et au balcon. On réclame le commis. Celui-ci hésite. Le maître entreprend, alors, d'expliquer par quel enchaînement de circonstances il en est arrivé à s'escrimer contre ce digne serviteur.

— Depuis longtemps, dit-il en substance, l'excellent garçon me tourmentait. A force de me voir viser des mannequins, une idée l'obsédait sans cesse. Bref, il me supplia un jour avec tant d'insistance, que je me décidai...

Et, au milieu de l'hilarité croissante de l'auditoire, l'Italien se met à décrire l'opération, dont, paraît-il, son employé n'est pas seulement sorti intact, mais même guéri d'une infirmité qui l'avait incommodé jusqu'alors !

L'épreuve de l'exercice à feu étant faite, reste celle par l'arme blanche. Une latte ébréchée gît, toute prête, sur le parquet. Un caporal se lève. Il demande à tenter l'assaut du bouclier avec la baïonnette au bout du chassepot. La salle entière appuie cette motion. O magie ! à peine le mot baïonnette a-t-il été prononcé, que major, cible, plastron, pistolet et vieux sabre rentrent dans la coulisse comme par enchantement.

Aux Folies-Bergère, aussi, le spectacle a changé de nature. La scène est devenue prétoire, la salle est devenue forum. Les réunions jugent le gouvernement, censurent

A l'Alcazar.

ou approuvent, absolvent ou condamnent, au milieu des grondements et des lazzis, des quolibets et des anathèmes.

Un soir, à la suite d'une conférence sur la poudre, un colosse en fureur s'élance à la tribune. Sous prétexte qu'il connaît Berlin, l'énergumène, à grands renforts de mouvements de tête et de bras, soutient que la poudre allemande ne diffère en rien de la nôtre.

— En avez-vous mangé? crie un loustic.

Mais ces sortes d'incidents sont peu communs. Le public qui se presse dans les clubs est animé de plus sérieuses préoccupations. Il n'entrevoit qu'un but : l'organisation de la victoire.

Si tous les prédicateurs qui montent en chaire ne se montrent pas également éloquents, tous, en revanche, sont animés d'un souffle qui remplace l'éloquence avec avantage.

Assurément, il ne s'ensuit point qu'il suffise d'être bon patriote pour conquérir le succès.

La salle s'ébranlait sous les sarcasmes quand on entendait, par exemple, un des orateurs habituels s'écrier avec un accent qui dénotait son origine gasconne :

— Citoyens! vous attendez la province? Eh bien, pendant ce temps, la province vous attend!

Mais on faisait accueil aux propositions sages — surtout quand elles étaient brièvement exprimées. Chacun proclamait que le moment était venu, non plus de parler, mais d'agir. Si quelques divergences se produisaient dans des questions de détail, une même pensée unissait tous les cœurs : l'extermination de l'étranger. Et l'on ne se séparait qu'aux cris de :

« Vive la France! Sus aux Prussiens! »

CHAPITRE XI

ASSIÉGEANTS ET ASSIÉGÉS

Les intentions du feld-maréchal de Moltke. — Le triangle. — Les voûtes capitonnées de Saint-Cloud. — Les signaux de feu. — Monotonie des rapports militaires. — Les dépêches de province. — Le sergent Hoff. — De l'Étoile à Courbevoie. — L'affaire du Bourget. — Metz. — Les nouvellistes et Henri Rochefort. — Pas d'armistice!

Pendant l'intervalle qui s'écoula entre le désastre de Sedan et les débuts du siège de Paris, pendant les premières journées de l'investissement, la plus grande incertitude régnait sur le mode et le point d'attaque que choisiraient les généraux d'outre-Rhin.

Les plans publiés à l'avance par eux, croyait-on, avaient peu de chances d'être suivis. N'étaient-ils pas éventés par le fait même de leur publication?

Peut-être serviraient-ils cependant, feintes dès longtemps préparées, à masquer les tentatives véritables et décisives; à moins que, comptant sur nous pour raisonner ainsi, le vieux Moltke ne se réservât de nous attaquer comme l'avaient annoncé quelques-uns de ses collaborateurs, à la façon des diplomates qui disent la vérité dans l'espérance qu'on ne les croira pas.

A l'époque où nous arrivons, c'est-à-dire vers les derniers jours d'octobre, le ban et l'arrière-ban des forces de l'invasion étaient levés, amenés jusqu'à nous; l'Allemand, ayant reçu ses derniers renforts, était complètement orga-

nisé pour le siège. Dans quelques-uns des villages que nos
mobiles et nos troupes de ligne avaient repris depuis huit
ou dix jours; dans d'autres localités, qu'il avait aban-
données spontanément, à Clamart, à Villejuif, les habitants
se souvenaient des dernières conversations entendues.

Par eux nous savions l'arrivée des recrues de Bavière,
de Wurtemberg, de Saxe et de Bade; par eux nous avions
appris qu'une grande partie de ces contingents, dirigés
sur Choisy et Meudon, y occupaient une sorte de camp
retranché. Par les récits de nos éclaireurs, par les rapports émanés de nos observatoires fixes ou aériens, par
quelques journaux saisis au dehors, nous connaissions
d'une manière précise la distribution des troupes étrangères autour de Paris.

C'est en suivant le périmètre d'un gigantesque triangle, que les lieutenants du roi Guillaume avaient éche-
lonné leurs régiments.

Aux trois pointes : Montmorency, Satory, Chennevières, des camps que chaque jour ils travaillaient à hérisser
d'obstacles étaient occupés par des noyaux considérables :
des réserves. Le long des côtés, ces camps se reliaient par
une série de positions répondant à ceux de nos forts qui
faisaient intérieurement face aux lignes du triangle.

Effectuons rapidement ce parcours, en commençant
par l'ouest et le sud, théâtres des plus fréquents combats.

A Versailles, position extrême au sud et à l'ouest,
flottait le pavillon du grand quartier général. Le camp de
Satory abritait de nombreux bataillons, dont les avant-
postes, vers la Seine et Paris, s'éparpillaient sur les
coteaux de Viroflay, de Sèvres, de Chaville, d'une part;
de l'autre, autour de Bougival, de la Jonchère, de Garches,
dans les bois et les parcs qui s'étendent vers Saint-Cloud.

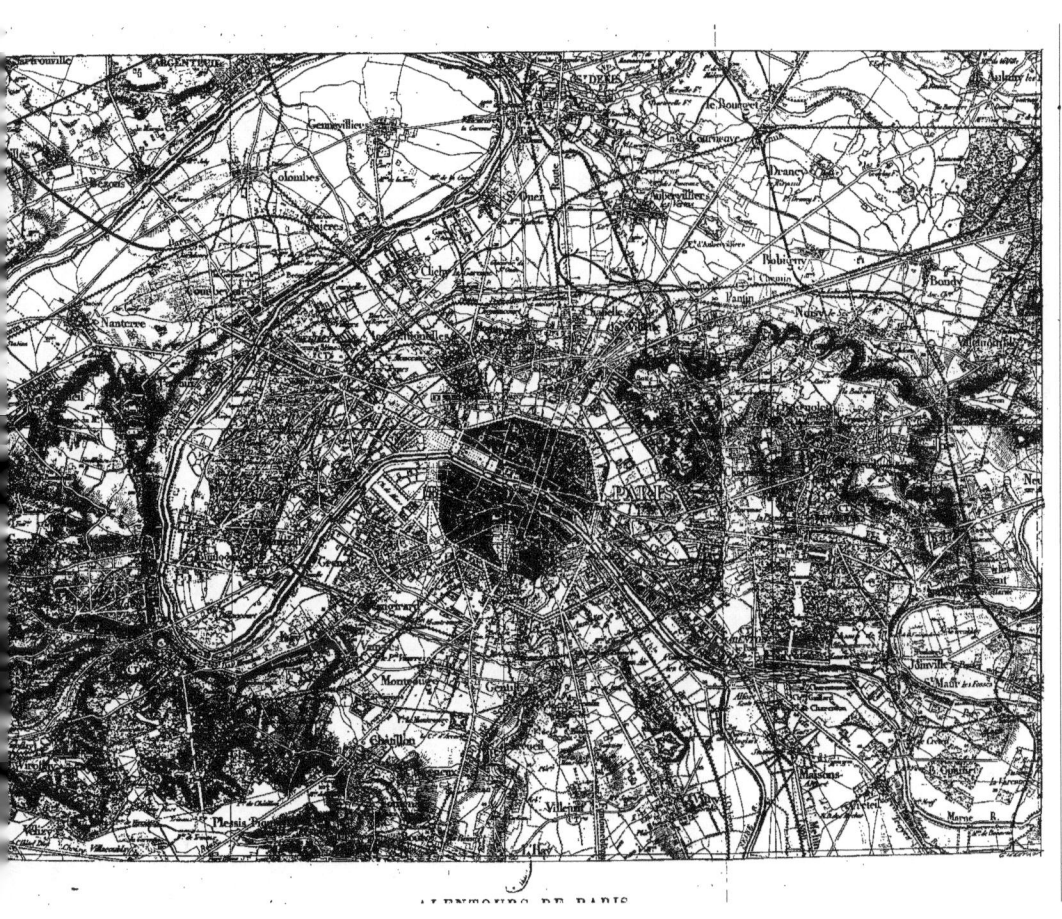

ALENTOURS DE PARIS

Le séjour, de ce côté, ne laissait pas que d'être assez périlleux, bien que le Mont-Valérien ne déployât pas toute l'activité dont il eût été susceptible. Aussi les compagnies prussiennes cantonnées entre Saint-Cloud et Sèvres se réfugiaient-elles en masse dans les tunnels, à l'abri de la bombe. L'entrée des voûtes, murée soigneusement, n'était accessible que par d'étroites ouvertures tendues de rideaux ou de nattes de paille. Les occupants y avaient installé tous les poêles et tous les matelas d'alentour ; les officiers y avaient fait descendre les cabanes des aiguilleurs de la voie, petits édifices promus au rang de bureaux ou de boudoirs ! Les villas de Saint-Cloud fournissaient le vin ; la grande brasserie de Sèvres, mise en exploitation par les Bavarois du corps Hartmann, fournissait la bière. L'existence, dans ces cavernes, se fût écoulée, en somme, fort agréablement, n'eussent été les nécessités du service et la jalousie des bataillons moins bien lotis.

« Les soldats n'en sortaient qu'à regret et en montrant le poing au Mont-Valérien, au *grand cochon*, comme ils l'appelaient, celui-ci leur envoyant sans compter ses obus ou, si l'on préfère, ses *marcassins*, pour continuer le langage imagé de nos assiégeants [1]. »

De Versailles, après Viroflay et Chaville, on rencontre successivement Meudon et Vélizy, vis-à-vis le fort d'Issy ; le Plessis-Piquet, regardant le fort de Vanves ; Bourg-la-Reine et Sceaux, opposés au fort de Montrouge ; puis l'Hay et Chevilly, en face du fort de Bicêtre. Derrière ces deux villages, les Prussiens avaient établi d'autres travaux masquant des réserves de troupes, à Fresnes et à Rungis.

Sur la ligne d'Ivry, leurs positions étaient à Thiais,

---

1. Edmond NEUKOMM, *Les Prussiens devant Paris.*

Choisy-le-Roi ; là encore, fortifiées en arrière, vers Athis et Villeneuve-Saint-Georges.

Contre le fort de Charenton et la ligne de défense naturelle que forme la Marne, nous trouvions Mesly, Bonneuil, Ormesson et le grand camp fortifié de Chennevières.

Du sud-ouest au sud-est, les Prussiens avaient doublé et triplé leur circonvallation.

Depuis le 19 septembre, ces parages n'ont cessé d'être le théâtre principal des attaques de part et d'autre. Donc c'est toujours le plateau étendu qui commande la route d'Orléans — le plateau de Villejuif — dont l'ennemi veut s'assurer la possession.

Sur trois côtés, en effet, la chaîne des forts est à une telle distance de l'enceinte, que l'ennemi ne peut songer à une entreprise contre cette dernière sans s'être assuré la possession des défenses élevées au devant. Une attaque multiple, dirigée à la fois sur les forts et les remparts, l'expose à être sûrement foudroyé dans la zone intermédiaire.

Un seul front, le front sud, fait exception.

De Chennevières à Montmorency les lignes de l'adversaire, peu menaçantes, semblent disposées surtout en vue de lui assurer la retraite vers l'est. La série des forts qui leur répondent compte Vincennes, la Faisanderie, Nogent, Rosny, Noisy, Romainville.

Vers le nord, nous trouvons Stains, Pierrefitte, opposés à Aubervilliers, au fort de l'Est et aux défenses de Saint-Denis : la Briche et la Double-Couronne.

Pour achever le circuit, il nous faut enfin traverser la presqu'île que forme la Seine, d'Argenteuil à Croissy, et retourner par Louveciennes à Versailles.

A la presqu'île d'Argenteuil répond la presqu'île de

Gennevilliers, avec sa redoute et le formidable Mont-Valérien. Vers le milieu, entre Chatou et Bezons, sur le prolongement de l'axe de l'avenue des Champs-Élysées, l'Allemand possède un second refuge contre les *marcassins* redoutés. C'est Carrières. Carrières tire son nom de nombreux puits d'extraction reliant des galeries souterraines. Dans ces galeries, comme sous les voûtes de Saint-Cloud et de Sèvres, la bombance va son train. Pour charmer leurs loisirs, les habitants du sous-sol protecteur fabriquent des pipes à l'aide de roseaux croissant dans le voisinage.

Sur les 75 kilomètres de l'investissement, partout des murs crénelés, toutes les habitations mises en état de défense ; tous les villages, en première, en seconde et souvent en troisième ligne, fortifiés ; toutes les rues s'ouvrant vers Paris, hérissées de barricades, — car, pour le dire en passant, si des Français s'étaient quelque peu moqués des barricades parisiennes, les Prussiens, eux, n'avaient négligé nulle part ces moyens d'arrêt. — Partout, sur leur front, des palissades, des abatis épointés, des réseaux de fil de fer enchevêtrés. Dans les intervalles, sur les coteaux, des épaulements successifs, abritant des batteries de position. En arrière, un immense circuit télégraphique reliant les quartiers de tous les corps et courant se ramasser en faisceau dans le cabinet de M. de Moltke, à Versailles. En avant, pour les appels immédiats, des lignes de fanaux, perches enduites de goudron prêtes à flamber. A Paris, l'on croyait parfois à des incendies ; c'étaient des signaux. A la vérité, souvent y avait-il incendie et signal, car là où la perche manquait, on mettait simplement le feu à une maison après en avoir pétrolé les combles. Entre les batteries de position, d'autres épaulements pré-

parés pour l'artillerie de campagne, à des places soigneusement choisies. Aux postes avancés, des blindages en bois
recouverts de terre, casemates de campagne où, entre
deux visées de lunette, les officiers pouvaient attendre,
avec toute la philosophie natale, l'heure psychologique du
bombardement.

Telles étaient les deux enceintes se déroulant autour de
nous : enceinte défensive, enceinte d'assaillants.

Ainsi, vers la fin d'octobre, nous savions où ceux-ci
étaient en nombre ; nous connaissions leurs points faibles.
Paris espérait bientôt les attaquer dans leurs camps, les
troubler dans leurs travaux, les forcer à des déplacements
continuels, par un harcèlement incessant. Mais, fidèle à sa
tactique, le gouvernement n'usait des sorties qu'avec une
modération que quelques-uns commençaient déjà à traiter
tout haut de négligence coupable.

Il ne faudrait point en inférer que Paris manquât de
rapports militaires. Tous les jours ou à peu près, durant
cette période, on se pressait aux portes, aux mairies, à
l'état-major de la place Vendôme, pour entendre réciter à
haute voix des documents se résumant ainsi :

« Quelques obus ont étés lancés ce matin par la redoute
de A. »

Ou bien :

« Quelques coups de canon ont été tirés cette nuit
par le fort de B. »

On s'en contentait, dans l'attente d'une prochaine
sérieuse affaire. Cependant on s'habituait à ne plus guère
accorder d'attention aux détonations de l'artillerie.

Quelques dépêches de la province, d'ailleurs, commençaient à arriver par pigeons. Le gouvernement, auquel elles étaient directement adressées, en traduisait une

partie en placards. La multitude passionnée, à défaut
d'action militaire propre, se tournait vers la France. Aux
abords des édifices municipaux, des groupes sans cesse
renouvelés attendaient. A de certains jours, l'affiche paraissait enfin ; des lecteurs auxquels on faisait la courte
échelle en scandaient d'une voix retentissante les phrases, aussitôt répercutées de proche en proche jusqu'aux
confins de l'arrondissement. La dépêche lue et relue vingt
fois, la foule se dispersait pour un temps. Anxieuse, lorsque, comme le 18 octobre, elle apercevait, à travers les
obscurités du texte, les progrès de l'ennemi enrayant les
préparatifs de la résistance :

M. Gambetta au ministre de l'intérieur.

La levée des hommes et la constitution de l'armée de la
Loire continuent avec une grande activité. Nous avons fait
venir tout ce qu'il y avait de disponible en Algérie ; on] y a
trouvé plus d'artillerie qu'on ne croyait en avoir. Marseille
est tout à fait rentré dans l'ordre. Le préfet, naguère si
attaqué, a passé dimanche une revue de 50,000 gardes nationaux, qui lui ont fait un très chaleureux accueil.

L'ennemi a occupé Orléans. Nos forces sont concentrées
sur la Loire, couvrent Bourges et se préparent à prendre
l'offensive. Les mouvements de nos troupes dans la Franche-
Comté et les Vosges et ceux de l'Ouest se continuent.

Ou, d'autres fois, lente à s'écouler, muette, envahie
par une indicible émotion, remuée jusqu'aux entrailles
par quelque récit héroïque et sombre ; la défense de Châteaudun, par exemple :

A M. Jules Favre, à Paris.

Dans la journée du 18 octobre, la ville de Châteaudun
(Eure-et-Loir) a été assaillie par un corps de 5,000 Prussiens.
L'attaque a commencé à midi sur tout le périmètre de la

ville, dont les rues intérieures étaient barricadées. La résistance s'est prolongée jusqu'à neuf heures et demie du soir.
Les francs-tireurs de Paris, la garde nationale de Châteaudun
ont rivalisé de courage et d'énergie.

A un moment, la place de la ville était couverte de cadavres prussiens ; on estime les pertes de l'ennemi à plus de
1,800 hommes. La ville n'a pas été occupée, elle a été bom-
bardée, incendiée, et les Prussiens ne se sont établis que sur
des ruines. L'incendie dure encore.

Le commandant de la garde nationale sédentaire, M. Tes-
tanières, a été tué à la tête de son bataillon.

La résistance de Châteaudun, ville ouverte, peut être mise
à côté des pages les plus héroïques de notre histoire.

La délégation du Gouvernement ouvre un crédit pour
subvenir aux besoins des familles de Châteaudun. Le décret
porte que cette noble petite cité a bien mérité de la patrie.

LÉON GAMBETTA.

Oui, noble petite cité, grande par la fierté, par l'abnégation ; mais combien faudrait-il de Châteaudun pour
débloquer Paris ?

Aux extrêmes avancées, vers la Seine et la Marne, au
bord de l'eau surtout, l'activité laissait moins de place
aux silences. D'une rive à l'autre, on faisait, du matin
au soir et souvent du soir au matin, la chasse à l'homme.
Des deux parts, on tirait sur tout ce qui paraissait remuer. Une feuille agitée par le vent, un bouchon flottant
au fil de l'eau : autant de points de mire sur lesquels con-
vergeaient dix, vingt fusils. On en était venu à hisser
des képis derrière les branchages, sur des bâtons, pour
dépister les tireurs.

Mais tous les tireurs ne prenaient pas le change.
Témoin le sergent Hoff, ce héros d'avant-garde dont les
pointes audacieuses défrayaient la chronique depuis plusieurs semaines.

Nouvelles de France.

Hoff appartenait au 107ᵉ régiment de ligne qui, devenu
le 7ᵉ de marche, faisait partie de la division d'Exéa.
A Nogent-sur-Marne, où le 7ᵉ de marche était cantonné,
l'intrépide sergent déployait à lui seul la vaillance d'une
petite armée. Seul? Non, pourtant. Le colonel Tarayre,
qui commandait le régiment, avait confié douze hommes
au hardi soldat qu'on surnommait « le tueur de Prussiens ».
Lui, invariablement, précédait cette garde d'honneur toujours prête à le suivre où était le péril, à le rejoindre, à
appuyer un coup de main.

Nuit et jour, le sergent Hoff harcelait les grand'gardes
ennemies. A plat ventre dans un sillon, se faufilant à
travers les broussailles, rampant le long d'un chemin
creux, il dépensait des heures à l'affût, guettant le passage d'une patrouille, observant les allées et venues d'une
escouade d'éclaireurs, les mouvements de quelque vedette
perdue.

L'instant venu, Hoff ajustait la cible vivante, et un
fantassin à casque roulait sur le sol, un uhlan mordait la
poussière; ou bien le Mohican se coulait de buisson en
buisson, et d'un bond, lame haute, se jetant sur la sentinelle, la frappait silencieusement.

— Un coup de feu est un appel, disait-il; quinze pouces
de fer au bout d'un bras solide, voilà l'arme la plus sûre.

L'axiome avait son prix, dans la bouche de ce valeu-
reux qui, le siège fini, devait chiffrer par un total authentique de vingt-sept le nombre d'ennemis tués de sa propre
main.

A Nogent, on faisait de la besogne, pendant qu'ailleurs, trop souvent, on ne faisait que du bruit.

« Le canon tonne dans la direction de... On entend
une vive fusillade vers... » Ces phrases étaient passées à

l'état de cliché dans la littérature aussi bien que dans la conversation; et qu'on ouvrît un journal ou qu'on rencontrât un ami, c'étaient là les premiers mots qu'invariablement on lisait ou l'on entendait.

Parfois l'on s'en allait où tonnait le canon. Mais, la plupart du temps, de ces excursions aléatoires, l'on ne rapportait que des souvenirs auxquels les résultats de la canonnade étaient étrangers.

Un jour par exemple c'était au tour du Mont-Valérien de gronder. Les curieux, en remontant l'avenue des Champs-Élysées, oubliaient que le Mont-Valérien, ce colosse qui domine le site, frappe tantôt à droite, tantôt à gauche, et qu'à moins d'être déjà sur les lieux, on ne saurait se rendre compte de la direction des coups.

Aussi ne s'étonnait-on point si, pendant que le fort canonnait Brimborion et Saint-Cloud, de la place de l'Arc-de-Triomphe une foule avide de voir fouillait, à grand renfort de télescopes et de jumelles, les hauteurs opposées de Bezons et de Sartrouville.

Déçu, on poussait jusqu'aux portes. Là, passage libre pour les *pékins,* avec une légère restriction, cependant. Naguère, l'employé de l'octroi accourait vers ceux qui arrivaient; un factionnaire, maintenant, s'approche, curieux, de ceux qui partent, et sa question : « Pas de journaux? » remplace sans trop de désavantage l'antique : « N'avez-vous rien à déclarer? » C'est qu'aucun document de nature à renseigner l'adversaire ne doit sortir de nos murailles.

A toutes les issues de l'enceinte, se renouvelle chaque soir un spectacle qui ne manque ni de pittoresque ni d'une mélancolique majesté.

Peu à peu, le crépuscule est descendu, enveloppant d'un voile grisâtre le paysage environnant. Les vapeurs

qui montent du sol mêlent à l'air une humidité pénétrante.
Les hommes de garde, capuchon relevé, jettent vers le
dehors le coup d'œil jaloux du prisonnier oppressé sous
le poids de sa séquestration, du moine las de sa cellule.

À six heures sonnant, le poste tout entier se range en
arrière du fossé dans la cour palissadée.

« Trois hommes sans armes ! » crie le capitaine.

Trois gardes nationaux s'avancent, saisissent la chaîne
du pont, se suspendent aux leviers. Les tambours battent
aux champs ; les soldats présentent les armes. Avec une
lenteur imposante, les lourds tabliers, se relevant, viennent fermer les ouvertures, et les poutres se dressent
vers le ciel comme deux bras désespérés.

Paris vivait depuis quinze jours au bruit intermittent
de la canonnade, comme au bruit des vagues un port
de mer, lorsqu'un soir une rumeur se répandit, rapide
comme une traînée de poudre : le Bourget était à nous !

Cette rumeur traduisait bien la vérité.

Dans la matinée du 28 octobre, le bataillon des francs-
tireurs de la Presse, sous la conduite du commandant
Rolland, avait surpris le village. Après une fusillade d'une
demi-heure à peine, les occupants étaient débusqués, et
les nôtres, renforcés de deux bataillons de mobiles envoyés de Saint-Denis par le général Carré de Bellemare,
se préparaient à mettre en état de défense le Bourget.

Le Bourget était, pour l'assiégeant, le seul poste d'observation en avant de la garde royale. L'assiégé, installé
solidement dans le village, devait, dans le délai le plus
bref, construire sur les hauteurs voisines des batteries
de position qui eussent refoulé la garde bien en arrière
de l'inondation tendue par elle le long du ruisseau de

la Morée. A raison même des appréhensions que le Bourget entre nos mains devait, par voie de conséquence, inspirer à l'ennemi, il fallait s'attendre à un prompt retour offensif [1]. Dès la soirée du 28 octobre, après avoir lancé plus de 500 obus sur le village, un bataillon de grenadiers prussien tentait l'assaut et se faisait repousser avec de grosses pertes. Deux bataillons de mobiles, le 12ᵉ et le 14ᵉ, avec quelques compagnies du 128ᵉ de marche et les francs-tireurs de la Presse, défendaient la place. L'effectif total, sous les ordres du colonel Lavoignet, comportait 3,000 hommes environ. Mais le défaut d'ordres précis avait laissé un grand nombre de mobiles retourner à leurs cantonnements. Le nombre des combattants demeurait ainsi réduit à 2,000 hommes à peine.

Deux mille hommes pour garder cette position, l'un des anneaux les plus précieux, pour l'adversaire, de la chaîne d'investissement! Voilà ce qui n'eût pu échapper à l'appréciation du moins expérimenté! Et cependant, ces bataillons incomplets, avec les francs-tireurs qui avaient exécuté la surprise, on les laissait deux jours entiers sans renforts, sans vivres, avec quelques insignifiantes pièces de canon.

Ces détails, on ne les connaissait pas encore à Paris, où tous, avec une joie d'autant plus légitime que nous surprenions pour la première fois l'ennemi, se bornaient à commenter les mots qui terminaient orgueilleusement le rapport du général de Bellemare :

« Nous y sommes, et nous nous y tenons! »

Pendant la journée du 29, l'aspect de la grande ville avait totalement changé. Les groupes remplissaient de

---

1. Le prince royal de Saxe donna l'ordre de reprendre à tout prix le Bourget. V. major BLUME, *Opérations des armées allemandes.*

Six heures du soir.

leur animation les rues et les places ; on ne s'abordait que
le verbe haut et le visage triomphant ; pour un peu plus,
on se fût volontiers embrassé,... lorsque tout à coup une
rumeur vint jeter comme une douche d'eau glacée sur cet
enthousiasme éphémère.

Un journal, dans un entrefilet encadré de noir, annonçait, comme « fait vrai, sûr et certain », que **Bazaine**
négociait la reddition de Metz.

Mais la population ne pouvait croire. Son premier
mouvement était de décréter d'infamie le rédacteur de
cette funeste note, en le sommant de produire des preuves
officielles de son dire. Les heures du lendemain se passèrent en un ballottement étrange des esprits, se manifes-
tant dans tous les colloques ; car, en ces moments de
fièvre intense, la vie privée elle-même s'absorbe dans
la vie publique.

Nous avions pris le Bourget, cela était positif ; donc
Metz ne pouvait être rendu ; — singulière association
d'idées, qui pourtant trouvait son explication dans la
fourberie bien connue des Allemands et leur désir de tuer,
sous une fausse nouvelle, l'espoir que nous ouvrait notre
triomphe de la veille. C'est ainsi du moins que l'*Officiel*
interprétait le démenti qu'il n'osait pourtant infliger fran-
chement au journal révélateur ; la feuille gouvernementale se bornait à affirmer que « depuis le 17 août, aucune
dépêche directe de Bazaine n'avait pu franchir les lignes » ;
tandis qu'Henri Rochefort, encore membre du Gouvernement, et pris à partie par le *Combat,* se défendait furieu-
sement d'avoir donné la fatale nouvelle, rejetée alors
sur un autre auteur, puis sur un troisième. Tout le
journée s'écoula dans une mêlée de sentiments et d'opinions contraires ; curieux motifs d'études pour le philo-

sophe qui eût pu, en de semblables conjonctures, faire encore de la philosophie.

Dans ce choc d'appréciations, les optimistes subissaient l'influence des bruits d'armistice qui depuis une semaine n'avaient pas peu contribué à amollir les cœurs en faisant naître l'expectative d'un calme momentané. A l'inverse, ceux qui acceptaient le plus facilement les mauvais présages se rappelaient, eux, la première entrevue de Jules Favre et de Bismarck à Ferrières. Ils se souvenaient des déceptions, fruits de cette entrevue, et de la longue discussion diplomatique où circulaires sur circulaires n'avaient réussi qu'à témoigner de la profonde duplicité du « chancelier de fer, » aussi bien que de la candeur de notre homme d'État.

Se souvenant, ils auguraient mal des démarches conciliatrices que le ministre des affaires étrangères réitérait à Versailles.

L'avenir, — un avenir bien proche, — devait leur donner raison.

Cependant, sur les ordres pressants de l'état-major de Guillaume, l'attaque du Bourget était confiée à une division entière de la garde royale, la 2e, avec une partie de la 1re comme réserve. Celle-là, placée sous le commandement du général Budritzky [1], était soutenue par toutes ses batteries, plus cinq batteries d'emprunt. Le surplus de l'artillerie du corps était massé à Arnouville; la cavalerie, à Bonneuil. Ainsi, c'était avec une armée composée de leurs meilleures troupes que les Allemands se disposaient à reprendre un village défendu par deux

---

1. Un bataillon de chasseurs et quatre régiments : *Empereur Alexandre, Reine Élisabeth, Empereur François, Reine Augusta.*

bataillons réguliers et quelques compagnies de francs-tireurs.

Le 30 au matin, l'artillerie prussienne ouvrit un feu terrible. L'infanterie s'avança en trois colonnes, la première à Dugny, la seconde en avant du pont Iblon, la troisième au Blanc-Mesnil. Tous les officiers étaient à pied, sauf le général Budritzky. Un feu nourri, parti de nos positions, les décima pendant un long moment. A cent pas de nos barricades, les colonnes d'attaque s'élancèrent avec des cris furieux. Leur élan vint s'échouer contre les obstacles vigoureusement défendus. Les cadavres des assaillants, amoncelés, firent, en quelques minutes, comme un second et sanglant parapet. De nouvelles compagnies succédèrent aux premières ; puis d'autres. Pendant deux heures, on se battit avec un indescriptible acharnement. Les Prussiens n'avaient pas avancé d'un pas.

Le général Budritzky, s'apercevant qu'aucun renfort n'accourait protéger nos derrières, tourna alors la position. Au prix de nouveaux sacrifices, il parvint à faire brèche dans un mur, sur la gauche de la route. Le régiment *Reine Augusta* se précipita par cette issue, tandis que son chef, le comte Waldersee, tombait frappé à mort. La mêlée s'engagea aussitôt, corps à corps, à coups de baïonnette, à coups de crosse, dans chaque rue, dans chaque maison, dans chaque escalier. Cela n'allait pas assez vite. Le régiment *Reine Élisabeth* se rua sur la barricade en partie dépeuplée ; son colonel, Zalukowsky, tomba à son tour sous le feu des mobiles ; derrière lui, la fleur de la noblesse prussienne, engagée dans la garde, joncha le sol. Enfin, le régiment passa.

« Devant la barricade, ce n'était pas en ligne, mais bien par monceaux, que gisaient les cadavres des grenadiers prussiens, sans compter que depuis Gonesse on avait croisé des voitures remplies de blessés se succédant sans interruption, et qu'en avant du pont Iblon, on avait vu enterrer des deux côtés de la route des centaines de morts, auxquels des tombereaux, se suivant comme en un cortége, venaient à chaque instant ajouter leurs funèbres contingents[1]. »

Dans le village, les défenseurs brûlaient leurs dernières cartouches. Le matin, le commandant Baroche, avait dit à ses mobiles : « C'est aujourd'hui qu'il faut savoir mourir! » Il périssait en ralliant ses hommes. Le commandant Brasseur, du 128°, isolé avec une trentaine d'officiers et de soldats, s'enfermait dans l'église. Des hautes fenêtres s'ouvrant sur la nef, les grenadiers *Empereur François* en fusillèrent la moitié à bout portant. Tout était perdu; la poignée qui restait se rendit; le commandant Brasseur, en pleurant, livra son épée, une épée que le vainqueur, vaincu à son tour par tant de constance, rendit le lendemain au captif.

Un millier de gardes mobiles, échappés au carnage, furent faits prisonniers par la troisième colonne de la garde. Sort cruel; moins cruel toutefois que le rapport militaire contresigné par le général Trochu, qui accusa les braves abandonnés sans secours au Bourget « d'avoir manqué de vigilance et de s'être laissés surprendre! »

Dans la soirée du 30, Paris apprenait que le Bourget appartenait de nouveau à l'ennemi. — « Ce village, osait ajouter en guise d'excuse le même rapport militaire, ne fait point partie de notre système défensif. »

L'instinct des masses, plus subtil que toutes les explications officielles, n'entrevoyait qu'un fait : l'incurie sans

1. F. W. HEINE, chroniqueur militaire de la *Gartenlaube.*

précédent des chefs de la défense. L'agitation était grande partout; cependant on voulait compter encore sur un retour offensif de notre part, tout au moins sur quelque démonstration. On attendait le lendemain.

Le lendemain, 31, le *Journal officiel* annonçait en quatre lignes la capitulation de Metz.

Le désastre était donc complet! Le gouvernement démentait ses démentis! Ce texte désolant, cette communication laconique provoquaient une indicible explosion de colère et de douleur.

L'affaire du Bourget avait irrité une population dont on laissait s'user l'ardeur dans l'immobilité. La nouvelle de la reddition de Metz vint surexciter l'exaspération, et le récit des dernières tentatives de Jules Favre avec l'annonce d'un armistice, combler la mesure.

Quoi! Paris seul ne se battrait pas! Après l'exemple de la province; après Strasbourg, Toul, Phalsbourg, Metz, Verdun, Bitche, Mézières, Châteaudun! Pourquoi la province, alors, viendrait-elle au secours de Paris?

Pas d'armistice! Tel fut le cri du cœur des Parisiens.

CHAPITRE XII

LES MÉCONTENTS

La question municipale et la question diplomatique. — La mission de Thiers. — Humiliante proposition de l'Angleterre. — Vaine promesse de la Russie. — La fièvre obsidionale. — La journée du 31 octobre. — Tragi-comédie. — Le plébiscite du 3 novembre. — Oui et non.

Dans l'esprit surmené de la population, deux questions avaient pris une place inquiétante : la question municipale, tout intérieure; la question diplomatique, tout extérieure. Sous le coup de cet état d'anxiété maladive, de cette névrose spécifique qu'on a caractérisée par un mot : la fièvre obsidionale, question intérieure et question extérieure s'étaient combinées soudain. Un chimiste eût dit qu'elles formaient un mélange explosif et que ce mélange détonait.

L'une et l'autre étaient nées de la question électorale.

En s'installant au pouvoir, le gouvernement de la Défense avait promis à Paris une municipalité élue, en même temps qu'à la France une Assemblée nationale. A la suite de l'entrevue de Ferrières, et comme une conséquence logique des conditions d'armistice posées par M. de Bismarck, la population avait accepté l'ajournement des élections législatives. Le gouvernement avait décidé du même coup l'ajournement des élections municipales. Beaucoup de citoyens respectables persistaient à croire,

néanmoins, que, à côté des hommes du 4 septembre, il
eût été bien pour la résistance d'introduire dans un pouvoir
public d'autres hommes, des patriotes ardents, des défenseurs convaincus, capables de répandre autour d'eux, par
leur exemple, l'esprit de sacrifice, d'attiser l'énergie des
soldats et d'appuyer auprès du peuple toutes les mesures
n'exigeant de sa part que de l'abnégation.

A côté de l'élément militaire représenté par le général
Trochu, agissait déjà l'élément civil dans la personne de
Dorian : on sentait d'une manière vague que c'était l'auto-
rité de Dorian qu'il fallait renforcer.

Pour le malheur commun, quelques démagogues
avaient pris la tête du mouvement municipal. Dès le
20 septembre, on avait pu voir, constituée sans mandat,
une assemblée s'intituler « Comité central des 20 arrondissements ». Des feuilles ultra-radicales s'étaient mises
à sa dévotion. Des délégués sortis de son sein s'étaient
répandus dans les clubs. La violence des articles de ceux-
là et les violences de langage de ceux-ci avaient eu pour
résultat immédiat d'éloigner de la cause municipale l'immense majorité de la population. On eût dit, au surplus,
que le gouvernement redoutait des comices électoraux. Il
avait tort ; sans nul doute favorables, ils lui eussent permis
d'imposer silence, le lendemain, aux récriminations des
exaltés.

En cette occurrence, comme en tant d'autres, nos
pilotes manquèrent de décision.

« Il y avait alors à Belleville une sorte de roi, commandant six bataillons de la garde nationale, tête chaude
et cœur généreux, brave jusqu'à la témérité, imprudent
jusqu'à la folie, très-populaire, parce qu'il était honnête
et qu'il avait beaucoup lutté contre l'Empire : c'était Gustave Flourens. Toujours prêt au sacrifice de sa vie, il

courait volontiers vers le danger tête baissée. Flourens
ne comprenait pas que le général Trochu n'eût pas déjà
lancé contre l'ennemi toutes les troupes réunies dans
Paris, et il était de ceux qui pensaient que les élections
municipales, faisant passer le pouvoir en d'autres mains,
arracheraient Paris à l'étreinte des Prussiens. Les orateurs de clubs propageaient cette chimère, et, de concert
avec la presse hostile au gouvernement, exaltaient le
cerveau de Flourens, qui n'avait pas besoin de ce surcroît
d'excitation, depuis que six mille hommes résolus obéis-
saient à ses ordres. Flourens se trouvait être, au commencement d'octobre, l'homme d'action des partisans de la
Commune. Il le fit voir[1]. »

Le 5 et le 8 octobre, Flourens était venu, à la tête de
ses fidèles, sommer le gouvernement de rendre un décret
convoquant les électeurs municipaux. De nombreux bataillons de la garde nationale étaient accourus pour protéger l'Hôtel de Ville. Le 5, M. Gambetta avait répondu
par un ajournement indéfini ; M. Dorian, par l'énumération
des preuves de son activité personnelle ; le 8, M. Jules
Favre avait prononcé un discours, et le général Trochu
passé une revue devant le front de bandière des bataillons protecteurs, tandis que les manifestants se retiraient. Tout s'était borné là.

En somme, la masse de la population ne comprenait
pas qu'une infime minorité s'obstinât à susciter des difficultés au ministère. Elle la soupçonnait de prétendre
purement et simplement à s'emparer du pouvoir. Ayant à
choisir entre un gouvernement, sinon régulier, du moins
régularisé par la situation, et les gens d'un comité plus
obscur encore que « central », son choix était fait. A l'in-

---

1. Adolphe MICHEL, *la Troisième République française.*

connu, elle préférait l'existant. Du conflit, Trochu et son
entourage retiraient un regain factice de popularité.

La question extérieure, aussi, procédait directement
du décret originel relatif aux élections.

Les grandes puissances européennes s'étaient pour la
plupart refusées à reconnaître le gouvernement de la Défense nationale comme investi du droit de parler au nom
de la France. Les relations diplomatiques entretenues avec
la délégation de Tours revêtaient un caractère purement
officieux. L'ajournement du scrutin, bien qu'inévitable
en pleine guerre, avec le quart du pays livré à l'envahisseur, avait permis aux monarchies environnantes de se
retrancher, à chaque demande de médiation, derrière cette
réplique stéréotypée : « Vous n'êtes pas un gouvernement
de source régulière. » De là un infranchissable cercle
vicieux ; car il était impossible de convoquer les comices
électoraux en dehors d'un armistice, et cet armistice, nous
avons vu à quelles conditions M. de Bismarck le subor-
donnait.

En réalité, l'Europe, impassible, assistait à notre
égorgement.

Un seul homme peut-être, dans une telle conjoncture,
pouvait, sinon se faire écouter, du moins se faire entendre des puissances étrangères. Cet homme qui, au cours
d'une carrière déjà longue avant l'Empire, avait à plusieurs reprises tenu comme ministre les rênes du gouvernement, connaissait tous les diplomates de l'Europe. Tous
les diplomates le connaissaient. C'était M. Thiers.

M. Thiers avait accepté une mission dans l'issue de
laquelle, hélas! lui aussi manquait de la confiance qui est
la première condition du succès.

Au lendemain de Sedan, M. Thiers avait su faire

accepter aux membres du Corps législatif impérial le coup
d'État pacifique qui les avait dissous. Son attitude avait
puissamment contribué à légaliser en quelque sorte la
révolution du 4 septembre. L'Hôtel de Ville lui avait offert
la présidence du gouvernement. Thiers l'avait déclinée.
De son refus, sans doute, était née l'idée de lui confier
une mission diplomatique.

« En acceptant cette mission, M. Thiers rendit incontestablement un grand service au gouvernement de l'Hôtel
de Ville. Lui seul, par son nom et sa juste autorité dans
le monde politique, était en position d'amener les puissances étrangères à prendre au sérieux et la révolution
du 4 septembre et les hommes qu'elle avait élevés si ino-
pinément au pouvoir. Sans M. Thiers, nous le craignons
l'œuvre de la Défense nationale ne fût jamais sortie du
terrain militaire, et la situation de la France se fût trouvée
ainsi, à un moment donné, compliquée de difficultés d'une
autre nature qui eussent fatalement appelé une intervention plus directe de la Prusse dans nos affaires intérieures.

« Mais si l'on considère les choses à un autre point de
vue, on ne saurait s'empêcher de reconnaître qu'entre
M. Thiers et la mission qu'il était chargé de remplir, il y
avait incompatibilité de caractère. Pendant que, désireux
de justifier son titre, le gouvernement de l'Hôtel de Ville
n'était préoccupé, à ses débuts, que de donner à la défense
nationale une impulsion vigoureuse, M. Thiers, par la
nature de son esprit, était porté au contraire à considérer
la France comme incapable, en l'absence de toute préparation, de continuer une lutte à laquelle une armée prisonnière à Sedan et une autre enfermée dans Metz étaient
dans l'impossibilité de prendre part...

« Au lendemain de la révolution, la France en masse
réclamait la continuation de la lutte, et elle ne soupçon-

24

nait pas qu'il pût y avoir à cet égard deux politiques...
L'empereur Napoléon n'a-t-il pas dit lui-même qu'après
Sedan la paix était impossible en présence des exigences
que la Prusse avait manifestées dès cette époque et qui ne
s'écartent pas de celles qui ont été subies quatre mois plus
tard? Seul, M. Thiers a été d'un avis opposé. Mais en le
laissant voir prématurément à Londres, à Vienne, à Saint-
Pétersbourg et à Florence, il a nui indirectement à la
défense nationale ; car il a autorisé ainsi à l'étranger l'opinion que la continuation de la guerre n'était qu'une entreprise de cerveaux mal équilibrés, contre laquelle le pays
librement consulté n'eût pas manqué de protester. Voilà
comment, dans notre conviction, la diplomatie qui cherchait des alliances sur la base du fameux programme :
*Pas un pouce de notre territoire, pas une pierre de nos for-
teresses,* s'est trouvée avoir pour adversaire l'illustre homme
d'État chargé d'en assurer la réalisation [1]. »

On sait les pèlerinages décourageants du vieil intercos-
seur, essayant à Londres d'entraîner le cabinet Gladstone
à un concours actif, revenant à Tours rendre compte de son
échec, courant à Vienne s'aboucher avec le chancelier de
l'empire austro-hongrois, M. de Beust; puis, de là, poussant jusqu'à Pétersbourg, reprendre auprès du prince
Gortschakoff son infatigable plaidoyer *pro patrià ;* venant,
à Florence, se heurter au *non possumus* de Victor-Emma-
nuel, partout accueilli avec déférence et partout courtoi-
sement éconduit; ayant reçu toutefois de la bouche du
czar Alexandre une parole : « Je ne donnerai pas mon
adhésion à une paix consacrant le démembrement de la
France [2]; » parole qui devait demeurer vaine.

1. J. VALFREY, *Hist. de la Diplomatie du gouvernement de la Défense nat.*
2. *Enquête sur les actes du gouvernement du 4 septembre.* Déposition de
M. Thiers.

Paris connaissait les grandes lignes de cette odyssée. Il en avait appris, par des dépêches venues de Tours, les péripéties dominantes. Ce qu'il ignorait, c'était les pourparlers entamés par Bazaine, c'était le voyage de son aide de camp Boyer au quartier général de Versailles, c'était les dispositions affichées par M. de Bismarck, à la suite de ces négociations interlopes [1], envers la famille déchue; c'était, en un mot, toute la série des circonstances qui, au retour de M. Thiers, militaient auprès de la délégation de province dans le sens de la conciliation, circonstances à la pression desquelles se dérobait seul M. Gambetta et qui motivaient les résolutions prises dans une séance dont voici le procès verbal.

PROCÈS-VERBAL

La délégation du gouvernement de la Défense nationale, M. Thiers étant présent, a admis dans son sein M. de Chaudordy, représentant du ministère des affaires étrangères de la République, pour recevoir de lui une communication officielle.

M. de Chaudordy s'exprime en ces termes :

Messieurs, lord Lyons, ambassadeur d'Angleterre, vient de me faire la communication suivante au nom de son gouvernement :

« L'Angleterre offre de proposer à la France et à la Prusse, de son initiative, un armistice pendant lequel la France procéderait aux élections de l'Assemblée nationale.

« Lord Lyons demande si le gouvernement français adhérerait à cette proposition. »

Après avoir bien établi que rien ne peut laisser supposer que le gouvernement français ait jamais eu la pensée de suggérer une pareille proposition et qu'il y est demeuré com-

1. Voyez A.-J. DALSÈME, *l'Affaire Bazaine.*

plètement étranger, la discussion s'est élevée entre tous les membres du gouvernement et le délégué, ministre de la marine, sur le point de savoir si l'on peut admettre la proposition d'un armistice ayant pour objet l'élection d'une Assemblée.

De cette délibération, il est résulté que trois voix se sont prononcées pour l'affirmative, celles de MM. Crémieux, Glais-Bizoin, membres du gouvernement, et de M. le délégué Fourichon. M. Gambetta, s'inspirant des renseignements recueillis par lui, comme ministre de l'intérieur, depuis son arrivée à Tours, a persisté dans l'opinion négative qu'il avait apportée de Paris.

En conséquence, il a été décidé que la délégation de Tours transmettrait au gouvernement de Paris la proposition d'un armistice faite par l'Angleterre, en appuyant cette proposition; car, dans la pensée de la délégation, il ne peut s'agir que d'un armistice d'une durée d'au moins vingt-cinq jours, avec ravitaillement de toutes nos places assiégées. M. Thiers a été chargé de cette transmission.

La proposition de l'Angleterre, simultanément à faire à la Prusse et à la France, est ainsi conçue :

« Un armistice sera consenti entre les deux puissances
« belligérantes, pendant lequel la France procédera aux élec-
« tions de l'Assemblée. »

Fait à Tours, en conseil de la délégation du gouvernement de la Défense nationale, le 21 octobre 1870.

Paris eût-il possédé la notion de tous ces pourparlers, peut-être son désespoir eût-il été plus amer encore, lorsque, le 31 octobre, il put lire sur les murs, cette déclaration :

Le gouvernement vient d'apprendre la douloureuse nouvelle de la reddition de Metz. Le maréchal Bazaine et son armée ont dû se rendre après d'héroïques efforts, que le manque de vivres et de munitions ne leur permettait plus de continuer. Ils sont prisonniers de guerre.

Avec, à côté, cet autre placard qui semblait offert comme un palliatif :

.M. Thiers est arrivé aujourd'hui à Paris ; il s'est transporté sur-le-champ au ministère des affaires étrangères.

Il a rendu compte au gouvernement de sa mission. Grâce à la forte impression produite en Europe par la résistance de Paris, quatre grandes puissances neutres, l'Angleterre, la Russie, l'Autriche et l'Italie, se sont ralliées à une idée commune. Elles proposent un armistice, qui aurait pour objet la convocation d'une Assemblée nationale. Il est bien entendu qu'un tel armistice devrait avoir pour conditions le ravitaillement, proportionné à sa durée, et l'élection de l'Assemblée par le pays tout entier.

Des groupes se rassemblent, se divisent, se reforment. On commente les nouvelles, et, sans le vouloir, on les dénature. Dès le matin, une députation composée de quelques officiers de la garde nationale se rend à l'Hôtel de Ville, en quête d'explications.

Reçue par M. Étienne Arago, elle s'en retourne avec la promesse que, vers deux heures, le gouvernement répondra.

A deux heures, on entend battre le rappel.

A l'Hôtel de Ville, trois coups de feu tirés par un homme ivre ont alarmé la foule.

Des bataillons de la garde nationale affluent de tous les côtés et débouchent sur la place ; les uns armés, d'autres sans armes. On se presse. La circulation devient impossible. Les rangs sont confondus.

Le désarroi occasionné par les coups de feu partis sans atteindre personne n'a causé sur les lieux mêmes qu'une émotion vite réprimée.

Mais les témoins les plus éloignés du centre et par

conséquent les plus disposés à s'exagérer l'incident se
sont dispersés en désordre.

Une vingtaine d'entre eux, ayant fui par la rue du Temple, arrivent au pas de course jusqu'au Château-d'Eau,
enfilent le faubourg, parviennent au boulevard extérieur.
Là, ils rencontrent des groupes de leurs camarades qui,
au rebours, se dirigent sur l'Hôtel de Ville :

— Vos fusils! vos fusils! On a tiré sur nous!

De toutes parts alors retentit l'appel :

— Aux armes !

Les pelotons déjà en marche rompent leurs rangs;
chacun court chez soi pour chercher son fusil; les tambours commencent à battre une générale endiablée. Des
hauteurs de Belleville, descendent des bataillons. En tête,
Gustave Flourens. Tout ce monde dévale dans la direction de la place de Grève, puis soudain s'arrête, indécis.
Vers le bas, c'est l'accalmie; vers le haut, c'est l'orage.
Les abords de l'Hôtel de Ville, pour l'instant, sont rentrés
dans l'ordre et redevenus calme; au pied de Ménilmontant
on ferme en toute hâte les boutiques, tandis que de bouche en bouche vole ce cri sinistre :

— On se bat rue du Temple et rue de Rivoli!

C'est pis encore à mesure qu'on gravit les hauteurs.
Les femmes, sur le seuil des portes, pleurent et se la-
mentent. L'une parle de son frère, l'autre de son mari.

— Ils sont blessés déjà, affirment-elles ; *quelqu'un qui
en vient* les a vu emporter.

Plus haut, une cohue se presse contre une boulangerie. On achète du pain pour trois jours; car, paraît-il,
de trois jours les magasins ne pourront rouvrir!

O peuple de Paris, quand donc apprendras-tu à te défier
de ton premier mouvement?

Retournons à l'Hôtel de Ville.

Des drapeaux, des pancartes énormes, étalent au-dessus des têtes des inscriptions variées :

> Vive la République !
> Pas d'armistice !
> *La Commune !*

Ou bien :

> Vive la Commune !
> **Mort aux lâches !**

Ou encore :

> Vive la République !
> **La levée en masse !**
> *Pas d'armistice !*

Plusieurs membres du gouvernement de la Défense, entre autres Rochefort, paraissent devant la grille principale. Une ou deux compagnies de mobiles en gardent le seuil. Le général Trochu, en petite tenue, arrive à son tour et harangue la foule.

— Les gardes nationaux qui veulent sortir en masse iraient à une boucherie, dit-il ; il faut s'aguerrir d'abord et s'armer de canons ; nous allons en avoir !

Mille cris lui répondent :

— Vive Trochu ! vociferent les uns.

— A bas Trochu ! hurlent les autres.

Le gouverneur bat en retraite vers le dedans. Une multitude désordonnée pénètre à sa suite.

Il est deux heures et demie.

Des mobiles, quelques gardes nationaux, mais surtout une myriade de gamins, s'entassent aux fenêtres de l'Hôtel de Ville. La garde nationale, qui croit voir le gouvernement aux croisées, pousse des cris que les gamins répètent dans un assourdissant brouhaha.

A chaque instant dévalent des balcons des feuillets
de papier sur lesquels des noms sont inscrits. Les listes
varient; quelques noms surnagent au milieu du vacarme :
Dorian, Schœlcher, Delescluze, Ledru-Rollin, Félix Pyat,
Martin Bernard,... les assemblages les plus diparates.

Une personne demande si le gouvernement est dans
l'Hôtel de Ville.

— Il n'y a pas de gouvernement, répond-on, puisque
l'Hôtel est envahi.

Mot caractéristique !

Dans l'édifice, les gardes nationaux remplissent la
cour, les salles, les galeries. A travers les flots houleux,
il n'est pas impossible de se glisser. Des gens gémissent
sur le désordre; d'autres causent, crient, répandent, sans
trouver d'incrédules, les plus invraisemblables rumeurs.
Dans la salle des séances, MM. Trochu, Favre, Jules
Simon, Magnin, Tamisier, sont bloqués littéralement.
M. Dorian, après avoir refusé la présidence de l'émeute,
a réussi à s'échapper; MM. Jules Ferry et Ernest Picard
ont également pu disparaître. Dans la pièce qui fut le
cabinet du préfet, ont pris place autour d'une table des
officiers qu'on dit être « des éclaireurs » : terme vague.
Il y a un colonel, un commandant, plusieurs capitaines,
qui entassent motions sur motions.

— Il faut, dit l'un, envoyer des députations dans les
forts pour s'assurer contre une trahison possible.

— Il faut, reprend un autre, demander au gouvernement sa démission.

Un commandant se lève, et ce n'est pas chose facile,
tant on piétine sur le velours des fauteuils. Il demande qu'on double les postes des remparts et veut être
le premier à s'y rendre. On applaudit. Le colonel offre de
rédiger une proclamation. On applaudit derechef. Mais

on insiste particulièrement sur la démission du gouvernement. On va la lui demander. On revient. Le gouvernement résiste.

Dans les groupes, des listes d'un nouveau pouvoir continuent à circuler. Tantôt les uns, tantôt les autres s'improvisent les maîtres de la situation, s'adjoignent, de leur autorité privée, des collègues. Quelqu'un propose l'arrestation du gouvernement, puisqu'il ne veut pas se retirer de bonne grâce.

— C'est cela. Arrêtons-le!

Un officier s'élance pour instrumenter.

— Monsieur, fait un assistant, au nom de qui agissez-vous?

— Au nom du peuple.

— Où l'avez-vous consulté?

— Ah! voilà bien... Il faut consulter; c'est toujours la même chose!

Il s'en va, un peu ébranlé.

Un commandant vient après.

— Allons, en avant! s'écrie-t-il.

Il entraîne les hommes de garde du côté de la salle où siége le Gouvernement, puis rebrousse chemin : on annonce que le Gouvernement est déjà arrêté.

Un mouvement se produit autour de la table. Le vieux Blanqui vient de s'y asseoir. Il demande qu'on veuille bien évacuer les abords, afin de laisser la commission délibérer.

Quelle commission?

On proteste timidement dans quelques groupes; mais il n'en est pas de même dans le vestibule voisin, où un homme qui vient de crier : « Vive Blanqui! » est soudain entouré par tout une compagnie de gardes nationaux. Une clameur immense couvre sa voix. Deux cents bras

le saisissent, le poussent, l'enlèvent de terre, et si on ne
lui fait pas un plus mauvais parti, c'est qu'il est seul et
désarmé.

Ce vestibule est le théâtre d'un va-et-vient indescriptible. On ne laisse plus entrer personne, à la vérité, et
le 106e bataillon, chargé de la garde intérieure, fait vigoureusement exécuter la consigne. Le 106e bataillon est
contre l'anarchie. Mais il y a déjà tant de monde au dedans, que la confusion est inévitable. On s'appelle, on
se cherche, on crie de tous côtés. A l'extérieur, ondule
une multitude qui s'agite sous la pluie, au sein des ténèbres.
— Cela dure jusqu'à dix heures du soir.

Cependant, M. Ernest Picard, libre, a prévenu l'état-
major de la garde nationale, place Vendôme, expédié
des estafettes au général Ducrot. Quelques bataillons de
citoyens, mêlés à des bataillons de mobiles, se sont réunis.
Deux fortes colonnes conduites, l'une par M. Jules Ferry,
l'autre par le préfet de police Edmond Adam, se mettent
en marche. Celle-ci pénètre à l'intérieur de l'Hôtel de Ville
par le souterrain de communication avec la caserne de
la place Lobau. Celle-là réussit à forcer l'une des grilles.
Plus de cent cinquante individus, ramassés au passage,
sont « bouclés » dans les caves. Les gardes du 106e, renforcés, parviennent jusqu'à la pièce qui sert de geôle aux
membres du gouvernement. On se bouscule. Les geôliers prétendent faire de leurs prisonniers des otages.
On parlemente. Après une courte lutte, sans effusion de
sang, les captifs sont délivrés et, parvenus au dehors,
regagnent qui la place Vendôme, qui les ministères.

Vers deux heures du matin, la scène a complètement
changé d'aspect; le 106e a achevé de balayer l'Hôtel de
Ville; vingt mille gardes nationaux en armes forment la
haie sur la place, dans la rue de Rivoli, les rues avoisi-

nantes et jusqu'aux Champs-Elysées. Le général Trochu parcourt leur front, et, une heure après cette revue nocturne, tout rentre dans l'ordre habituel.

Au matin, Paris apprenait sans trop s'émouvoir qu'il venait de traverser deux révolutions.

Mais le gouvernement ne pouvait rester sous le coup d'une incarcération, même temporaire. Après l'attentat dont il venait d'être l'objet, il voulait retremper son autorité dans le suffrage universel. Le 1ᵉʳ novembre, de nombreuses affiches conviaient, pour le surlendemain, les électeurs à voter par oui ou par non sur cette **question** simple :

Le peuple de Paris maintient-il les pouvoirs du gouvernement de la Défense nationale ?

Une réaction énergique s'était manifestée **déjà** contre les auteurs de l'affaire du 31 octobre.

Pendant deux jours on entendit, il est vrai, retentir quelques cris de : Vive la Commune ! Néanmoins le soir du 3 novembre la proclamation des résultats se **résumait** ainsi :

557,995 *oui.*

62,638 *non.*

Le gouvernement était donc maintenu à une majorité de près des neuf dixièmes de la population.

CHAPITRE XIII

PRÉPARATIFS

Les suites d'une échauffourée. — Élection des maires. — Le décret du 9 novembre.— L'entrevue du pont de Sèvres.— La guerre de partisans et ses apôtres. — Odyssée d'un substitut. — La levée en masse. — Joseph Prudhomme fantassin. — Exemptions plus ou moins légales. — Où sont les jeunes? — La petite garde. — La réserve.

Le jour même, Gustave Flourens et huit chefs de bataillon de la garde nationale étaient révoqués. Mais, allait se demander l'opinion publique, pourquoi le pouvoir avait-il attendu l'échauffourée du 31 octobre pour prendre ces autres mesures réclamées depuis longtemps : un scrutin municipal et une modification, dans un sens énergique, du décret relatif aux compagnies de marche ?

Au cours des événements qui avaient eu l'Hôtel de Ville pour théâtre, M. Dorian, M. Schœlcher, avec le maire de Paris Étienne Arago et ses adjoints, MM. Charles Floquet, Henri Brisson, Hérisson et Clamageran, désireux avant tout d'éviter l'effusion du sang, avaient pris sur eux de signer un décret convoquant les électeurs pour la nomination de quatre-vingts conseillers municipaux. Trois jours après, le gouvernement, libéré et une fois encore acclamé, se trouvait dans l'alternative, ou de renier sa signature, ou de surmonter ses répugnances. Se rangeant à un moyen terme, il se décida à accorder à chacun des vingt arrondissements un maire élu. Le 6, les urnes s'ouvrirent;

le 8, les élections complémentaires eurent lieu. A la suite
de ce double scrutin, la liste des maires se trouvait ainsi
composée :·

1er arrondissement : MM. Tenaille-Saligny.

2^e	—	Tirard.
3^c	—	Bonvalet.
4^e	—	Vautrain.
5^e	—.	Vacherot. ·
6^e	—	Hérisson.
7^e	—·	Arnaud de l'Ariège.
8^e	—	Carnot.
9^e	—	Desmarets.
10^e	—	Dubail.
11^e	—	Mottu.
12^e	—	Grivot.
13^e	—	Pernolet.
14^e	—	Asseline.
15^e	—	Corbon.
16^e	—	Henri Martin.
17^e	—	François Favre.
18^e	—	Clémenceau.
19^e	—	Delescluze.
20^e	—	Ranvier.

Le 9 novembre, paraissait enfin un décret relatif à la
mobilisation :

Le Gouvernement de la Défense nationale,
Pour satisfaire, par des dispositions nouvelles, aux nécessités des opérations militaires et répondre aux vœux unanimement exprimés par la garde nationale ;

DÉCRÈTE :

ARTICLE PREMIER. — Chaque bataillon de la garde nationale sera composé, suivant son effectif, de huit à dix compagnies.

Art. 2. — Les quatre premières compagnies, dites *compagnies de guerre*, auront chacune un effectif de cent hommes, cadres compris, dans les bataillons dont l'effectif est de douze cents hommes et au-dessous, et de cent vingt-cinq hommes, cadres compris, dans les bataillons ayant plus de douze cents hommes.

Ces compagnies seront fournies par les hommes valides des catégories ci-dessous, en suivant l'ordre des catégories et en ne prenant dans l'une d'elles que lorsque la précédente aura été épuisée :

1° Volontaires de tout âge ;

2° Célibataires ou veufs sans enfants, de vingt à trente-cinq ans ;

3° Célibataires ou veufs sans enfants, de trente-cinq à quarante-cinq ans.

4° Hommes mariés ou pères de famille de vingt à trente-cinq ans ;

5° Hommes mariés ou pères de famille de trente-cinq à quarante-cinq ans.

Art. 3. — Les autres compagnies destinées au service de la défense, ayant autant que possible un effectif uniforme, comprendront le reste du bataillon. Elles constitueront le dépôt et fourniront les hommes nécessaires pour combler les vides faits dans les compagnies de guerre.

L'histoire impartiale doit à Paris et se doit à elle-même de constater que ce décret, pour paraître, avait attendu jusqu'au cinquante-troisième jour du siège.

Pour le motiver, il n'avait pas fallu moins que la rupture définitive des pourparlers touchant l'armistice.

Certes, l'insurrection du 31 octobre avait servi merveilleusement, en cette occurrence, l'astuce du diplomate prussien. M. Thiers, parvenu dans la capitale grâce à un sauf-conduit, s'était rendu auprès de M. de Bismarck le

31 octobre même. Quelques heures après, l'émeute faisait rage; et le ministre du roi Guillaume acquérait ce droit inespéré de demander narquoisement à son interlocuteur un nom de quel pouvoir il se présentait.

« Sans méconnaître d'une façon absolue l'effet fâcheux des événements sur une pareille négociation, nous croyons qu'il ne faut rien exagérer et ne pas perdre de vue qu'ils fournirent avant tout à M. de Bismarck un prétexte pour refuser des concessions auxquelles il n'entrait point dans ses desseins de se prêter... La vérité est qu'il jugeait cet armistice prématuré et qu'il y voyait bien moins un acheminement vers la paix qu'une combinaison propre à légaliser et à fortifier l'œuvre improvisée de la défense nationale.

« Arrivé à ce point, le chancelier allemand fit connaître à M. Thiers ses conditions définitives; M. de Bismarck offrit au gouvernement de la Défense nationale ou un *armistice de vingt-cinq jours, sans ravitaillement,* ou la faculté de procéder à des élections *sans armistice* [1]. »

Le négociateur avait assigné rendez-vous, pour le 5 novembre, au général Trochu et à Jules Favre. L'endroit choisi était le pont de Sèvres, où les avant-postes des deux armées n'étaient séparés que par la largeur de la Seine. Le général Trochu manqua. Jules Favre vint accompagné du général Ducrot, lequel, récusant toute compétence politique, se borna à manifester, avec sa confiance dans l'armée, l'opinion que la continuation de la guerre autour de l'enceinte parisienne avait toute chance d'amener des circonstances plus favorables à une reprise de négociations.

Le résultat de la conférence du pont de Sèvres ne

1. VALFREY, *Histoire de la Diplomatie du gouvernement de la Défense nationale.*

pouvait être douteux. Un armistice sans ravitaillement! Des élections faites en dehors de toute suspension d'hostilités! Accepter des préliminaires sur l'une ou l'autre de ces bases dérisoires, c'était donner le signal des plus effroyables déchirements intérieurs.

D'ailleurs, ne connaissait-on pas le cauteleux chancelier? Tout récemment, n'avait-on pas vu Bazaine se prêter à des transactions analogues dans l'espoir d'échapper à une capitulation ? Qu'y avait-il gagné ? D'épuiser ses vivres sans combattre, et de se rendre à merci lorsqu'il avait eu mangé sa dernière bouchée de pain.

Le gouvernement de l'Hôtel de Ville refusa. Une note brève et digne, insérée au *Journal officiel*, fut saluée par la masse des citoyens comme l'aurore d'une ère décisive pour la défense. La fièvre du doute était tombée ; la fièvre patriotique subsistait.

En plus d'une occasion, depuis le début de cette campagne devenue, pour notre malheur, la campagne de France, on avait fait l'apologie de la guerre de partisans ; de cette guerre qui se pratique à coup de surprises, de pièges et d'embuscades ; qui harcèle l'ennemi la nuit, le jour, en tous lieux, à toute heure, sans trève.

Un soir de novembre, un orateur applaudi exposait dans un club cette conviction, que dans la guerre de parsans était le salut de la France. Le capitaine Quesnay de Beaurepaire s'exprimait en apôtre à la foi véhémente. Curieuse histoire, du reste, que celle de ce soldat improvisé.

Substitut du procureur impérial dans une petite ville du département de la Sarthe, M. de Beaurepaire, à la nouvelle de nos désastres du mois d'août, avait compris, l'un des premiers, qu'il n'était plus qu'un moyen pour la France de rétablir l'égalité dans une lutte inaugurée aussi

26

tristement : grouper sous les drapeaux tous les fils du pays et marcher ensemble contre l'invasion.

Quittant la robe du magistrat, il revêtit la tunique militaire ; en peu de jours, il réussit à organiser une compagnie franche. Suivi de ses compagnons, il arriva à Paris, où l'on devait donner des armes aux volontaires et les diriger sur l'Est.

Mais renvoyés de ministère en ministère, reniés partout, partout envisagés comme des intrus, les courageux pionniers venus pour s'enrôler dans une guerre à mort contre la Prusse, furent incorporés... qu'on devine dans quel corps ?

Parmi les pompiers de la Sarthe !

Douze mille pompiers avaient, à cette époque, été appelés de province à Paris.... pour être, peu après, réexpédiés de Paris en province.

Nous étions sous l'Empire, et le persévérant solliciteur faisait souvent antichambre chez les puissants du jour.

Sous la République — qui l'eût cru ? — l'antichambre même allait lui être interdite.

Après une interminable série de déconvenues, l'ancien substitut, renonçant par lassitude à toute initiative, s'engloba avec sa compagnie dans le régiment d'éclaireurs « Lafon-Mocquart » formé par souscription.

« Comment organiser la nation armée ? disait-il. En utilisant comme noyau les corps irréguliers qui existent, et en obtenant à l'aide de ce noyau le soulèvement général. Nous sommes, dans Paris et autour, plus de trois mille francs-tireurs, quelles que soient les dénominations multiples dont la vanité de nos chefs nous ait baptisés. Nous sommes habitués au feu. Nous sommes braves. Nous sommes prêts. Qu'on laisse, dans tous les corps de l'armée assiégée, des volontaires s'inscrire sur nos contrôles et nous apporter leur expérience et leur discipline. Nous formerons en peu de jours une troupe de dix à douze mille hommes, dévoués et entreprenants.

« Alors et aussitôt, qu'on nous permette de quitter Paris. Cette évasion est facile ; l'investissement n'est, sur certains points, que *fictif*. Le secret de nos intentions est nécessaire ; mais nous nous chargeons de passer.

« Une fois en pays libre, les bataillons de francs-tireurs se jetteront, en arc de cercle sur les flancs de l'ennemi et sur ses derrières. Ils attireront à eux toutes les compagnies de même ordre éparpillées en province et se voueront à une incessante *guerilla*. »

Voilà ce que disait M. de Beaurepaire, et ce qu'il proposa au général Trochu. Après bien des pas et des démarches, il obtenait le droit de faire appel aux hommes de bonne volonté. Mais, sa petite troupe formée, — 15,000 hommes environ, — de nouvelles difficultés surgissaient encore. Le gouvernement avait d'autres soucis. Il préférait, un peu tard, une organisation régulière. Subissant la pression de l'opinion publique qui demandait la levée en masse, il venait de répondre à la nouvelle de la capitulation de Metz par la mobilisation des gardes nationaux et la répartition en trois armées des forces militaires sous Paris.

Le 12 novembre, paraissait un décret complétant celui du 9. Les deux cent soixante-six bataillons équipés de la garde nationale prenaient le titre de : Première Armée.

Une deuxième armée était constituée par le groupement de 26 régiments de marche, de 31 bataillons de mobiles et de régiments de cavalerie (2 régiments de marche de dragons, 2 de chasseurs et 1 régiment de gendarmerie), soit 100,000 hommes environ, sous les ordres du général Ducrot. Une troisième armée comprenant le reliquat des forces disponibles : 42 bataillons de mobiles,

2 régiments de marche, 2 brigades de cavalerie, réunissait, avec les douaniers et les forestiers, une soixantaine de mille hommes confiés au général Vinoy.

Quelques-uns haussaient les épaules ou esquissaient un geste de doute, à la lecture de la mention dont l'arrêté du gouvernement qualifiait les soldats citoyens. Mais presque tous se sentaient remués par l'énergie que le pouvoir déployait pour la première fois ; et Joseph Prudhomme lui-même, ce type éternel de bonhomie et de candeur, se prenant tout d'un coup pour un vrai fantassin, offrait, avec un renoncement qu'il trouvait tout simple, son existence à la cause du pays.

Il est peu d'exemples, en somme, d'une organisation effectuée aussi rapidement. En trois jours, plus de mille compagnies de guerre surgirent avec leurs cadres au complet : un jour pour le classement des hommes par catégories ; un autre pour leur répartition dans les quatre compagnies de guerre de chacun des bataillons ; le troisième pour l'élection des officiers.

Là où l'ordre régnait, la moitié du travail était faite d'avance. De longue main, les sergents-majors devaient avoir en leur possession les noms, prénoms, qualités, adresses, et toute la statistique de leur compagnie.

Mais tous n'étaient pas munis ; et, au dernier moment, en maint endroit, la hâte et la confusion engendraient plus d'un burlesque épisode.

Minuit. Le capitaine de la... compagnie du... bataillon dort à poings fermés. Un violent ébranlement de la porte vient interrompre son sommeil.

— Qui va-là ?

— De la part de l'adjudant-major... Ouvrez vite.

— Mon Dieu! qu'est-ce encore? On ne bat pourtant ni la générale ni le rappel!

— Non, il s'agit de la liste.

— Quelle liste?

— Eh! les catégories... Les hommes de guerre, quoi!

— Mais... c'est pour demain!

— Oui, au matin, huit heures au plus tard. Nous avons le temps tout juste.

Effectivement, il faut bien dresser la classification des gardes; on va quérir dans le voisinage deux ou trois auxiliaires de bonne volonté, et voilà nos chercheurs d'informations, mettant de porte en porte chaque sonnette en branle.

— Qu'est-ce que vous voulez? demande le concierge.

— Monsieur ***

— Je suppose bien qu'il est chez lui, à pareille heure!

— Il n'est pas question de cela... Ce monsieur est-il marié? Quel âge a-t-il?

— Eh! qu'est-ce que ça vous fait?

Et les explications d'aller leur train jusqu'au moment où, à bout d'arguments, on se décide à grimper au quatrième étage, réveiller toute la famille dont le chef est en cause.

Vers trois heures du matin, les éléments de la fameuse liste sont collectionnés. La besogne d'ensemble commence et se termine au petit jour.

Incidents comiques, disait-on; on avait peut-être tort.

Car, après tout, le travail était prêt en temps utile, grâce au concours de chacun.

De leur côté, les nouveaux enrôlés ne se montraient pas récalcitrants. Il y eut bien, par-ci par-là, quelques exceptions, on ne sait trop pourquoi dites *légales*, car il n'existait aucune loi sur la mobilisation des

gardes citoyennes. On fut également surpris, au début,
du petit nombre de jeunes faisant partie du nouveau
contingent. Mais ce phénomène avait son explication naturelle. On avait oublié les cribles successifs de la con-
scription et de la levée du 16 août. Les jeunes étaient dans
l'armée active ou dans la mobile. Ceux qui avaient déjà
servi se trouvaient rappelés sous les drapeaux par la loi
du 16 août 1870. Quant aux autres, pour le plus grand
nombre, ils avaient passé, eux aussi, en leur temps, devant le conseil de révision, qui les avait renvoyés comme
impropres au service.

Rien d'étonnant donc à ce que sur trente jeunes
hommes on trouvât dix-huit ou vingt invalides. Et puis,
nos jolis preux des boulevards n'avaient pas attendu
l'apparition du décret pour échapper à toute obligation
de service actif. Les ambulances, l'intendance de la
garde nationale, les bureaux militaires et surtout l'état-
major de la place Vendôme leur offraient des asiles trop
sûrs et des galons trop brillants pour que ces précieuses
nullités n'eussent pas, dès longtemps, profité des loisirs
dus à l'incroyable faiblesse des officiers supérieurs, eux-
mêmes, trop souvent, issus d'une semblable origine.

Pour tous ceux qui, sans être dans le même cas, sol-
licitaient l'exemption de figurer dans les compagnies de
guerre, on avait institué un conseil de révision spécial,
sorte de tribunal dont les arrêts, parfois, suscitaient des
réclamations bien inattendues.

On vit entre autres un avocat célèbre rester coi devant
une singulière objection.

— Je ne devrais même pas être de la garde sédentaire,
venait de s'écrier un mécontent; c'est beaucoup déjà
que je consente à un service de rempart!

— Et pourquoi?

— J'ai fait trois mois de prison !

En effet, certains dossiers judiciaires dispensaient de droit du service civique.

Qui eût, du ministère de la justice, où siégeait le conseil de révision, poussé jusqu'aux Champs-Élysées, eût assisté à un défilé de tout autre sorte.

Le palais de l'Industrie n'avait jamais si bien justifié sa dénomination. Durant toute la journée, autour de cette vaste bâtisse, un perpétuel va-et-vient de voitures, de fardiers, de camions amenait et emportait vêtements, chaussures, tentes, sacs : l'habillement et l'équipement des cent mille hommes des compagnies de guerre.

Vareuses, capotes, souliers, marmites, bidons, piquets façonnés, guêtres, couvertures, pantalons, ceintures de flanelle, cartouchières, fourreaux de baïonnette, képis, s'accumulaient par milliers, dans les salles du premier étage. Chaque soir, des montagnes d'effets s'entassaient, pour s'effondrer chaque matin et se réédifier en quelques heures.

La symétrie était maintes fois bannie du costume. Après avoir renouvelé les capotes d'un grand nombre de soldats de l'armée active, après avoir pourvu de ce chaud vêtement tous nos gardes mobiles de Paris et de la province, après avoir équipé une quarantaine de bataillons de guerre, rien d'étonnant à ce que le drap gris-bleu, classique dans notre armée, eût fini par disparaître.

Après le bleu-gris on avait pris le bleu de roi ; après le bleu de roi on s'était adressé au bleu de ciel ; la série des bleus épuisée, on avait eu recours aux verts de toutes les nuances. Aux verts avaient succédé le noisette et le marron. Nul ne savait où nous nous arrêterions dans cette voie bariolée.

Comme au régiment, avec les débris d'étoffes on habillait les enfants de troupe.

Les enfants de troupe : donc nos enfants à tous. C'est bien le moment, d'ailleurs, de répéter le fameux : « Il n'y a plus d'enfants! » — Il n'y a plus que des soldats.

La petite Garde.

Aux Tuileries, au Luxembourg, des fantassins minuscules font l'exercice ou se livrent à la petite guerre. Le champ de bataille s'étend de la cabane des journaux au kiosque du marchand de gaufres; les chaises forment la ligne de défense, les troncs d'arbres servent de retranchements, les taillis d'embuscades, et le sentier sablé ouvre, en cas de besoin, une route à la retraite.

Regardez-les marcher, ces bonshommes à l'œil vif, à la chevelure flottante; leur visage riant s'est fait grave,

leur geste capricieux a pris une rondeur toute militaire,
leur démarche vagabonde s'est assujettie à des règles ; ils
s'en vont, marquant le pas, sérieux, la tête fixe, le petit
doigt sur la couture du pantalon — un pantalon d'où
parfois la chemise indiscrète s'échappe et flotte au vent.

Pauvres bébés ! leurs joues sont encore roses, leurs
yeux encore vifs et leurs petites jambes agiles ; il font
toujours, eux, leurs quatre repas quotidiens, et peuvent,
insoucieux, tendre deux fois leur assiette aux mets pré-
férés ! Mais déjà leurs mères inquiètes commencent à
envisager avec terreur les semaines qui vont suivre, et
commentent anxieusement l'arrêté qui met en réquisition
le bétail conservé chez les particuliers.

Le manque de fourrages avait pu servir d'excuse aux
hécatombes des premiers temps du siège. A cette époque,
on n'estimait pas au delà de six semaines ou deux mois
la résistance probable et l'entretien possible de l'immense
cité. Et voilà que Paris, renouvelant jusqu'à un certain
point dans son immobilité forcée la classique légende du
Juif-Errant, paraissait, à la fin d'octobre, pourvu de fa-
rines et de grain pour six semaines ou deux mois encore.

Comment des amas comptant par milliers de quintaux
avaient-ils pu échapper aux auteurs des tableaux officiels?
Mystère. Comment, après avoir consommé tout ce que les
supputations les plus favorables nous accordaient, nous
trouvions-nous munis d'une égale somme de ressources?
Miracle. Le miracle avait sans doute exercé quelque
influence sur les mâles résolutions manifestées par le
général Ducrot au pont de Sèvres. Quant au mystère, un
coin du voile qui le couvrait se soulevait déjà pour les
gouvernants. Les chiffres étant devenus moins formida-
bles, le compte était devenu plus facile. Ce point, désor-

mais, était le seul sur lequel l'Allemand fût plus mal renseigné que nous.

Inconsciemment, M. Thiers avait rendu à la défense,
à cet égard, un service inattendu. Le comte de Bismarck devait, inconsciemment aussi, populariser l'anec-
dote.

« Le 1er novembre, le chancelier raconta à ses commen-
saux que Thiers avait passé, dans la journée, trois heures
auprès de lui pour traiter d'un armistice, et il ajouta que
très probablement on n'accepterait pas les conditions pro-
posées par le gouvernement français. Il ne chercha pas à
le tourner en ridicule comme M. Favre, bien qu'il n'aban-
donnât pas le ton sarcastique, même en parlant de lui. Il
obéissait à une autre préoccupation; il tenait à prouver à
ses subordonnés, par une sorte d'amour-propre de métier,
qu'il était, lui Bismarck, bien plus malin, plus fin diplomate que Thiers.

« Thiers, a-t-il dit, a touché en passant à la question
de l'approvisionnement de Paris. Je l'ai interrompu en
disant : « Pardon; nous savons mieux que vous ce qu'il en
est; vous n'avez passé qu'une journée à Paris ; les Parisiens sont munis de provisions jusqu'à la fin du mois de janvier. » — La figure étonnée qu'il fit! Moi, je n'avais voulu
que le sonder; sa surprise me prouva qu'il n'en était pas
ainsi.

« Son étonnement avait une autre raison : Thiers était
stupéfait de voir M. de Bismarck si bien renseigné, car
l'approvisionnement n'a duré que jusqu'à la fin de janvier.
Mais le chancelier qui n'avait tenu qu'un propos en l'air
a été pris à son propre piège, quand il a interprété comme
il l'a fait l'émotion de l'homme d'État français [1]. »

1. Eug. Seinguerlet, *Propos de table du comte de Bismarck.*

Le lendemain, le ministre du roi Guillaume ajoutait avec fatuité en reparlant de Thiers :

« C'est un homme attrayant, plein de finesse et d'esprit ; mais il n'y a pas en lui trace de diplomate. Il est trop sentimental pour ce métier. Il n'est pas même capable d'être maquignon. Il est facilement décontenancé, et il le laisse voir. C'est ainsi que je l'ai amené à m'apprendre que Paris n'a plus de vivres que pour trois ou quatre semaines. »

Diplomatie et maquignonnage... On retiendra le mot.

Le moment critique était proche.

Les abattoirs de La Villette, de Grenelle et de Villejuif, — qui fournissaient l'un onze arrondissements, l'autre six, le dernier trois, — avaient juste de quoi pourvoir Paris pendant trois semaines encore en continuant à tuer chaque jour comme ils le faisaient :

La Villette.	115 bœufs.
Grenelle..	64 —
Villejuif..	35 —

A la guerre, quand les soldats ont longtemps combattu et se sentent épuisés par une lutte violente, tout bon général doit avoir sous la main des troupes nouvelles prêtes à arriver sur le champ de bataille.

L'époque n'était pas éloignée où ceux qui veillaient sur nos approvisionnements devraient, eux aussi, faire donner *la réserve*. Avec cette différence, remarquait-on, — car Paris n'avait pas abdiqué son goût pour les concetti, — avec cette différence qu'au lieu de troupes fraîches, nous aurions une réserve... salée.

Depuis un mois, en effet, il ne s'était guère passé de jour où, indépendamment des bœufs livrés à l'abatage pour la consommation, l'on n'eût tué un certain nombre d'animaux uniquement destinés à grossir le contenu des magasins de la ville. Les chairs préparées s'empilaient au fur et à mesure en barils, dans les entrepôts annexes des abattoirs. L'alimentation par la viande de cheval n'apparaissait encore qu'à l'état de menace. Déjà, néanmoins, de prudentes ménagères commençant à s'émouvoir de la transition, s'essayaient à de timides expériences et trouvaient parfois des combinaisons inédites.

Paris commençait à se souvenir à propos que l'investissement d'une ville comporte invariablement la phase de transformation durant laquelle les plus fougueux coursiers passent à l'état de rosbif, et qu'il n'est point de siège un tant soit peu célèbre dont les historiens n'aient eu à écrire :

— On mangeait les chevaux...

CHAPITRE XIV

LES BATAILLES DE LA MARNE

La victoire d'Orléans. — Le cercle de fer. — Le plan Trochu-Ducrot. — Contre-ordres. — Bataille de Villiers. — Les voix d'airain. — Remuons la terre ! — Les funérailles de Champigny. — L'attaque du 2 décembre. — Fatalités. — La nuit terrible. — En retraite.

Deux jours après la promulgation du décret qui, mobilisant la garde nationale, donnait cent mille soldats, non plus à la défense, mais à l'attaque, une dépêche heúreuse, — la première de cette guerre néfaste, — venait élever à son paroxysme la fièvre patriotique.

Aux coins des rues, au-devant des édifices, on s'étouffait littéralement pour lire, relire et relire encore l'affiche qui portait :

Gambetta à Trochu.

L'armée de la Loire, sous les ordres du général d'Aurelle de Paladines, s'est emparée hier d'Orléans après une lutte de deux jours.

Nos pertes, tant en tués qu'en blessés, n'atteignent pas 2,000 hommes ; celles de l'ennemi sont considérables. Nous avons fait plus d'un millier de prisonniers, et le nombre augmente par la poursuite.

Nous nous sommes emparés de deux canons, modèle prussien, de plus de 20 caissons de munitions attelés, et

d'une grande quantité de fourgons et voitures d'approvisionnement.

La principale action s'est concentrée autour de Coulmiers,
dans la journée du 9. L'élan des troupes a été remarquable,
malgré le mauvais temps.

Tours, le 11 novembre 1870.

Enfin! l'armée de la Loire venait donc d'affirmer son
existence par un triomphe! Un horizon d'espérances nouvelles s'ouvrait aux yeux et exaltait les cœurs. Paris se
sentait envahi par un immense désir de vaincre. La victoire du 10 novembre semblait avoir secoué définitivement
la torpeur de nos chefs. Il ne se passait plus vingt-quatre
heures sans qu'une tentative ne vînt, de leur côté aussi,
affirmer l'existence d'une armée. Chacun oubliait privations et fatigues, en suivant d'un ardent regard les progrès
de la défense.

Le feu des forts ne discontinuait pas. L'air, autour de
la ville, avait une odeur de poudre. L'ennemi, hardiment
attaqué, laissait, sur plus d'un point, refouler ses avants-
postes. Nos compagnies de chemins de fer travaillaient
activement au rétablissement de la circulation là où nous
avions pu recouvrer la sécurité. Nous avions reconquis,
dans un certain espace, la liberté de nos mouvements : la
ligne de Vincennes s'avançait jusqu'à Nogent-sur-Marne ;
le chemin du Nord allait être en mesure bientôt d'envoyer
ses wagons jusqu'à Saint-Denis ; la voie de l'Ouest, de reprendre son service jusqu'au delà d'Asnières.

Le travail, partout mené de front, ne permettait nulle
part de s'arrêter à une hypothèse précise sur l'objectif
réel. On pressentait vaguement que le « plan » entrait
enfin dans la phase de mise en œuvre ; mais, pour une
fois, on avait bien gardé le secret.

Des observateurs soigneux eussent pu remarquer, cependant, la besogne particulièrement active dont la presqu'île de Gennevillers était le théâtre. On y remuait la terre sans relâche. Des redoutes s'y élevaient, disposées de manière à croiser leurs feux sur tous les points suspects de la rive adverse. En arrière du fleuve, on armait des batteries destinées à battre la presqu'île de Houilles, ainsi que les coteaux d'Orgemont et de Sannois. Petit à petit, on en rapprochait les cantonnements des troupes.

Le plan Trochu, — que le gouverneur de Paris devait un jour loyalement appeler le plan Trochu-Ducrot, — consistait en effet à percer le cercle d'investissement vers la basse Seine, en y jetant cinquante ou soixante mille hommes choisis parmi les meilleures troupes et organisés à l'aide des meilleurs cadres, tandis qu'un effectif égal eût opéré, vingt-quatre heures auparavant, dans la direction diamétralement opposée, une diversion assez énergique pour attirer à lui une portion considérable de l'armée assiégeante.

Cette combinaison offrait une indiscutable valeur. Vers le cours inférieur de la Seine, l'occupation allemande ne dépassait guère Pontoise et Mantes; en deux jours, on pouvait se trouver en territoire libre, gagner Rouen, grand centre de ravitaillement, puis la mer, base d'opérations universelle; on pouvait également, selon les circonstances, courir se souder aux troupes, en formation vers le nord, et, avec les 80 ou 100,000 hommes réunis de la sorte, menacer la ligne de communications de l'ennemi. L'application, toutefois, demeurait subordonnée aux mouvements des armées de province. On comptait que trois ou quatre divisions de l'armée de la Loire seraient dirigées sur Rouen pour accueillir l'armée de secours que Paris aurait tirée de son propre sein.

« L'armée qui se formait derrière la Loire, 150,000 hommes environ, pouvait tenter de délivrer Paris, objectif suprême des efforts de la France, de trois manières différentes, a écrit en 1878 le général Ducrot.

« La première, demandée avec instance par le gouvernement de Paris, consistait à faire exécuter à l'armée de la Loire un grand mouvement du sud au nord derrière un rideau de troupes couvrant tout l'espace entre Beaugency, Châteaudun, Nogent-le-Rotrou...

« Ce mouvement, facilité par la voie ferrée : Tours, le Mans, Alençon, Caen, jetait dans le Calvados 100,000 hommes environ ; soit par mer, soit par la ligne de fer Lisieux-Bernay, cette armée venait s'établir en avant de Rouen sur le plateau de l'Andelle et dans la forêt de Rouvray, où nos 60,000 hommes de Paris allaient les rejoindre après avoir brisé la ligne d'investissement de la presqu'île d'Argenteuil.

« Ces 160,000 hommes donnaient la main aux 25 ou 30,000 de l'armée du Nord, et nous avions ainsi une concentration de près de 200,000 hommes entre Rouen et Amiens ; ce seul fait eût produit, est-il besoin de le dire, un effet moral des plus puissants.

« Déjà enflammés par ce premier avantage, nous serions venus très-probablement à bout des corps de l'armée assiégeante lancée à notre poursuite, eussent-ils été appuyés par le corps de Manteuffel, qui alors marchait sur la Somme.

« Ce succès obtenu, nous montions vers le nord par Amiens, Péronne, Saint-Quentin, et prenant pour nouvelle base d'opération le réseau de nos forteresses de Picardie, de Flandre, nous nous jetions par Laon, Reims et Châlons sur les lignes d'opération de l'armée allemande.

« C'était une seconde phase de la guerre qui se dessinait... Une bataille gagnée sur les derrières de l'armée assiégeante la mettait dans une situation tellement critique, que la seule crainte d'une si terrible aventure l'aurait sans doute déterminée à quitter Paris[1]. »

Quant à la réalisation matérielle de la première partie de la combinaison, — la trouée, — tout annonçait qu'elle était possible en un seul jour d'efforts : le méandre de la Seine, vers l'ouest, protégeait l'ennemi de nous comme il nous protégeait de lui. De ce côté, ses dispositifs se montraient incontestablement moins redoutables qu'ailleurs, aussi bien que la quantité de troupes qu'il avait à nous opposer.

Mais la nouvelle de la reprise d'Orléans dictait d'autres résolutions. L'armée de la Loire tendait la main à Paris ; Paris devait tendre la main à l'armée de la Loire. Toute stratégie contraire se fût désagrégée sous l'explosion du sentiment public. Le gouvernement, irrésolu, attendait qu'une nouvelle dépêche confirmât, avec quelques détails, la victoire de Coulmiers. Le 18, cette dépêche arriva. Le 20, on notifia au général Ducrot, nommé commandant en chef des opérations, la décision prise de tenter la fortune vers le sud.

Il fallait renoncer aux avantages d'une action mûrement réfléchie, patiemment et silencieusement préparée ; il fallait se retourner soudain d'une extrémité à l'autre du diamètre du cercle allemand ; faire traverser deux fois Paris, par d'étroites issues, à un matériel immense.

---

1. Le général DUCROT : *La Défense de Paris.*
La délégation de Tours avait reçu communication de ce plan par M. Ranc, parti en ballon le 14 octobre, mais on ne l'avait considéré que comme un ensemble d'idées à creuser, et non comme une résolution expresse.

C'était dur. Le général Ducrot en prit néanmoins son parti. — Attaquer de front les hauteurs hérissées d'obstacles qui barraient la route d'Orléans était plus que hasardeux ; le colonel de Miribel suggéra l'idée de tourner ces positions inexpugnables, par les plateaux de la Marne surpris à la faveur d'un rapide passage de la rivière. On se rangea à cet avis. Il présentait l'inconvénient de masser les troupes sur un terrain étroit en arrière des ponts, de les concentrer, pour un certain nombre d'heures, le long d'une espèce de défilé ; mais, la rivière franchie, on pouvait espérer se rendre maître de Chennevières, de Noisy-le-Grand et, dès lors, occuper un front suffisant pour développer nos bataillons. Tout dépendait de la promptitude du passage sur la rive gauche.

Le 22 novembre, le terrain était reconnu, les points de passage précisés, l'emplacement des brigades arrêté. Dans la matinée du 23, le commandant en chef dictait à son secrétaire, M. Victor de Lesseps, tous les ordres de préparation et de mouvement, ordres où, pour mieux assurer le secret, le nom des lieux et la désignation des corps devaient, jusqu'à la dernière minute, demeurer en blanc.

Dès le 25, les grandes artères parisiennes étaient sillonnées de convois militaires. Pendant trois jours, le pavé de la rue Lafayette et le macadam des boulevards ne cessèrent de trembler sous les trépidations des charrois d'artillerie et des voitures de munitions. Ce 'fut un défilé continuel de troupes, de canons, de véhicules mis en réquisition pour le service des vivres ou le transport des blessés.

Pendant la nuit du 29 au 30, le feu commença sur tout le périmètre extérieur.

Jamais, peut-être, depuis l'heure où, pour la première

En avant

fois, l'artillerie exerça dans le monde ses terribles ravages, jamais oreilles humaines n'entendirent une canonnade pareille à celle qui, durant cette nuit et la journée suivante, tint Paris en émoi.

Dix-huit heures de suite, dans toutes les directions, au nord, au sud, à l'ouest et à l'est, l'air ne cessa de retentir du bruit sourd et continu que jetaient vers l'espace les milliers de pièces que la défense avait accumulées autour de nous. La nuit, après un long silence, s'était élevée tout d'un coup cette clameur formidable du canon rugissant au loin. Que de fenêtres on vit s'éclairer soudain le long des murailles obscures! Que d'insomnies, que d'angoisses! Que de terreurs, et aussi que d'espérances!

Combien de femmes, se jetant à genoux, les yeux en pleurs, les mains levées au ciel, priaient le Dieu des armées en implorant une victoire!

Spectacle terrible et splendide à la fois, que cette immense illumination de la ligne entière des forts. Tous les points de l'horizon, sillonnés tour à tour de jets de flamme, semblaient les mailles étincelantes d'une gigantesque chaîne de feu. Paris, de tous les côtés de sa ceinture défensive, vomissait les obus et les bombes. Le jour, un jour à la fois radieux et glacial, se leva sans que la canonnade eût discontinué un instant... « Soleil d'Austerlitz, » disait-on malgré soi en saluant l'astre qui, dès le matin, inondait la ville de ses rayons éclatants mais sans chaleur. Et l'on écoutait, au milieu des coups incessants de l'artillerie répercutés par mille échos, entre deux bouffées du vent qui apportait jusqu'au cœur de la cité le grincement des mitrailleuses; on écoutait fiévreusement la lecture des proclamations de Trochu et de Ducrot, géminées sur un même placard :

Citoyens de Paris,

    Soldats de la Garde nationale et de l'Armée,

La politique d'envahissement et de conquête entend achever son œuvre. Elle introduit en Europe et prétend fonder en France le droit de la force. L'Europe peut subir cet outrage en silence, mais la France veut combattre, et nos frères nous appellent au dehors pour la lutte suprême.

Après tant de sang versé, le sang va couler de nouveau. Que la responsabilité en retombe sur ceux dont la détestable ambition foule aux pieds les lois de la civilisation moderne et de la justice. Mettons notre confiance en Dieu, marchons en avant pour la patrie.

Général TROCHU.

Soldats de la deuxième Armée de Paris,

Le moment est venu de rompre le cercle de fer qui nous enserre depuis trop longtemps et menace de nous étouffer dans une lente et douloureuse agonie! A vous est dévolu l'honneur de tenter cette grande entreprise : vous vous en montrerez dignes, j'en ai la certitude.

Sans doute, nos débuts seront difficiles; nous aurons à surmonter de sérieux obstacles; il faut les envisager avec calme et résolution, sans exagération comme sans faiblesse.

La vérité, la voici : dès nos premiers pas, touchant nos avant-postes, nous trouverons d'implacables ennemis, rendus audacieux et confiants par de trop nombreux succès. Il y aura donc là à faire un vigoureux effort, mais il n'est pas au-dessus de vos forces : pour préparer votre action, la prévoyance de celui qui nous commande en chef a accumulé plus de 400 bouches à feu, dont deux tiers au moins du plus gros calibre; aucun obstacle matériel ne saurait y résister, et pour vous élancer dans cette trouée, vous serez plus de 150,000, tous bien armés, bien équipés, abondamment pourvus de munitions, et, j'en ai l'espoir, tous animés d'une ardeur irrésistible.

Vainqueurs dans cette première période de la lutte, votre succès est assuré, car l'ennemi a envoyé sur le bords de la Loire ses plus nombreux et ses meilleurs soldats; les efforts héroïques et heureux de nos frères les y retiennent.

Courage donc et confiance! Songez que, dans cette lutte suprême, nous combattrons pour notre honneur, pour notre liberté, pour le salut de notre chère et malheureuse patrie, et, si ce mobile n'est pas suffisant pour enflammer vos cœurs, pensez à vos champs dévastés, à vos familles ruinées, à vos sœurs, à vos femmes, à vos mères désolées.

Puisse cette pensée vous faire partager la soif de vengeance, la sourde rage qui m'animent, et vous inspirer le mépris du danger.

Pour moi, j'y suis résolu, j'en fais le serment devant vous, devant la nation tout entière : je ne rentrerai dans Paris que mort ou victorieux; vous pourrez me voir tomber, mais vous ne me verrez pas reculer. Alors, ne vous arrêtez pas, mais vengez-moi.

En avant donc ! en avant, et que Dieu nous protège!

Général Ducrot.

A la lecture de cet appel dont chaque syllabe sonnait la charge, le sang se brûlait dans les veines. Un souffle de victoire passait sur les têtes, en même temps qu'un invincible désir de savoir, de suivre les péripéties de la lutte, d'en deviner l'issue, envahissait les âmes. Bientôt cent mille Parisiens. gravissant à la file les pentes escarpées des buttes Chaumont, de Montmartre ou du Père-Lachaise, fouillaient du regard les profondeurs de l'horizon.

On n'apercevait rien, par delà l'épais nuage de fumée qui enveloppait les forts. — On n'apercevait rien, mais on entendait.

Dans ce vaste concert où se mêlaient à la fois le bruit des canons, des mortiers, des obus fendant l'air, des bom-

bes éclatant avec rage, des mitrailleuses roulant leurs
trilles meurtriers, des fusées cinglant l'espace, il semblait
qu'une harmonie étrange unit toutes les voix; elles vi-
braient aux oreilles comme les notes d'une monstrueuse
partition... Les poitrines étaient haletantes. Les mains
s'entreserraient avec des étreintes convulsives. Les cerveaux en fièvre évoquaient des souvenirs. Les imaginations, qu'un inexprimable mélange d'espoir et d'angoisse
troublait, se repaissaient de tableaux. On voulait comprendre la mêlée de là-bas, on se penchait pour deviner
ce que l'on ne pouvait voir. On nommait des généraux,
des officiers; on disait leur passé, leurs actes de bravoure.
D'entre les lèvres crispées, d'autres noms, par instants,
s'échappaient : les noms dont Paris avait voulu baptiser
les pièces d'artillerie dues à ses souscriptions. Un son
lent, prolongé, se répercutait : « C'est la *Populace,* mur-
murait-on; la *Populace* qui représente, sou à sou, l'offrande des plus pauvres! » — Un bruit étouffé arrivait,
poussé par le vent : « C'est *Châteaudun! Châteaudun*
redisant l'agonie de la ville en s'ébranlant pour la venger! » — Un éclat strident dominait la rumeur : « Le
Châtiment! Le *Châtiment* qui frappe! » Une nouvelle
détonation, plus violente : « Ton nom est *Vengeance,* et
le bronze dont tu es faite, c'est notre haine à tous, mon-
nayée et jetée au fond d'un creuset! » Dans tout cerveau,
germait un grain de sublime folie.

Cependant, le fracas s'apaisait. En même temps que
les premières ombres du crépuscule descendant sur Paris
semblaient éloigner davantage de nous le théâtre de la
lutte, le silence se faisait peu à peu. La canonnade ne vi-
brait plus que par intermittences. Le combat durait-il encore? Nos soldats reculaient-ils ou avaient-ils fait reculer
l'ennemi?

Voici, en réponse à ces questions, la dépêche qu'adressait au gouvernement le général Trochu :

La droite a gardé les positions qu'elle avait brillamment conquises. La gauche, après avoir un peu fléchi, a tenu ferme, et l'ennemi, dont les pertes sont considérables, a été obligé de se replier en arrière des crêtes. La situation est bonne.

L'artillerie, aux ordres du général Frébault, a magnifiquement combattu. Si l'on avait dit, il y a un mois, qu'une armée se formait à Paris, capable de passer une rivière difficile en face de l'ennemi, de pousser devant elle l'armée prussienne retranchée sur des hauteurs, personne n'en aurait rien cru.

. . . .

Je passe la nuit sur le lieu de l'action, qui continuera demain.

Comment nos forces avaient-elles été engagées ?

Tout avait été combiné pour que l'action s'ouvrît brusquement le 29 novembre à la première heure.

En cinq jours, on avait exécuté d'immenses travaux. Le génie auxiliaire, sous la direction de Viollet-Le Duc, s'était multiplié. L'artillerie unie à la marine avait réalisé des prodiges. Le matériel de sept ou huit ponts avait pu être transféré de Gennevilliers au canal Saint-Maur, prêt à être jeté sur la Marne. La marine avait apporté des pièces puissantes destinées à prendre place sur le plateau d'Avron, position dominante commandant un vaste terrain et dont il fallait avant tout s'emparer. Deux cents pièces de gros calibre ou de calibre moyen s'étaient étagées sur la rive droite. En quarante-huit heures, plus de 80,000 hommes, avec leur artillerie, avaient pu sans bruit opérer leur concentration. Dans la soirée du 28, la 2ᵉ armée tout entière campait sur la rive droite de la Marne :

Le 1ᵉʳ corps, général Blanchard (divisions Faron et de Malroy), dans le bois de Vincennes et aux alentours ;

Le 2ᵉ corps, général Renault (divisions de Susbielle,

Berthaut et de Maussion), vers Fontenay-sous-Bois, Saint-Mandé et Charenton ;

Le 3e corps, général d'Exéa (divisions de Bellemare, Mattat et d'Hugues), du fort de Nogent au fort de Rosny.

A droite, le 1er corps, qui ne comptait que deux divisions [1], devait franchir la Marne à Joinville, puis marcher droit sur Champigny.

Au centre, le 2e corps, affaibli de sa 1re division (Susbielle) chargée de diriger, entre la Seine et la Marne, une vigoureuse diversion sur Montmesly, passerait la Marne à hauteur de Nogent et se porterait sur Villiers.

Quant au 3e corps, auquel était réservé le rôle décisif, il devait, après avoir franchi la Marne à Neuilly, marcher sur Noisy-le-Grand, s'en emparer et pousser alors une brigade jusqu'à Champs pour battre à coups de canon le pont de Gournay et dégager définitivement le plateau de la Brie.

Le plan était précis : faire effort contre la gauche et le centre opposés, que les obstacles naturels et artificiels accumulés sur le front rendaient très solides ; mais déraciner la droite prise en flanc et à revers, par un mouvement tournant bien conduit, exécuté à temps, à la réussite duquel était attaché le succès de la journée.

A dix heures du soir, toute la batellerie s'accrochait à ses remorqueurs. A onze heures, M. Krantz, l'ingénieur éminent auquel était dévolue la tâche de l'établissement des ponts du côté de Joinville, donnait l'ordre d'avancer. Les hélices commencèrent à battre l'eau silencieusement.

Cependant, à mesure que progressait la flottille, le courant semblait s'accentuer ; des remous se produisaient ;

---

[1]. La division de Maud'huy avait être détachée à la 3e armée (général Vinoy) qui sans ce renfort se fût composée presqu'uniquement de bataillons de mobiles.

Le convoi de la *Persévérance*.

on percevait des clapotements de sinistre augure ; on croisait des débris tournoyants, des branchages emportés à la dérive.

Une crue subite se manifestait [1].

Les matériaux du pont de Joinville, détruit au début du siège, avaient obstrué en partie le lit de la rivière. Enjambant cette sorte de digue, le courant gagnait en rapidité ce qu'il perdait en profondeur. Une seule arche était demeurée libre. Le vapeur *la Persévérance*, commandant Rieunier, attaqua le passage et s'engagea avec son convoi sous cette arche. Une barre s'était produite à l'amont. Rejetée violemment contre les piles, la *Persévérance* dut faire machine en arrière. On força le feu, on chargea les soupapes, on relâcha quelque peu les amarres des bateaux pour en rendre la ligne moins rigide. Une deuxième fois, on s'engagea sous le pont ; une deuxième fois, le remorqueur heurta la maçonnerie.

N'importe, on gagnait visiblement.

Tout à coup, trois pontons sombrèrent avec leur équipage. Il fallut encore rétrograder.

On chargea la soupape à outrance ; on força le feu jusqu'à la limite d'éclatement de la chaudière ; on revint désespérément. La barre fut franchie... Mais on avait perdu un temps précieux. Il était impossible que les ponts fussent en place avant l'aube.

Descendre la rivière, tendre les ponts en aval de Joinville, sous le feu de Chennevières ? C'eût été les offrir en holocauste, dès la première lueur de soleil, à l'artillerie adverse.

La fatalité nous imposait un retard de vingt-quatre heures.

1. Les crues de la Marne sont souvent fugaces. En temps normal, des observateurs postés sur le haut cours de la rivière, les annoncent.

Les opérations indépendantes du passage de la Marne suivaient leur cours.

Déjà, à l'extrême gauche, l'amiral Saisset, avec 3,000 marins soutenus par la division d'Hugues, avait surpris sans coup férir le plateau d'Avron. Déjà le colonel Stoffel y disposait l'éventail gigantesque dont 60 bouches à feu braquées vers Gournay, Noisy-le-Grand et Villiers allaient former les branches.

Le 29 au matin, le général Vinoy faisait exécuter une sortie sur l'Hay par la division de Maud'huy, en même temps que le brave amiral Pothuau, enlevant ses marins suivis de près par quatre bataillons de guerre de la garde nationale [1], s'emparait de la Gare-aux-Bœufs de Choisy-le-Roi. Toutefois, étonné de ne point entendre le canon de Ducrot, le chef de la 3e armée s'arrêtait, indécis. Aucun contre-ordre ne lui avait été notifié. Négligence inexcusable, ont dit depuis les uns ; calcul dont le résultat devait être de tromper l'ennemi, ont affirmé les autres. Négligence ou calcul, un tel silence était inquiétant pour le général Vinoy, et, en tout cas, mal fait pour le stimuler dans un rôle qui, de quelque façon qu'on l'envisageât, demeurait secondaire.

Tout au loin, le général de Beaufort commençait les opérations de l'ouest en dirigeant une reconnaissance sur Buzenval et les hauteurs de la Malmaison, tandis que devant Bezons les troupes du général de Liniers, opérant dans la presqu'île de Gennevilliers, se livraient à un simulacre de passage de la Seine.

Le 30 novembre, aux premières lueurs du jour, sur les ponts jetés enfin devant Nogent et Joinville, à l'île de

---

1. Sous le commandement du colonel Roger (du Nord).

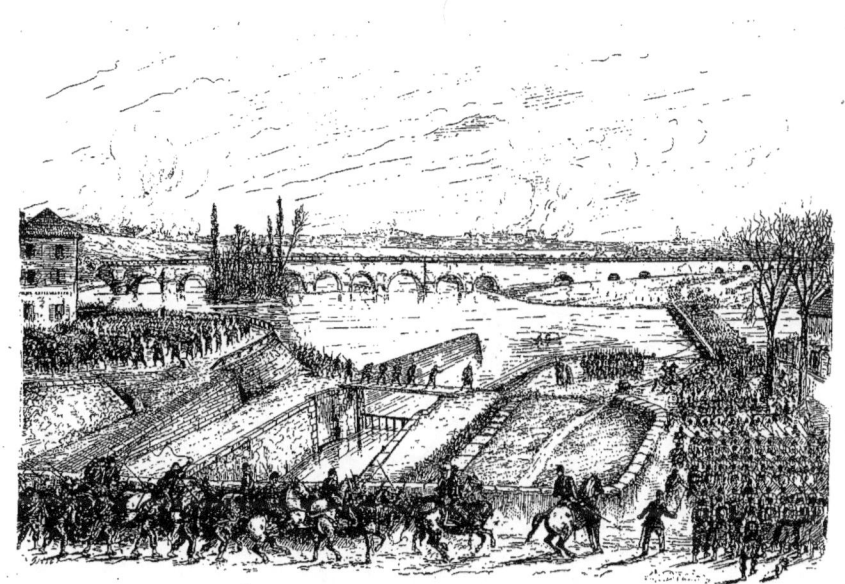

Passage de la Marne

Beauté et à l'île Fanac, les deux premiers corps de la 2e armée effectuaient rapidement le passage de la rivière. Le fort de Nogent, les redoutes de la Faisanderie et de Saint-Maur, les batteries élevées sur les pentes descendantes, couvraient de projectiles le plateau de Villiers, Champigny, le bois du Plant, Bry. — Avron, avec ses gros calibres, écrasait de feux Neuilly-sur-Marne, la Ville-Evrard, la Maison-Blanche. A huit heures et demie, quatre divisions tenaient la rive gauche.

On attaque Champigny, qui est bientôt à nous. La fusillade s'engage vers le bois du Plant. Là, le remblai du chemin de fer de Mulhouse forme obstacle. Sous une voûte, une barricade solidement gabionnée intercepte le chemin. Nos jeunes soldats hésitent. Le général en chef court sur la barricade, ébranle les gabions : « Tenez, mes enfants, ce n'est pas plus difficile que ça ! » Nos troupiers se ruent sur le retranchement, l'emportent. Le remblai est franchi. Au delà, on bouscule tous les postes allemands. De nombreux prisonniers restent entre nos mains. On se jette sur les premiers échelons du plateau de Villiers. Malgré la mitraille qui les crible, à dix heures on parvient à couronner les crètes.

L'entreprise décisive était la conquête du plateau. Sur un terrain absolument découvert, des batteries ennemies postées au loin envoyaient une grêle serrée d'obus. A un demi-kilomètre de la crête, le mur du parc de Villiers développait ses quatre cents mètres de créneaux précédés d'un fossé et d'une haie, suivis de retranchements intérieurs battant le plateau tout entier. Successivement, quatre batteries divisionnaires s'élancent pour faire brèche dans le mur. Chevaux et servants sont renversés avant qu'on ait seulement fait pivoter les attelages. Le parc de Villiers, véritable citadelle, est cependant la clef du champ de bataille. C'est pourquoi le corps du général d'Exéa a reçu l'ordre de tourner par le nord. Attaquée de front et prise en flanc, la position cédera. On s'informe du 3° corps avec une fébrile anxiété. A onze heures, on apprend que d'Exéa n'a pas même commencé son passage de rivière !

Des ordres pressants sont transmis. En attendant que le 3ᵉ corps se meuve, on ne peut songer à laisser nos soldats subir passivement une pluie de feu. L'assaut est ordonné. Avec une bravoure héroïque, nos recrues se précipitent en avant, semant le sol de blessés et de morts. Effort vain !

A leur tour, les Wurtembergeois s'élancent. On les rejette dans le parc.

Vers midi, nouvelle tentative des Allemands, nouvelle reculade derrière leurs abris.

Soudain, les nôtres aperçoivent au loin, longeant le bord du plateau, des masses humaines. Est-ce Grouchy ? Est-ce Blücher ? Quelques éclaireurs Franchetti poussent au galop vers le point où sans doute apparaît d'Exéa. A cinq cents mètres, une bordée de mousqueterie les accueille.... Ce sont des Saxons qui nous arrivent. Ducrot fait coucher tout son monde, intime l'ordre de ne pas brûler une cartouche sans commandement. Avec un calme superbe, nos soldats obéissent. La ligne saxonne se rapproche. A cinquante mètres : « Debout ! Feu ! »

Une fusillade furieuse cingle les bataillons allemands. Nombre de Saxons tombent. Les autres s'arrêtent, tourbillonnent. Nos hommes s'abattent sur eux, baïonnette basse ou sabre en avant ; généraux, états-majors, officiers, cavaliers d'escorte, tout est de la partie. Les Saxons fuient en désordre. — Mais le mur de Villiers, avec ses batteries et son terrible alignement de créneaux, se trouve démasqué par ce mouvement. Une fois encore, le centre du plateau reste vide, tandis que les Saxons, modérant leur course vers le bois, vont en arrière se reformer.

Sur les pentes de Cœuilly et de Chennevières, où lutte le 1er corps, la bataille n'est pas moins ardente. Le plateau de Cœuilly, comme le plateau de Villiers, est commandé par un parc sillonné de retranchements, formidablement garni d'artillerie et d'où les volées de mitraille jettent bas pièces et servants à mesure que nos batteries font halte pour essayer d'ouvrir brèche. Là aussi, les Wurtembergeois, tentant l'offensive, sont ramenés avec une vigueur telle que quatre cents des leurs restent sur le terrain, tués, blessés ou prisonniers. Le 35e les poursuit jusqu'à une redoute qu'ils nous abandonnent. Mais ici, accumulés sur un espace restreint, nos soldats sont assaillis de face par la mitraillade du parc, de flanc par les obus de batteries plus lointaines. Une vingtaine de canons français, à grand'peine, sont parvenus à s'établir sur le plateau. En quelques minutes, leurs feux s'éteignent. Certaines pièces ont tous leurs chevaux tués ; des canonniers et des fantassins les ramènent à bras. Des officiers, — les servants étant morts, — s'attellent à une mitrailleuse. Le sol disparaît littéralement sous les cadavres.

Sans brèches ouvertes, la position est inabordable.

Jusqu'à ce que nos canons parviennent à battre efficacement la deuxième ligne de défense ennemie, il nous faut reculer vers les positions conquises déjà.

Au nord du plateau de Cœuilly, la gauche du 42e, conduite par le commandant Cahen, gagnait, cependant. Postée dans les vignes, derrière les haies, sous les bouquets d'arbres, refoulant mètre à mètre la ligne opposée, elle n'attendait que le moment favorable pour s'élancer contre le parc. On ne pouvait sacrifier cette brave troupe, seule en proie à toute l'artillerie ou à toute la mousqueterie de la pointe du plateau. L'ordre de retraite arrive. Désespérés, les soldats montrent l'enceinte d'où 200 mètres à peine les séparent, puis les corps de leurs camarades, dont plus de six cents ensanglantent le sol. Ils obéissent pourtant... Magnifique spectacle que cette retraite du 42e, effectuée en échelons sous les coups précipités de l'ennemi : L'emplacement de chaque arrêt successivement marqué par des jalonneurs, comme à une revue ; le clairon Ranc et le tambour Chevalier, qui n'ont cessé de battre et de sonner la charge pendant le combat, se transportant l'un après l'autre au niveau des jalonneurs, et, au signal précis du commandant, sonnant *halte,* puis battant *en retraite* aussi paisiblement qu'à l'exercice [1] !

L'Allemand, lui, accumulait des masses de plus en plus compactes, des files de plus en plus profondes. Prévenu depuis la veille par l'occupation d'Avron, il expédiait renfort sur renfort.

Et d'Exéa?

Trop tard entré en mouvement, d'Exéa, parvenu sur la rive droite de la Marne à l'heure où il eût dû posséder l'autre rive, apercevait étagées, sur les côteaux de Bry, les batteries plongeantes des Prussiens. Deux ponts, établis avec une froide bravoure par nos marins que déciment les feux opposés, sombrent presque simultanément, défoncés par les obus. On parvient à en jeter deux autres, près de Neuilly. A deux heures, les têtes de colonnes du 3e corps atteignent la rive gauche.

A trois heures, d'Exéa entrait en ligne. — Trop tard.

1. Ces deux soldats ont été décorés après la bataille.

Rien ne pouvait plus réparer les fautes commises.

Le commandant du 2ᵉ corps, Renault, — Renault l'arrière-garde, comme l'appelaient ses vieux camarades d'Afrique, — était tombé pour ne plus se relever. Tombé aussi, l'héroïque Franchetti! Et combien d'autres! La plupart des régiments engagés avaient perdu leurs chefs.

Les plus sanglants efforts, allaient-ils rester stériles?

Sur quatre-vingt mille hommes, quarante-cinq mille à peine avaient pu combattre. Le lendemain, la 2ᵉ armée tout entière pouvait prendre part à la lutte. — Mais le lendemain, combien d'adversaires ne trouverait-elle pas en face d'elle?

Les fausses attaques avaient épuisé toute leur valeur stratégique. La division Susbielle, avec une réserve de trente-trois bataillons de marche de la garde nationale, s'était portée en avant de Créteil et avait enlevé à l'ennemi les positions de Mesly et Montmesly, qu'elle allait occuper jusqu'au soir. Cette diversion sur la droite de la 2ᵉ armée, soutenue par de nouvelles sorties opérées vers Choisy-le-Roi et Thiais par les troupes du général Vinoy, avait trouvé les Prussiens en force. Au nord, l'amiral La Roncière avait occupé Drancy et la ferme de Groslay ; de grosses colonnes ennemies avaient ainsi été retenues sur les bords du ruisseau de Morée, en arrière du pont Iblon. Vers deux heures, l'amiral, traversant Saint-Denis et se portant de sa personne à la tête de nouvelles troupes, dirigeait l'attaque d'Épinay que nos soldats, secondés par les batteries de la presqu'île de Gennevilliers, occupaient victorieusement. Là, soixante-douze prisonniers, des munitions et deux pièces tombaient entre nos mains.

Mais on ne pouvait recommencer des feintes désormais démasquées.

Sur les bords de la Marne, nous étions en possession
de la ligne des crètes. L'arrière des plateaux, avec les
parcs, restait aux Prussiens, aux Wurtembergeois et aux
Saxons. Dans le feu du combat, avec les efforts et les
reculs alternatifs, des régiments s'étaient confondus. Il
fallait les réorganiser. Il fallait réapprovisionner les batteries; trouver des attelages pour les canons, des conduc-
teurs pour les attelages. D'héroïques obstinés disaient :
Demain! Ceux-là n'entendaient pas les charrois d'artillerie prussiens ébranlant au loin les routes.

La nuit, sévit un froid terrible. Une fatalité de plus!
Brusquement, le thermomètre descendit à 10 degrés au-
dessous de zéro. Nos soldats transis et exténués virent le
sang de leurs camarades se congeler sur le sol rougi. Contre ce nouvel et redoutable antagoniste, le froid, l'on ne
possédait point d'armes. On était insuffisamment prémuni
contre cet autre : la faim! — Des vivres, des lainages,
n'eût été le sort implacable, on en eût trouvé après le premier jour de marche. Mais des cartouches et des boulets,
où et quand en eût-on rencontré? Nul n'eût pu le dire.
Donc, tout avait été sacrifié au but final, à l'effort suprême. Et voilà pourquoi les hommes fléchissaient sous le
poids des cartouches, pourquoi les voitures crevaient sous
le poids des obus; et pourquoi aussi la ration de biscuit
était maigre, pourquoi nos escouades n'avaient point de
tentes, pourquoi nos officiers n'avaient point de manteaux
et pourquoi nos soldats n'avaient point de couvertures.

Cependant, pour la première fois, les Prussiens nous
laissaient la triste satisfaction de compter leurs morts,
avec le soin de les ensevelir.

Pendant la nuit les frères, assistés des infirmiers des
ambulances de la presse et d'un certain nombre de soldats,
procédèrent à cette lugubre opération.

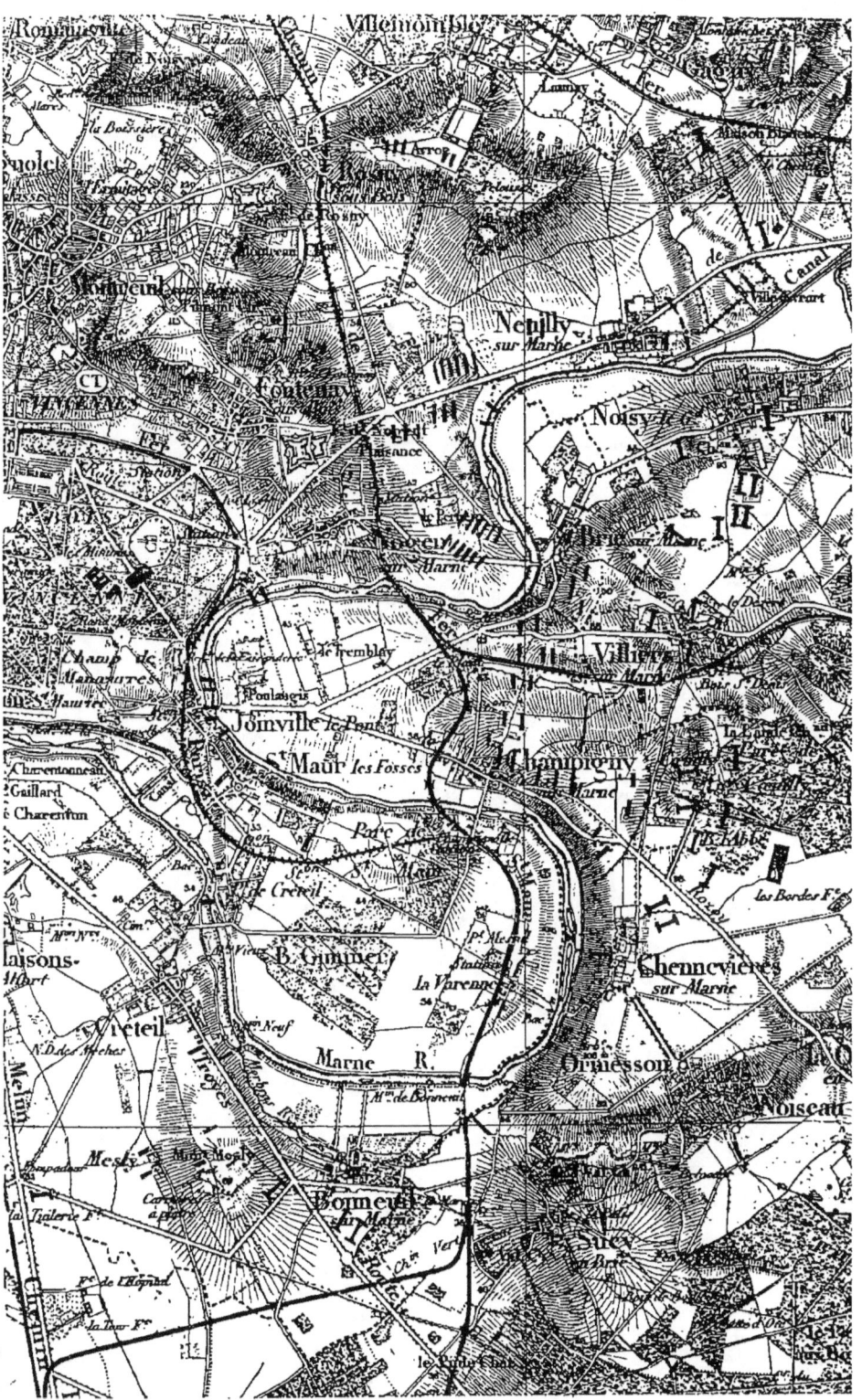

BATAILLES DE LA MARNE

Positions, le 30 novembre 1870, à midi.

FRANÇAIS.   ALLEMANDS.

Scène saisissante : la plaine, revêtue d'une épaisse couche glacée, apparaissait çà et là pointillée de taches noires, — des cadavres, — autour desquelles la blancheur du linceul commun semblait refléter moins vivement les rayons du ciel étoilé. Le sang, en s'échappant de tant de blessures, avait en effet commencé à fondre la neige tout autour, creusant ainsi comme une sépulture des premiers instants.

Sur cette terre où gisaient, mêlés les uns aux autres, les corps de nos soldats et de leurs adversaires, erraient les fossoyeurs. A chaque instant on voyait une longue et noire silhouette se pencher, puis se relever comme doublée d'une autre silhouette; et, à entendre glisser sans bruit les deux ombres, on n'eût su dire si le vivant portait entre ses bras le mort, ou si le mort entraînait le vivant.

Quelques soldats avaient creusé en peu d'heures une large fosse où les frères descendaient un à un les cadavres, non sans avoir recherché avec soin les papiers pouvant servir à les reconnaître, et trié les vêtements que les trous de balles ou les déchirures d'obus avaient laissés encore mettables... N'était-il pas des vivants presque aussi glacés que ces morts?

Le 1er décembre se passa sans combat.

Le lendemain, à l'aube, l'ennemi attaquait les positions du général Ducrot avec la plus grande violence, en se développant, par une manœuvre rapide, depuis Champigny jusqu'à Bry-sur-Marne.

Soutenues par un ensemble d'artillerie considérable, nos troupes, malgré les pertes qui les décimaient opposèrent ferme résistance. La lutte fut longue et acharnée. Nos batteries arrêtèrent les colonnes allemandes sur le plateau ; nos soldats, dont deux nuits glaciales n'avaient pu éteindre l'ardeur, les rejetèrent jusque dans leurs retranchements.

Dès onze heures, les efforts de l'ennemi étaient entièrement vaincus.

La 2ᵉ armée avait gagné une bataille, — victoire défensive dont le seul avantage pour nous était de permettre aux troupes d'effectuer leur retraite sans être inquiétées. Le 3 décembre, 80,000 hommes repassaient la Marne, laissant les Prussiens, cette fois, relever leurs morts.

Nous conservions le plateau d'Avron. Triste conquête pour un général parti avec l'idée de ressaisir la France !

Nos troupes rentrées dans Vincennes et Nogent, il no us restait plus qu'une désillusion à subir. — Elle ne tarda pas à nous arriver sous cette forme laconique :

Versailles, 5 décembre 1870.

Il pourrait être utile d'informer Votre Excellence que l'armée de la Loire a été défaite hier près d'Orléans et que cette ville est réoccupée par les troupes allemandes.

Si toutefois Votre Excellence juge à propos de s'en convaincre par un de ses officiers, je ne manquerai pas de le munir d'un sauf-conduit pour aller et venir.

Agréez, mon général, l'expression de la haute considération avec laquelle j'ai l'honneur d'être votre très humble et très obéissant serviteur.

Le chef d'état-major,

Comte DE MOLTKE.

Communication à laquelle le gouverneur s'empressait de répondre :

Paris, 6 décembre 1870.

Votre Excellence a pensé qu'il pourrait être utile de m'informer que l'armée de la Loire a été défaite près d'Orléans, et que cette ville a été réoccupée par les troupes allemandes.

J'ai l'honneur de vous accuser réception de cette communication, que je ne crois pas devoir faire vérifier par les moyens que Votre Excellence m'indique.

Agréez, mon général, l'expression de la haute considération avec laquelle j'ai l'honneur d'être votre très humble et très obéissant serviteur.

Le gouverneur de Paris,

Général TROCHU.

Cette variante académique du mot de Cambronne eut quelque peine à dérider le front des Parisiens.

On n'osait douter de la reprise d'Orléans par l'ennemi.

CHAPITRE XV

A TRAVERS L'ESPACE

Ballons et pigeons. — La tribune des progressistes. — Un télégraphe dans les nuages. — La poste et les piétons. — Une dent creuse. — Pauvres riches ! — Un port de lettre de cinq mille francs. — Les facteurs à quatre pattes. — Boules et globules. — Le câble de Seine.

Sourdement irrité par une suite lamentable d'échecs, sentant son cœur faiblir à chaque insuccès nouveau, mais résigné à souffrir et toujours soutenu par la foi, Paris, plus que jamais, avait les yeux tournés vers la province. Si la défaite d'Orléans avait pu l'abattre un instant, la défaillance n'avait pas été de longue durée. Les courages s'étaient raffermis, les âmes s'étaient bronzées dans le malheur. Franchissant d'un bond immense l'espace qui nous séparait du dehors, tous les esprits restaient tendus vers ces départements d'où chacun, sans se lasser, attendait la délivrance.

Les départs de ballons étaient devenus en quelque sorte périodiques. Ils s'effectuaient au milieu d'un concours immense de populaire, tantôt de la gare d'Orléans, où les frères Godard avaient établi leur quartier général, tantôt de la gare du Nord, où de vastes ateliers de construction fonctionnaient sous la direction de l'infatigable Nadar, et, après lui, de MM. Dartois et Yon.

Des milliers des regards anxieux suivaient en son vol chaque aérostat s'élevant dans les airs. Jusqu'au moment où la frêle enveloppe disparaissait au loin, les yeux demeuraient fixés sur elle, les poitrines demeuraient oppressées.

On accablait de questions les employés de la poste, tandis que, sous la surveillance de M. Rampont, ils rangeaient dans la nacelle leurs précieux fardeaux de lettres et de paquets. On écoutait avec avidité M. Hervé-Mangon donnant des renseignements météorologiques sur la direction et l'intensité du vent. On s'empressait autour des aéronautes, impatient d'entendre le signal qui allait les livrer aux caprices du sort. On examinait avec un intérêt admiratif, à travers les barreaux des cages, leurs mignons compagnons ailés.

A ceux-ci, on parlait, comme des enfants eussent pu le faire : « Aujourd'hui le départ, à bientôt le retour ! » Spectacle toujours nouveau et qui, chaque fois, suscitait des émotions nouvelles

Parfois aussi la foule était absente : profitant d'un courant favorable, ou jaloux de déjouer la surveillance germanique, le ballon s'enfuyait dans la nuit.

Eugène Godard, Camille Dartois et Yon étaient chargés du recrutement des émissaires. Rare intrépidité que celle de ces explorateurs qui, se confiant aux flots invisibles de l'atmosphère, allaient porter à la France la pensée de Paris. L'abnégation leur tenait lieu de science. Il le fallait bien. Les hommes plus ou moins familiarisés avec l'aéronautique étaient partis, ne laissant derrière eux que les maîtres indispensables à l'éducation des novices. Et quelle éducation !... A l'une des poutres en fer de la gare du Nord, une nacelle était suspendue ; l'élève y grimpait, criait le « lâchez tout ! » Naturellement, on ne lâchait rien, et il restait en place. On lui enseignait à crever un sac, à répandre un peu de lest, puis à tirer une corde de soupape ; après quoi, lançant son ancre, il simulait l'atterrissage par lequel se terminait la leçon...

Les marins, ces hardis gymnastes, jouaient dans l'effectif des aéronautes improvisés un rôle prépondérant. Sur soixante-quatre ballons-poste que Paris vit partir, sept ou huit emportaient des gens du métier ; trente furent conduits par nos loups de mer, transformés en loups « de l'air » par le sommaire apprentissage que nous venons de dépeindre.

Drame formidable, que chacune de ces traversées vers l'inconnu !

Un intrépide spécialiste, M. Gaston Tissandier, accouru l'un des premiers pour offrir ses services à la défense, parti l'un des premiers à travers l'océan aérien pour organiser par delà les lignes allemandes la science mise au service du dévouement, nous a depuis raconté ces odyssées tour à tour merveilleuses ou poignantes. Il nous a dit le voyage extraordinaire accompli par l'ingénieur Rolier et le franc-tireur Deschamps, quittant Paris le 24 novembre, progressant la nuit au sein des ténèbres, le jour dans l'opacité du brouillard ; surpris par le voisinage de la mer, jetant leur lest, remontant, poussés vers les régions glaciales, et, après quinze heures, parvenant à atterrir en Norwège à cent lieues au nord de Christiania ! Il nous a dit le double trajet du *Niepce* et du *Daguerre*, où les passagers de l'un des ballons devaient assister, d'entre les nuages, à la descente de l'autre et à sa capture par l'ennemi. Mais qui nous narrera l'épouvantable agonie du marin Prince, et celle du soldat Lacaze, perdus à jamais dans l'immensité !

— Oh ! s'écriait devant Gaston Tissandier un Anglais,

comme on doit vous payer pour des trajets pareils! Une
ascension par-dessus les Prussiens, cela vaut, n'est-ce pas,
deux mille livres sterling?

— Je ne sais ce que cela vaut, monsieur. En France,
ces choses-là se font pour rien ou ne se font pas.

L'émotion causée par un départ n'était surpassée que
par la joie d'un retour. Dès que l'un des gracieux petits
messagers était aperçu, traversant Paris à tire-d'aile, l'annonce se propageait avec une rapidité électrique. Un
pigeon se posait-il sur le bord d'un toit? Il fallait voir les
rassemblements autour de la maison, il fallait ouïr les
cris d'allégresse! Bonnes ou mauvaises, c'était des nouvelles qu'il apportait. D'ailleurs, dans les manifestations
bruyantes, il y avait plus et mieux qu'un épanouissement
de satisfaction; il y avait l'expansion triomphale des
investis déjouant l'investissement et battant des mains
à ce spectacle : la victoire de l'intelligence sur la force.

Pour être véridique, il convient de confesser que ces
jours-là les Parisiens se laissaient, plus souvent qu'il
n'eût fallu, duper par une simple illusion : plus d'un
vulgaire ramier reçut une ovation à laquelle il n'avait
aucun titre ; le propre du pigeon voyageur est de pointer
droit au colombier, sans arrêt.

C'est que, naguère encore, pour nous, le pigeon voyageur faisait un peu partie du domaine de la légende,
comme le Dauphin de la mythologie, le Lynx ou la Ta-
rasque. Nous ne nous étions jamais rendu compte de tout
ce que pouvait renfermer d'espérances, de souvenirs,
d'aveux impatiemment attendus, de joies intimes, de
désirs satisfaits, le fragile duvet de ce facteur volant! Nous
avions bien, il est vrai, quelques notions fort vagues d'ex-
positions ou de concours offerts par certaines contrées

avoisinantes, la Belgique, la Hollande; mais, à nos yeux
frivoles, c'étaient là jeux de pure fantaisie, sans but sérieux
et sans application utile. Notre erreur venait à peine de
cesser.

Il existait à Paris, bien avant la guerre, une société de
sport : l'*Espérance*. Le vice-président, M. Van Roosebeke,
était allé, vers le 25 septembre, adresser ses offres de
service au général Trochu. Celui-ci les avait accueillies
avec empressement. Le 27, trois pigeons partaient dans
le ballon la *Ville de Florence;* six heures après ils réappa-
raissaient avec une dépêche signée de l'aéronaute.

La poste aérienne était créée.

L'administration fit partir successivement par ballons
des membres de l'*Espérance*. MM. Van Roosebeke, Cas-
siers, Tracelet, Nobécourt, emportèrent à Tours des pigeons et se mirent, à la disposition du directeur des
postes, M. Steenackers. A Paris, le secrétaire de la société colombophile, M. Derouard, avait la surveillance du
colombier.

Un élément nouveau, cependant, faisait de la poste
aérienne une création unique dans l'histoire : le système
des dépêches photographiques.

« Dès le commencement, on songea aux merveilles de
la photographie microscopique. On se rappelle avoir vu, à
l'Exposition universelle, de petites breloques-lunettes où
les 400 députés étaient représentés sur une surface de
1 millimètre carré. En regardant à travers la loupe
placée à l'une des extrémités, on voyait nettement l'image
de tous ces personnages, réunis sur la surface d'une tête
d'épingle ! C'était à M. Dagron que l'on devait ce tour de
force.

« Ce fut lui qui, pendant la guerre, se chargea de
réduire les dépêches pour pigeons voyageurs.

« Grâce aux procédés photographiques, on écrivait à Tours toutes les dépêches privées ou publiques, sur une grande feuille de papier à dessin. On y traçait jusqu'à 20,000 lettres ou chiffres. M. Dagron, par la photographie, réduisait cette véritable affiche en un petit cliché qui avait à peu près le quart de la superficie d'une carte à jouer. L'épreuve était tirée sur une mince feuille de collodion qui ne pesait que quelques centigrammes et qui contenait un texte réduit assez considérable pour composer un journal entier.

« A Paris, la dépêche, amenée par pigeon, était placée sur le porte-objet d'un microscope photo-électrique, véritable lanterne magique d'une puissance extrême. L'image de la dépêche était projetée sur un écran, mais amplifiée, agrandie, au point qu'à l'œil nu on pouvait lire nettement tous les chiffres, toutes les lettres tracés.

« M. Dagron partit en ballon avec son collaborateur, M. Fernique, vers le milieu du mois de novembre. Après un voyage des plus périlleux, ces messieurs organisèrent tous leurs appareils photographiques avec la plus grande habileté.

« Quatre cent soixante-dix pages typographiées ont été reproduites par les procédés de MM. Dagron et Fernique. Chaque page contenait près de 15,000 lettres, soit environ 200 dépêches. Seize de ces pages tenaient sur une pellicule de 3 centimètres sur 5, ne pesant pas plus de un demi-décigramme. La réduction était faite au *huit centième*. Chaque pigeon pouvait emporter dans un tuyau de plume une vingtaine de ces pellicules, qui n'atteignaient en somme que le poids de 1 gramme [1]. »

Quand les dépêches étaient nombreuses, la lecture en

1. Gaston Tissandier. *En Ballon ! pendant le siège de Paris.*

était assez lente ; mais la pellicule renfermant 144 pages ou petits carrés, on pouvait la diviser et la lire en même temps avec plusieurs microscopes. — Certaines dépêches chiffrées étaient lues exclusivement par le directeur. Des employés copiaient les autres et les envoyaient aux divers bureaux de Paris [1].

Malgré la sagacité de nos vaillants oiseaux, combien d'entre eux ne devaient plus nous revenir !

La bise, la pluie, l'oiseau de proie, le plomb du chasseur, la glu du braconnier, l'oubli d'un site, un changement subit dans la direction du vent, l'obscurité, le froid, la neige, les guettaient au passage.

Sur 363 pigeons emportés de Paris puis lancés sur Paris, 4 étaient rentrés en septembre, 18 en octobre, 17 en novembre, 12 en décembre. Le bilan de janvier devait se traduire par le faible chiffre 3, auquel s'ajouteraient en février 3 retardataires. En tout : 57 retours.

L'hiver, on le voit, faisait durement sentir ses rigueurs aux pauvres oiselets. Quelques-uns, çà et là, ceux du *Daguerre* entre autres, tombèrent aux mains de l'Allemand, qui essaya d'en user à son profit, — grossièrement, cela va sans dire. — Un jour, — le 19 décembre, — un pigeon réintégrait le colombier Derouard. Il était porteur d'une dépêche :

Rouen, 7 décembre.

Gouvernement Paris.

Rouen occupé par Prussiens qui marchent sur Cherbourg. Population rurale les acclame : délibérez. Orléans repris par ces diables. Bourges et Tours menacés.

---

1. Plus de cent mille dépêches furent ainsi expédiées pendant la durée du siége. Imprimées en caractères ordinaires, elles formeraient une bibliothèque de cinq cents volumes analogues à celui que le lecteur a sous les yeux.

Armée de la Loire complètement défaite. Résistance n'offre plus aucune chance de salut.

A. Lavertujon.

M. Lavertujon, le pseudo-signataire, n'avait pas quitté Paris, où il occupait la situation de secrétaire du gouvernement. Le style du document eût amplement suffi, au surplus, à en trahir l'origine germanique. On rit beaucoup de cette malice cousue de fil bleu de Prusse. Pour une fois, le Tudesque nous mit en gaieté.

L'administration des postes, vigilante, s'inquiétait de l'incertitude des communications. Pas de moyen qu'elle ne mît en œuvre pour obvier à leur irrégularité. Des essais de retour par ballons étaient tentés fréquemment. Le savant amiral Labrousse, à qui la défense devait déjà l'ingénieux affût d'une pièce de rempart que les gardes nationaux avaient baptisée du nom de *Joséphine*, mettait la dernière main à un système de propulsion. Le ministère avait alloué une somme de 40,000 francs à M. Dupuy de Lôme, dans l'espoir de lui voir promptement mener à bonne fin ses recherches sur la direction des ballons. Chacun, d'ailleurs, s'en mêlait. Une exposition permanente d'aérostats était ouverte au Grand-Hôtel, dans les salons de la *Tribune des Progressistes*, — une tribune de circonstance.

Vains efforts! De tant de travaux et de peines, il ne reste que le souvenir de l'impuissance des chercheurs. Les solutions d'aussi graves problèmes ne s'improvisent pas. Elles sont le fruit du temps et des longues expériences. Or, les moyens d'expérimentation et le temps faisaient également défaut.

L'administration, il est juste de le proclamer, ne rebutait personne. Toutefois, dans son désir de recevoir de province des communications suivies, elle était surtout

à la recherche d'hommes de bonne volonté, disposés,
moyennant une forte prime, à tenter pédestrement la
dangereuse traversée des lignes prussiennes. Il s'en trouvait toujours. Mais rarement les malheureux parvenaient
à percer la muraille de fer du blocus ; tantôt ils rebrous-
saient chemin, tantôt ils demeuraient au dehors ; parfois
ils y laissaient la vie.

Le 21 septembre, quarante-huit heures après la fermeture du vaste cercle formé par sept corps allemands,
vingt-huit piétons chargés de missives s'étaient hasardés
hors Paris. Un seul, le facteur Brare, avait pu atteindre
Saint-Germain et y livrer ses dépêches à un fonctionnaire
français. — Un héros, ce Brare ! A peine de retour, il réclamait l'honneur d'affronter les mêmes périls, tentait une
deuxième percée et parvenait à se jeter dans Triel. Le 28, il
dépistait de nouveau les limiers teutons, franchissait les
avant-postes et rentrait dans l'enceinte. Le 4 octobre, il
tente encore la fortune, tombe dans une embuscade, est
fait prisonnier. Il n'a plus, dès lors, qu'un souci : briser les
liens odieux qui le garrottent. Comment y parvient-il ? On
ne sait. Il s'évade, se rend à Tours. Là, il se met aux
ordres de ses supérieurs ; il sollicite une mission pour
Paris. « J'ai passé cinq fois, je passerai bien six », fait-il
avec simplicité. Le voilà en expédition derechef.

Il parvient — qui nous dira à travers quelles péripéties ! — jusqu'à la Seine, près de l'île de Chatou ; se dissimule longtemps sur la berge, se dispose, vers le soir, à
franchir le fleuve à la nage... Un poste l'aperçoit ; on le
traîne dans l'île. Les Prussiens le fusillent sans autre
procès.

Brare laissait une femme et cinq enfants... O notre
France, auras-tu jamais assez de larmes pour tous tes
martyrs !

Le 27 septembre, un autre facteur, Gême, avait réussi à gagner Triel et à en revenir. Quatre camarades partis en même temps avaient échoué. Le 5 octobre, les facteurs

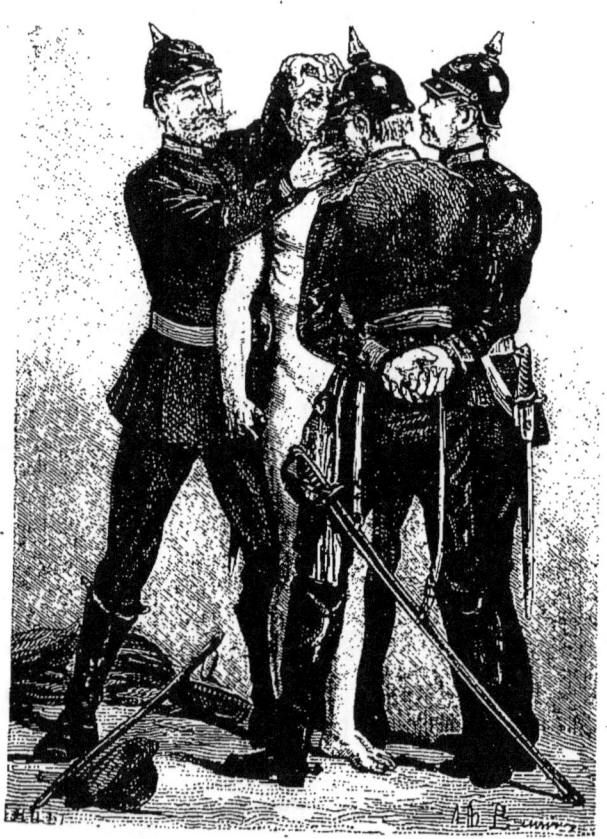

Une fouille à la prussienne.

Luyet et Chourrier touchaient encore le but. Trente-quatre autres piétons, successivement, étaient faits prisonniers ou se voyaient forcés de battre en retraite.

Que de stratagèmes et que de dévouements! que de ruses et que d'abnégation, — depuis la mise en œuvre des procédés empruntés à la monographie des bagnes : pièces de monnaie évidées et transformées en boîtes, clefs forées et ensuite refaites à bout plein, — jusqu'à l'application de ce moyen chirurgical : l'insertion de la dépêche secrète, sous l'épiderme incisé !

Malheur à qui eût laissé surprendre le papier fatal ! Toutes les chances étaient pour qu'on le passât par les armes. Quant à déjouer les minuties de l'inspection prussienne, il n'y fallait point songer.

Un facteur du télégraphe y songea, pourtant.

Fait prisonnier à plusieurs reprises et fouillé à nu, il sauva chaque fois sa dépêche. L'examen le plus minutieux de son corps ne put le trahir. Ce facteur de génie s'était fait enfoncer dans la gencive une dent artificielle, creusée. La dent était une boîte aux lettres. Un journal, — honte à lui ! — eut connaissance de l'artifice et en servit la description à son public en guise d'amusette. Il y fallut renoncer. Les Allemands sondaient la bouche des suspects.

Il n'était pas jusqu'à des entreprises privées qui ne cherchassent les moyens de faire tenir aux Parisiens des nouvelles de l'extérieur. Cette spéculation avait même pris, pendant quelques semaines, des proportions quasi scandaleuses. Sur tous les murs et dans tous les journaux on lisait :

RÉPONSES DE PROVINCE.

MM. X. et Y. se chargent de recevoir, par des messagers dont ils se sont assuré le concours, les lettres de parents ou d'amis si anxieusement attendues à Paris. On verse 5 francs tout de suite et 5 francs au moment de la réception.

Chez certains entrepreneurs ce moment-là n'arrivait jamais, MM. X. et Y. se contentant d'empocher les arrhes.

Enfin, des particuliers eux-mêmes avaient fait, auprès de bons marcheurs, des tentatives se traduisant par la promesse de récompenses fabuleuses. Si les artisans sans travail, les employés sans emploi, les petits rentiers sans rentes devenaient de jour en jour plus dignes d'intérêt, la situation des propriétaires n'était guère plus enviable. L'argent en caisse, beaucoup l'avaient épuisé. Une loi spéciale ajournait le payement des loyers. Comment vivre? Et ceux dont les ressources se trouvaient au dehors?

Un riche habitant du faubourg Saint-Honoré s'était vu réduit, pour faire subsister sa famille, à des emprunts humiliants. Il se mit en rapport avec un messager.

— Voici, lui dit-il, un pli à l'adresse de mon notaire à Nîmes; je lui demande 25,000 francs. Rapportez-moi la somme avant quinze jours; il y aura 5,000 francs pour vous.

Le lendemain, à la nuit, le porteur de la missive s'éloignait bravement. Son voyage devait être de courte durée. Après avoir traversé heureusement la Seine et dépassé le premier cordon du blocus, le malheureux, un peu plus loin, s'affaissait, frappé de deux balles. Épuisé par la perte de son sang, à demi mort, il réussit, l'obscurité aidant, à se traîner jusqu'à nos avant-postes.

Il était impossible de sortir; serait-il possible d'entrer?

Et aussitôt, par plusieurs ballons successifs, le pauvre riche expédiait à Nîmes sa demande de fonds en laissant à son mandataire carte blanche pour le règlement des frais d'envoi. Au bout de trois semaines, par pigeon, une dépêche arrivait :

« Somme partie; homme honnête et déterminé a entrepris voyage; se charge de tout traverser. »

La somme était partie; jamais elle n'arriva.

Après les piétons, les chiens.

Des industriels tentaient de faire parvenir, du dehors au dedans, des dépêches transportées par des chiens de berger. La direction des postes accordait aux propriétaires des bêtes une prime de 200 francs pour chaque pli livré à Paris dans le délai de quarante-huit heures.

Ces rustiques épagneuls étaient sans doute les plus aptes à servir une telle combinaison.

Ce qu'ils ont jadis transporté en fraude, par les frontières de la Belgique et de la Suisse, de dentelles, de cachemires, de montres, de bijoux, les contrebandiers qui utilisaient leurs services seraient seuls capables de le calculer. C'était bien innocemment, d'ailleurs, que les quadrupèdes se prêtaient à des trafics préjudiciables au Trésor, et il fallait user d'un singulier stratagème pour leur inspirer cette horreur du *gabelou* qui les poussait à franchir, avec une agilité surprenante, la bande de terrain le long de laquelle le fisc exerce son contrôle.

Des contrebandiers travestis en douaniers accablaient d'abord la meute de mauvais traitements. Sortis roués de coups des mains de leurs bourreaux, dont ils apprenaient ainsi à redouter et à haïr le costume, les martyrs étaient, de la part des fraudeurs, l'objet des soins les plus délicats. Et voilà comment, de l'autre côté de la frontière, on pouvait les charger des marchandises précieuses qu'on leur liait sous le ventre à l'aide de courroies, et leur rendre la liberté avec la certitude qu'ils atteindraient la demeure de leurs maîtres.

Malheureusement, bien qu'on attendît d'eux des services plus nobles, aucun de ces vaillants complices n'avait percé l'investissement.

Un jour, on avait expédié en ballon cinq d'entre eux, molosses à l'œil franc, à la tête intelligente, à la muscu-

lature robuste. Aucun ne devait être embarrassé devant
un Tudesque à dévorer. Pourtant, on ne les revit point.

L'entreprise eût-elle réussi une autre fois ? Il est permis d'en douter. Le chien, à terre, s'oriente admirablement ; mais il a examiné la route ; il a quêté, le nez au sol.
Que devient son flair dans la nacelle d'un aérostat ? Question encore à l'étude.

Les hommes restant impuissants, les chiens se montrant inhabiles, on avait essayé de la poste fluviale.

Dans les premiers jours de décembre, le gouvernement avait agréé des propositions consistant à aller recueillir les lettres de province pour les confier à des boules
creuses, en zinc, destinées à naviguer entre deux eaux,
sur la Seine ou ses affluents supérieurs. Dans Paris, un
filet les eût arrêtées.

Rien n'arriva. En amont et en aval, les Prussiens, eux
aussi, avaient des filets.

Un simple expéditionnaire de l'Hôtel de Ville, M. Reboul, présenta un système plus ingénieux : de petites
sphères de verre soufflées, avec un orifice par où on
introduisait la dépêche. On les livrait au courant. Ces
globes de faible diamètre figuraient à s'y méprendre les
bulles d'eau naturelles. Impossible de les distinguer,
quand on les remuait dans un bassin et qu'on essayait de
les saisir. Prenant, à cause de leur transparence, le reflet
même du flot, mobiles et légères, glissant avec une extrême
facilité le long des roseaux, des plantes aquatiques et des
bords de rivière, franchissant sans se rompre les ressauts des barrages, échappant par leur dimension aux
grosses mailles des nasses allemandes, ces boules messa-
gères étaient appelées à rendre de signalés services à la
défense pour le transport des dépêches micrographiques.
M. Reboul en emporta un grand nombre en ballon.

Mais l'hiver était rude, et les globules ne se trouvèrent point de force à lutter contre les glaces.

Bien des gens s'écriaient : « Pourquoi n'avoir pas
noyé un câble électrique au fond de la Seine? Pourquoi
n'avoir pas recouru à ce mode si simple de communiquer
avec le reste du pays? » Certes, le moyen était commode.
On y avait songé dès les premiers jours. Le câble existait.
Il gisait, sous les eaux du fleuve. On l'avait posé trop tôt
avant l'investissement : la chute d'un pont l'avait brisé
quelques heures après.

Le câble fluvial s'imposait si naturellement, que les
Prussiens y avaient pensé, tout comme nous. Le soupçon-
nant, ils l'avaient cherché, et le cherchant ils l'avaient
découvert. Sans doute avaient-ils tenté de s'en servir cau-
teleusement; dans leurs mains comme dans les nôtres, il
était resté inutile, et décidément ballons et pigeons étaient
seuls destinés à établir entre Paris et la France une communion intermittente.

Par malheur, si les ballons s'éloignaient à des intervalles de plus en plus fréquents, on voyait les pigeons
revenir de moins en moins.

CHAPITRE XVI

CUISINE DE SIÈGE

Révolutions culinaires. — Jadis et aujourd'hui. — La gastronomie platonique. — Encore la gélatine. — Hippophagie et résignation. — Le
chapitre xxxv. — Nos amies les bêtes. — Les cartes de boucherie. —
A la cantine. — Riz, orge, paille. — Les philosophes.

Au milieu de tant d'épreuves, Paris n'avait pas perdu
la philosophie dont il s'était fait une égide. Il ne fallait
rien moins que cette inaltérable fermeté des esprits pour
soutenir les corps voués à un régime qui, vers le milieu
de décembre, confinait déjà à l'invraisemblable.

Ah! nous étions loin de l'abondance des premiers
jours !

Devant la porte des pâtissiers en renom, où quelques
volatiles plumés montraient leurs maigres carcasses, les
spectateurs faisaient queue comme jadis à l'étalage de
Goupil. On admirait une oie ou un pigeon comme autrefois on eût admiré un tableau d'Ingres ou un dessin de
Doré. A l'aspect d'un canard, on tombait en pamoison. Et
l'on demeurait en extase, pour peu que la volaille fût une
dinde !

Chez un de ces Vatels, un chaland marchandait un
lapin efflanqué. Déjà il se régalait en rêve d'une gibelotte
de haut goût. Mais le vendeur voulait quarante francs de
son squelette.

— Quarante francs !

— Monsieur, je n'en puis rien rabattre.

— Mais c'est une folie ! quarante francs un lapin !

— Ah ! reprend le marchand, je ne vous ai pas tout dit : ce lapin-ci joue du tambour !

Après les herbivores qui battent la caisse, on consommera les ânes savants, et plus d'un montreur d'animaux à qui la guerre fait des loisirs en est réduit à manger son phénomène.

Où étiez-vous, époque fortunée du beefsteak sur le gril et du gigot à l'ail ? Qu'étiez-vous devenus, temps heureux où le filet rôti était autre chose qu'un rêve, et où l'on osait aspirer à une côtelette sans être traité d'ambitieux ? O chimères ! ô songes évanouis ! Le veau à deux têtes, alors, pouvait, avec quelque droit, passer pour une bête curieuse. Quelle bête curieuse, maintenant, qu'un veau, — même avec une seule tête ! Car, il ne fallait point se le dissimuler, nous en étions venus à la tête de veau... artificielle.

Le nombre des victimes de cette imitation, d'ailleurs admirable, est surprenant.

On examine, on achète, on retourne chez soi confier à la ménagère, avec mille recommandations, le rare et précieux comestible ; par anticipation, on se délecte d'un mets plein de saveur ; l'instant arrive enfin, où, dans les profondeurs de la casserole, s'enfonce une cuiller... La cuiller ne ramène qu'une sauce gluante, noirâtre. De tête, pas une ombre ; de veau, point de vestige ! Ce produit décevant d'une combinaison plus chimique qu'honnête, s'est dissipé, évanoui, vaporisé, fondu ; la tête de veau était un *fac-simile* en gélatine, cette fameuse gélatine qu'on ne supposait guère devoir prendre un rang aussi sérieux dans notre alimentation, lorsqu'à son origine on la chansonnait :

L'inventeur de la gélatine,
A la chair préférant les os,
Veut désormais que chacun dine
Avec un jeu de dominos.

On avait laissé loin derrière soi l'ère quasi-fabu-
leuse où le bétail peuplait nos parcs ; où, sur nos boulevards et dans nos squares, des habitants des environs
traînaient derrière eux, comme Noé au sortir de l'arche,
les spécimens divers de l'étable et de la basse-cour. On
avait pourtant vu quelquefois, près de l'Arc de Triomphe,
tel digne campagnard admirant le bas-relief de Rude tandis qu'auprès de lui une vache, le licol passé entre les
cornes, ruminait mélancoliquement un restant d'herbe ou
de foin ! Le réfugié de la banlieue venant se rafraîchir au
cabaret s'en allait volontiers, par la même occasion, faire
boire un coup dans la Seine à son baudet ou à son bœuf.

Plus rien de semblable ; plus rien. Mais, en revanche,
une quantité incalculable de chiens perdus. Les uns, abandonnés par leurs maîtres lors du départ de ceux-ci pour des
régions plus tranquilles, vagabondant inquiets ; d'autres,
plus audacieux, poussant jusqu'aux avant-postes, et le soir,
à l'heure de la retraite, rétrogradant essoufflés et fourbus.

Chiens perdus... pas pour tout le monde. Il suffit, si
l'on veut connaître la destinée finale de ces malheureux
égarés, de suivre la foule au marché Saint-Germain, vers
l'éventaire que signale cet écriteau :

RÉSISTANCE A OUTRANCE

GRANDE BOUCHERIE CANINE ET FÉLINE

Avec, au-dessous, ce quatrain révélateur :

L'héroïque Paris brave les Prussiens.
Il ne sera jamais vaincu par la famine.
Quand il aura mangé la race chevaline,
Il mangera ses rats, et ses chats, et ses chiens.

Il est évident que, depuis une huitaine, les établissements qu'on nomme *boucheries* usurpent complètement leur titre. Au lieu de chairs saignantes, les étaux n'offrent plus aux regards que des morues salées, du lard, salé aussi, des viandes incolores, de plus en plus salées.

Sous l'empire de ces cauchemars, on se surprend, parfois, feuilletant avec anxiété le livre illustré où les cordons-bleus puisent d'ordinaire leurs inspirations.

Pigeons aux petits pois,... émincés de dindonneaux,... canetons à la broche... Les titres se succèdent en même temps que, par une sorte de mirage, il semble que les succulentes victuailles fument sur la table, entre le riz et les haricots secs.

La cuisinière, cependant, ne se repaît point de chimères. Elle a beau consulter les trente-quatre chapitres du volume, elle sait qu'entre les menus qu'ils énumèrent et les ressources dont elle dispose l'accord est impossible désormais.

Évidemment il manque un chapitre trente-cinq, à l'usage des villes assiégées.

Pourquoi n'eût-on pas écrit ce chapitre-là?

A l'occasion, quelque initié s'offrait complaisamment en qualité de collaborateur de Mlle Catherine, la *Cuisinière bourgeoise,* dont les œuvres trahissaient de si regrettables lacunes. Exemple : le capitaine B., un ancien zouave d'Afrique qui, à l'heure scabreuse du repas, prodiguait volontiers ses consultations. Un appendice au codex de la gastronomie pratique, quoi de plus élémentaire?

— Dirait-on pas que les vivres manquent? Mais Paris regorge de nourriture, en vérité !

Et, quand on le regardait, ébahi :

— Certes, Paris regorge. Il n'y a que l'embarras du choix. Rue Rochechoart, on trouve du chien; boulevard de la **Chapelle**, du chat; à la Bastille, l'on offre presque pour rien des mulots et des chauves-souris. On peut même voir, rue de Rome, cette invitation sardanapalesque sur la porte d'un restaurant :

VIN A DIX-HUIT SOUS

ET EAU DESSUS

ROSSE-BEEF

RAT GOUT DE MOUTON

— Soit. Mais ces chiens, ces chats, ces rats, qui donc apprendra aux Parisiens à les apprécier à leur juste valeur? Qui leur montrera à les baigner dans des sauces suffisamment exquises ? A peine si le cheval, ce dédaigné d'autrefois, commence à apparaître sur nos tables. Et Dieu sait combien peu de ménages savent s'en servir!

— C'est que le fournisseur ne communique pas la recette du civet hippique, le mets le plus succulent qui puisse réjouir l'odorat et le goût!

— On n'ose plus discuter le cheval. Mais... — ici la voix devenait plus hésitante — mais le chien? On balance avant d'y toucher; car enfin... le chien est l'ami de l'homme.

— Eh ! le lézard aussi est l'ami de l'homme, ce qui n'empêche que... Ah! si nous avions seulement du lézard!

— Et le chat?

— Il faut vraiment n'être jamais sorti de son trou pour ignorer que la gibelotte qu'il fournit est mille fois supérieure à la gibelotte de lapin. Le terme « lapin de gouttière » est une flétrissure imméritée. Que de façons d'accommoder un angora, d'ailleurs, depuis la daube jusqu'au couscoussou !

— Mais que dirons-nous du rat?

34

— Le rat ! Tout bonnement le grand méconnu des temps modernes! Le rat, le vrai rat, — non la souris, qui n'est qu'une boulette musquée, — le vrai rat peut compter parmi ce que le règne animal nous offre de plus suave.

Prenez votre rat...

Voulez-vous la bonne recette? Prenez votre rat, écorchez-le, fendez par le milieu du ventre, lavez. Puis, saisissez adroitement la bête avec les deux mains et forcez sur les côtes, en les relevant, de manière à aplatir ensuite l'animal d'un coup asséné sur le dos. Vous obtenez ainsi un large beefteak qui n'a plus qu'à se laisser transformer en grillade.

Le formulaire de l'ex-zouave était-il vraiment inédit ? On en eût douté, tant la question des chats devenait inquiétante. Impossible de laisser pour un instant le champ libre au plus famélique matou sans lui voir courir le risque d'être appréhendé au corps par l'un des nombreux amateurs de ce carnassier domestique. Le possesseur, heureux jadis, d'un chat ou d'une chatte, était devenu le jouet des plus lugubres visions ; il regardait ses voisins avec défiance ; à peine osait-il quitter la chambre où ronronnait le félin, cause de ses tourments. Bref, un sujet de perpétuelles discordes.

La question des chiens — il y avait naturellement une question des chiens — était plus palpitante encore.

A propos de ces compagnons fidèles, un journal avait mis au monde un matin le mot de *bouches inutiles*. Répétée de proche en proche, l'épithète rallia un parti assez fort qui ne proposait rien moins que la suppression de toute la grande famille canine.

Si cette motion souleva des haros, elle rallia aussi des partisans. — Il s'en trouvait bien pour demander qu'on vouât à la boucherie même les bêtes exotiques du Jardin des Plantes !

Ceux-là ne devaient pas tarder à avoir raison.

Tout ce qui était comestible allait être sacrifié à la consommation. Des poules venues de l'Inde, des faisans transportés de Cochinchine, des canards du Japon et des dindes de Siam se vendirent comme de vulgaires volatiles. Pour trois francs — ô Buffon ! — l'on mangeait un oiseau rare. Et si le merle blanc eût fait partie de la collection, nous eussions pu le voir adjugé à cent sous !

Bientôt, les plus intéressants sujets du Muséum subiront le même sort. Les restaurants encore ouverts serviront à leur clientèle des pilons de casoar et des poitrines de kanguroos, — et les deux éléphants qui ont fait si longtemps l'admiration des visiteurs serviront de cible aux balles explosibles de l'armurier Devisme, chargé de les livrer à la mort parce qu'on n'a plus de foin pour les nourrir.

Le vieux mot : *pas de pain, pas de lapin,* sera éternellement vrai ; pour avoir du cœur au ventre, comme on dit, il est essentiel que le combattant n'ait pas le ventre creux. Or, tout le monde luttait, depuis l'armée livrant bataille, jusqu'aux femmes gardiennes du foyer et à qui la nécessité faisait une loi de stationner tous les trois jours, sous la bise, sous la pluie, dans la boue, devant les portes des boucheries. Pour quoi ? Pour se voir mesurer la maigre ration de 90 grammes de viande de cheval par personne, au moyen d'une carte dont, à chaque distribution, on détachait l'un des coupons :

Carte de famille pour cinq personnes.

Carte............................... N° _____

Boucherie. N° _____

Nom : _____

Domicile : _____

Signature : _____

N° D'ORDRE 12 VIANDE PORTIONS... 5	N° D'ORDRE 9 VIANDE PORTIONS... 5	N° D'ORDRE 6 VIANDE PORTIONS... 5	N° D'ORDRE 3 VIANDE PORTIONS... 5
N° D'ORDRE 11 VIANDE PORTIONS... 5	N° D'ORDRE 8 VIANDE PORTIONS... 5	N° D'ORDRE 5 VIANDE PORTIONS... 5	N° D'ORDRE 2 VIANDE PORTIONS... 5
N° D'ORDRE 10 VIANDE PORTIONS... 5	N° D'ORDRE 7 VIANDE PORTIONS... 5	N° D'ORDRE 4 VIANDE PORTIONS... 5	N° D'ORDRE 1 VIANDE PORTIONS... 5

Il y avait bien, il est vrai, en certains quartiers, le

L'Attente.

comptoir de consommation populaire. Mais le ministère et l'Hôtel de Ville refusant d'alimenter ces établissements, rien n'était moins certain que d'y trouver ce qu'on cherchait.

C'est ainsi qu'un matin, à la foule des ménagères se pressant comme d'habitude à l'entrée d'une succursale, l'employé de service vint annoncer qu'il ne restait plus pour l'instant que... des truffes!

— Des truffes à sept francs la boîte! Étrange nourriture pour des petits ménages! s'écriait en se dispersant la cohue désappointée des acheteuses.

Si les hommes déployèrent de la patience et de l'énergie, les femmes, elles, montrèrent de l'héroïsme.

On ne peut imaginer un supplice plus cruel que ces longues heures d'attente, au froid, à la neige, au vent.

Combien de malheureuses, plus magnanimes dans ce rôle sans éclat que les hommes tombant sur le champ de bataille, ont succombé à leur dur métier! Combien sont morts, des frêles enfants qu'elles portaient sur leur sein pour ne point les abandonner seuls à la maison!

Il existait cependant des moyens de remédier à ce désastreux état de choses. Mais il était écrit que l'on n'organiserait la distribution des vivres que lorsqu'il n'y aurait plus de vivres à distribuer.

On avait fait un premier pas, avec l'organisation des *cantines municipales*. C'est de la charité que l'idée venait; c'est elle encore qui avait procédé à l'exécution; charité délicate répandant ses bienfaits non sur des mendiants, mais sur des nécessiteux : l'employé, privé de sa place; l'ouvrier, momentanément sans travail; distribuant non des aumônes, mais des secours.

Le soin d'apprécier chaque situation était laissé au garde civique reconnu comme chef de l'*îlot* dont faisait partie sa demeure. — Les gardes civiques, c'est-à-dire les vieillards, les tout jeunes gens, ou les hommes valides pour lesquels on n'avait point trouvé d'armes.

Les gardes civiques étaient chargés des services municipaux : à eux de présider aux répartitions dans les boucheries, les boulangeries, les chantiers. Comme insigne distinctif, ils portaient un képi à bande et un brassard rouge sur lequel se détachait en clair le numéro de l'arrondissement.

Dès que le chef d'îlot avait revêtu de son visa une euille de rationnement, le titulaire avait droit à la sollicitude de la commission. Pas d'investigation ni d'interrogatoire ; aucune de ces questions dont la brutalité, quels que soient les ménagements qu'on y apporte, effarouche si souvent une susceptibilité légitime.

En échange de la feuille, il était délivré des bons de cantine pour autant de rations et pour autant de jours qu'en mentionnait le document.

RÉPUBLIQUE FRANÇAISE

... Arrondissement

CANTINES MUNICIPALES

BON DE CONSOMMATION

POUR UN REPAS ET POUR UNE PERSONNE

REPAS SANS VIANDE

Avis. — Ce Bon n'est valable que s'il est accompagné de la feuille d'achat qui doit être pointée au contrôle de la Cantine.

Ces bons étaient de deux sortes ; les uns sur carton rouge, les autres sur carton vert, selon qu'ils donnaient titre à un repas avec ou sans viande.

Riz, blé cuit, harengs-saurs, salaisons, haricots, vin,
bouillon, café : tel est le catalogue parmi lequel le client
a la faculté d'effectuer son choix; — jusqu'à une limite,
pourtant : l'épuisement du mets préféré de la masse, —
les matins, par exemple, où le hareng ayant son tour tout
le monde demande du hareng.

Une cantine spéciale était affectée à la distribution du
lait pour les enfants au-dessous de deux ans et du bouillon pour les malades. Des bons spéciaux, remis sur le vu
d'un certificat de médecin, faisaient foi :

RÉPUBLIQUE FRANÇAISE

...ARRONDISSEMENT

CANTINE MUNICIPALE

SERVICES DES MALADES

Bon de Consommation

Toutes les distributions étaient gratuites; la dépense,
dans chaque arrondissement, couverte partiellement par
des allocations de la mairie centrale; le surplus, fourni
par des dons particuliers. Pour certains arrondissements,
le nombre moyen de cartes de cantine excédait vingt mille
par jour.

Si chaque heure écoulée voyait s'amoindrir nos ressources, chaque heure aussi voyait éclore quelque combinaison destinée à les prolonger. Le grave problème du
pain, maintenant, dominait tous les autres. Pour accroître
notre provende, les meuneries installées à l'usine **Cail**,
aux gares d'Orléans et de l'Est, à la Manutention, mélan-
geaient à la farine de blé une moitié d'orge et du riz.

35

Mixture exquise, malgré sa lourdeur, si on la compare au pain noir que nous allions consommer bientôt et dans la fabrication duquel il entrerait jusqu'à de la paille!

Ce pain noir devait soulever bien des orages, des plaintes et des récriminations. Et pourtant, comme en peu de jours Paris en avait pris son parti!

Au Parisien accoutumé à la croûte dorée de la galette de luxe ou à la pâte blanche et ferme de la miche bourgeoise, il annonçait une ère nouvelle et s'offrait presque comme un symbole.

« Je sais bien, écrivait un critique, que certains estomacs affaiblis par la bonne chère, épuisés à force de mets succulents, n'entrevoient qu'avec horreur le régime auquel ils sont astreints. Ces panses ruinées et blasées par une trop longue série de menus à la Lucullus, n'aspirent plus qu'aux joies paisibles et pures de la douce Revalescière. Pour elles, le pain bis est plus qu'un enseignement : il est une expiation.

« Il nous dit, ce pain rugueux à la teinte brunie, que c'en est fait sans merci des errements du passé ; que le règne du luxe insolent et de l'oisiveté frivole est décidément terminé; que le travail honnête aura le pas désormais sur la paresse aux dehors brillants; que le vice tapageur cessera d'éclipser la probité silencieuse. Tant pis pour ceux qui ont mangé leur pain blanc en premier! »

On pourra établir des parallèles plus ou moins ingénieux entre le siège de Paris et d'autres sièges célèbres ; on rencontrera dans l'histoire les mêmes exemples de courage héroïque, de constance dans le malheur; on n'en trouvera pas d'équivalents quant à la philosophie, au mépris du danger, à la quiétude inaltérable.

Jamais un étranger brusquement transporté parmi

nous n'eût soupçonné une ville enserrée dans l'étau du blocus. On s'abordait, par les rues, le sourire sur les lèvres; on dissimulait ses préoccupations afin de ne pas semer le découragement.

Chaque hiver Paris inaugure une mode; la mode était au stoïcisme, cette année-là.

CHAPITRE XVII

LE BOMBARDEMENT

Second combat du Bourget. — Les tranchées de glace. — Les Allemands
ouvrent le feu contre les forts et la ville. — Salut, Noël ! — Avron. —
Une nuit de branle-bas. — 1870-1871. — Cadeaux du jour de l'an. —
Les haricots secs du ministre. — Sourires et sanglots.

Et pourtant, les jours, les semaines s'écoulaient sans
qu'un indice vînt nous révéler les événements du dehors.
Le froid sévissait cruellement, et s'il était permis de ser-
rer sa boucle sans rien dire, on ne pouvait souffler dans
ses doigts sans le montrer.

Plus de houille, — Paris s'était trop longuement conservé le luxe d'un éclairage au gaz ; — plus de coke,
plus de bois. Il eût fallu rationner la chaleur comme
on avait rationné la nourriture. L'administration s'était
décidée tardivement à faire abattre quelques-uns des
arbres de nos plantations suburbaines. Des femmes,
des enfants s'en disputaient les branchages : du bois qui
donnait plus d'eau que de feu et dont on avait toujours
suffisamment avec une bûche, parce qu'elle ne brûlait
point.

Les enfants ! Ah ! comme ils disparaissaient vite, les
chers petits ! Jamais on n'avait tant scié de planches pour
en construire des cercueils à recouvrir d'un drap blanc !
Les grands aussi payaient leur tribut à la sinistre fau-

cheuse. La couvée des maladies nées des souffrances physiques et des douleurs morales s'était abattue sur la ville. Le long des rues, se succédaient d'interminables défilés de corbillards. Dans cette population qui encombrait de ses infirmes et de ses faibles les abords des boulangeries, des boucheries et des cantines, les morts faisaient queue devant les cimetières... Au moins ceux-là étaient-ils sûrs d'entrer !

La mortalité avait suivi une effrayante progression ; de 1,000 à 1,100, chiffre hebdomadaire moyen, elle était montée à 1,272 dès la deuxième semaine du siège, à 1,344 pendant la troisième ; puis, successivement, à 1,430, à 1,610, à 1,744. Au cours de la semaine du 1er au 7 novembre, les registres civils accusaient 1,762 décès, 1,885 la semaine suivante, 2,063 du 21 au 28. Au milieu de décembre, 3,000 personnes mouraient par période de sept jours, 4,000 à la fin. En janvier, le funèbre total allait dépasser quatre mille cinq cents.

Et l'ardeur demeurait égale. A la progression décroissante du rationnement, à la progression croissante des statistiques mortuaires, on opposait la liste des canons que nos usines produisaient sans relâche : sur trois cent cinquante fondus, trente-deux, entièrement finis, étaient livrés aux arrondissements qui les avaient souscrits; vingt et un, remis au gouvernement, avaient subi les épreuves du tir. On se consolait de la procession des voitures funèbres en organisant la procession des nouveau-nés de la défense... Parfois, le cortège de guerre et le cortège de deuil se croisaient, et l'on se fût demandé si celui-là saluait la victime, ou si celui-ci saluait le vengeur.

Dans les cercles, dans les journaux, sur les places, toutes les polémiques se résumaient en une seule : romprait-on le cercle de fer ? Paris sentait d'avance le moindre

mouvement offensif. Il savait où l'on se battait et où l'on se battrait. Non que le canon des forts ou des remparts le guidât : il était blasé sur la canonnade, car chaque soir il s'endormait à ce bruit pour le retrouver au réveil. Non; c'était affaire d'instinct.

Depuis les batailles de la Marne, on se rongeait dans l'attente. La fièvre revenait; la lassitude ne venait point. Dans l'après-midi du 21 décembre, on se pressait en foule autour d'une dépêche affichée par l'autorité militaire :

> 21 décembre, 2 heures soir.

L'attaque a commencé ce matin sur un grand développement, depuis le Mont-Valérien jusqu'à Nogent.

Le combat est engagé et continue avec des chances favorables pour nous sur tous les points.

Cent prisonniers prussiens, provenant du Bourget, viennent d'être amenés à Saint-Denis.

Le gouverneur est à la tête des troupes.

> *Par ordre : Le Général chef d'état-major général.*
> Schmitz.

C'était peu, pour calmer toutes les impatiences jusqu'à l'apparition de l'*Officiel* dans lequel on lirait, le lendemain matin, le récit émané de l'état-major.

Et encore ce rapport du 22 n'élucidait-il que faiblement l'objet que nos généraux se proposaient d'atteindre. Comme pour ménager, par des transitions habiles, les nouvelles des évènements, les rédacteurs de l'état-major avaient pris l'habitude de mesurer à petites doses le compte rendu des opérations en cours. On s'attendait donc à de plus amples informations. Voici le résumé que communiquait le pouvoir :

> 22 décembre, 8 heures et demie.

La journée d'hier n'est que le commencement d'une série

36.

d'opérations. Elle n'a pas eu et ne pouvait guère avoir de résultat définitif; mais elle peut servir à établir deux points importants : l'excellente tenue de nos bataillons de marche engagés pour la première fois, qui se sont montrés dignes de leurs camarades de l'armée et de la mobile, — et la supériorité de notre nouvelle artillerie, qui a éteint complétement les feux de l'ennemi. Si nous n'avions pas été contrariés par l'état de l'atmosphère, il n'est pas douteux que le village du Bourget serait resté entre nos mains.

A l'heure où nous écrivons, le général gouverneur de Paris a réuni les chefs de corps pour se concerter avec eux sur les opérations ultérieures.

Ce que ne racontait pas la dépêche, c'était la superbe bravoure de nos marins, qui, après s'être emparés du Bourget, s'étaient trouvés tout à coup à deux ou trois cents à peine pour défendre la position contre l'adversaire revenant en force. Barricadés dans quelques maisons, ils gourmandaient leurs camarades de la ligne qui, sur un ordre émané d'Aubervilliers, commençaient à battre en retraite : un ordre que, par suite d'une incroyable négligence, on avait transmis seulement à ceux-ci !

A eux seuls, malgré tout, les deux ou trois cents fussent parvenus à tenir, peut-être, sans un second et funeste malentendu, qui, en laissant croire au commandant du fort que le Bourget était évacué par toutes nos troupes, l'amena à commencer le bombardement du village. Pris entre la fusillade ennemie et les obus français, nos marins résistèrent quand même, cédant pied à pied le terrain... Bien peu revinrent conter cet épisode sanglant !

Le 27, enfin, nous connaissions l'issue de la « série d'opérations » engagée le 21. On avait tenté une percée sur Amiens. Dès les premiers pas, on avait trouvé, vers le nord, les lignes prussiennes hérissés d'obstacles et de bat-

Les marins au Bourget

teries. L'ennemi n'avait que trop su profiter de notre faute du 29 octobre.

Le Gouvernement avait commis l'insigne maladresse d'annoncer, par la voie du *Journal officiel*, la fermeture des portes de Paris à partir de la première heure. On ne pouvait avertir l'adversaire plus clairement.

D'ailleurs, — sauf le 29 novembre, où le flot de la Marne s'était mis contre nous, — l'état-major prussien avait été prévenu de toutes nos sorties. La « rare prévoyance » dont il se targuait volontiers se résumait en un judicieux emploi des espions que nous étions loin, hélas! d'avoir tous démasqués.

« M. de Bismarck se montrait, en général, assez sceptique à l'endroit des mérites de l'état-major. M. de Hatzfeld s'étonna un jour qu'on pût toujours si exactement prévoir les sorties. Un des convives répondit que le terrain était découvert et qu'il n'était pas possible, en une seule nuit, de mettre en mouvement une masse considérable de troupes sans éveiller l'attention.

« Soit, reprit en souriant M. de Bismarck; mais cent louis sont souvent une partie essentielle de toute cette prévoyance militaire [1]. »

Dans la nuit, comme au 30 novembre, — pis qu'au 30 novembre, — le froid, subitement, avait atteint 14 degrés. Des soldats avaient gelé sous leur capote.

Le 22, à Aubervillers, on avait tenu conseil de guerre.

« Les opérations de vive force ne produiront rien maintenant contre le Bourget, avait dit le général Trochu. Essayons d'un contre-siège et procédons par cheminements. »

Déjà, le général Tripier avait montré l'exemple en

1. Maurice Busch : *le Comte de Bismarck et ses gens.*

poussant, devant Créteil, une série de tranchées vers les positions du Sud.

On avait donc essayé des cheminements contre le Bourget. Sur le sol que la gelée avait transformé en pierre, les outils s'étaient émoussés ou rompus.

Spectacle navrant : la plaine, par delà Saint-Denis, était couverte d'hommes cherchant en vain un abri contre l'impétueux vent du nord qui fouettait sur eux le grésil en tourbillons. Ces pauvres gens arrachaient, de çà, de là, quelques pièces de bois misérables trouvées sur leur chemin ; quelques-uns en portaient, se brûlant sans se réchauffer, de tout enflammées sur leurs épaules. Tous grelottaient sous les couvertures en loques dont ils s'efforçaient de se tenir enveloppés. Autour du fort d'Aubervilliers, dans des semblants de bivouacs, les soldats couchaient sur la terre nue sans pouvoir se défendre des âpres rafales qui balayaient la plaine.

Moscou aux portes de Paris.

Eh bien ! tour à tour, ces hommes, sans un murmure, sans une plainte, se rendaient au travail. La tête entourée de chiffons, leur reste de couverture plié et replié autour du corps, les jambes serrées dans des débris de hardes, ils s'en allaient, sous la bise, affronter aux avant-postes les balles et les boulets allemands, se courbaient sur la glèbe, épuisaient leurs dernières forces dans une lutte sans trève avec ce sol de roc où l'acier ne mordait que des bribes. A la fin de la semaine, cependant, les positions gardées par l'armée de Ducrot s'étendaient le long de l'arc de cercle qui joint la Courneuve à Rosny, et par Drancy, Groslay, Bondy, sur tout ce vaste front, couraient trois ou quatre tranchées parallèles. Mais, à la fin de la semaine aussi, vingt mille soldats, atteints d'anémie au dernier degré, rentraient dans l'enceinte, râlants.

« Ils disparurent dans le gouffre, a dit depuis le gouverneur, on ne les revit point. »

Au public, le général Trochu ne parlait pas ainsi. Il
disait, à la fin d'une proclamation où les opérations engagées étaient renvoyées vaguement à plus tard :

Dans cette situation, et quelque douloureuse que pût être
la suspension temporaire des opérations, le devoir de les continuer était primé par le devoir de donner aux troupes un
repos et des soins devenus indispensables.

Prolonger la résistance jusqu'aux dernières limites du possible, pour donner à la France le temps et les moyens de se
soulever tout entière contre l'envahisseur et d'organiser la
défense nationale, a été le but de tous les sacrifices que les
citoyens de Paris ont faits ; constituer une armée dans Paris,
combattre énergiquement sur le périmètre d'investissement
fortifié par l'ennemi pour chercher à percer ses lignes, et
l'obliger, dans tous les cas, à immobiliser autour de nous des
forces considérables, a été le but de tous les efforts que la
garde nationale et l'armée ont faits. L'esprit public s'asso-
ciera à la continuation de ce double effort, et Paris remplira
noblement envers la France son devoir de capitale.

Ainsi, tout était contre nous, — et déjà, sous les phrases
sonores, perçait le découragement des chefs !

Noël était venu. Rude Noël pour nous — et un peu
pour le Prussien qui s'attendait bien à fêter le réveillon
ailleurs que dans ses repaires.

Aussi, contre les délais que Paris lui impose, quelle
vengeance soigneusement ourdie ! Depuis cent un jours
le canon tonne ; depuis cent un jours les obus pleuvent, le
sang coule. Noël, fête chrétienne, salut ! Voici des canons
encore, et encore du sang. Les docteurs d'outre-Rhin le
démontrent, Bismarck le proclame : le bombardement de
la cité haïe a tardé trop. Salut, Noël, qui as sonné l'heure

psychologique du meurtre des blessés, des enfants et des
femmes !

C'était après une nuit glaciale, une de ces nuits à la
suite desquelles on rapportait à Paris, sur des civières,
des cadavres raidis de factionnaires congelés à leur poste.
Tous ceux qui, cette nuit-là, erraient hors de la cité, vers
l'est, ont encore présent à l'esprit l'effet lugubre du sifflement des bombes, passant à travers une atmosphère sur-
chargée de brouillard... Sifflement? non ; il faudrait créer
un mot pour rendre avec exactitude la nature étrange du
son que rendaient dans leur tournoiement les massifs projectiles ; son grave, sombre, rappelant les vibrations du
métal d'une locomotive en arrêt, et accompagné d'une
note plus stridente, semblable à l'harmonique qui se fait
entendre lorsqu'on appuie sur l'une des touches d'un
clavier.

Au matin du 27 décembre, le feu commença, des hauteurs de Noisy-le-Grand et de Gournay, contre le plateau d'Avron, les forts de Nogent, de Rosny et de Noisy.
La première de ces positions inquiétait depuis un mois
les assiégeants ; les quarante pièces mises en batterie sur
le plateau d'Avron forçaient souvent les Prussiens à de
longs détours dans la marche de leurs convois. Notre tir
en effet, portait jusqu'à Chelles, station qui, sur la ligne
de l'Est, formait comme le point de départ et d'arrivée réel
de toutes leurs communications.

La chute des premiers projectiles provoqua surtout
de l'étonnement. On crut à une attaque préludant par un
déploiement d'artillerie formidable, comme nos ennemis
nous y avaient depuis longtemps habitués. Mais les effets
effroyables des boulets, la grosseur inusitée des éclats
d'obus donnèrent bientôt à réfléchir. Les épaulements des

batteries, sur le plateau d'Avron, crevaient et s'effondraient en quelques minutes. Les troupes, massées d'abord comme pour résister à une tentative de vive force, durent bientôt reculer jusque dans les plis de terrain où serpente la route conduisant au fort de Rosny. Là même, venaient les atteindre et les décimer les effrayants engins de destruction lancés de plus de 5,000 mètres par les canons Krupp.

Avron, occupé et armé en vingt-quatre heures, était depuis un mois abandonné à lui-même. On eût pu blinder les pièces, construire des abris, ouvrir des boyaux de communication. On n'avait rien fait. Il était dit que le gouverneur militaire après s'être laissé surprendre par le froid, surprendre par la famine, se laisserait surprendre par le bombardement.

La place n'était pas tenable; on évacua Avron.

Les forts de Rosny et de Nogent étaient également battus avec furie. Contre Nogent, jusqu'alors, les assaillants n'avaient jamais dirigé leur tir; ils n'avaient même jamais répondu au feu que le fort ouvrait fréquemment sur eux. Cette sorte de parti pris avait enhardi la garnison; l'artillerie de campagne, avec ses chevaux, campait sur les glacis et les terres s'étendant en contre-bas. Le premier jour, quatorze artilleurs tombèrent victimes de leur insouciance.

Mais la véritable, la formidable attaque, les Prussiens la dirigèrent moins d'une semaine plus tard contre les forts du Sud, à l'aide de leurs batteries de Châtillon, de Meudon, de Clamart.

Sur toute la ligne méridionale commençait un combat à distance sans précédent. Aux canons qui armaient déjà les embrasures des forts d'Issy, de Vanves, de Montrouge, de Bicêtre, de Charenton, les commandants de l'artillerie ajoutèrent de nouvelles pièces, épaulées contre

les larges ouvertures pratiquées dans l'épaisseur du glacis. Deux étages de feux répondaient, de notre côté, au feu
épouvantable des assiégeants. Les remparts, depuis le
Point-du-Jour et Auteuil jusqu'à la porte de Fontainebleau, se mêlaient à cette gigantesque lutte.

Avec la journée ne finissait point la canonnade. Loin
de la ralentir, l'ennemi en redoublait l'intensité. Il faut
avoir passé vingt-quatre heures dans un fort pendant ces
terribles instants, pour comprendre tout ce qui peut agi-
ter une âme humaine, envahie à la fois par la rage, l'angoisse, l'espoir de la vengeance, l'anxiété de l'attaque, la
fièvre de la riposte; il faut avoir passé par les impressions
ineffaçables que laisse une soirée comme celle du 29 décembre.

Pas une étoile au ciel; pas un rayon de lune. De loin
en loin, pointillant les ténèbres comme un drapeau blanc
sur le fond noir de l'horizon, quelques flocons de neige
accrochés à un escarpement. On ne voit rien du paysage;
on devine. L'œil, insensiblement, perd toute notion des
distances; il semble qu'en tendant le bras on va se heurter
à une montagne.

Le vent qui siffle et vient en tournoyant s'engouffrer
entre les remparts du fort, gémit, lugubre fanfare; parfois, à son bruissement, se mêle un écho lointain; un
vague murmure, fendant l'immensité, frappe l'oreille
comme un soupir de la nature endormie.

Puis, plus rien que le pas sourd et monotone des sentinelles qui veillent autour des murs.

Depuis un long moment, la voix du canon s'est tue;
tout à l'heure, sans doute, les krupps et nos pièces de
marine reprendront leur dialogue. Mais ce n'est point de
ce côté-ci que commenceront les discours; nous atten-

drons pour répondre que le voisin d'en face nous interroge.

Une brume intense nous enveloppe de toutes parts.
Vers Paris, un nuage rougeâtre tenu en suspension
dans l'épaisseur de l'atmosphère révèle seul la présence
de la cité dont les scintillements nocturnes ne peuvent
arriver jusqu'à nous. Nous sommes bien seuls. Perdu
au sein d'une vapeur sombre, le fort semble un navire à
l'ancre en pleine mer; une vaste carène avec écoutilles
et sabords, mais sans mâts et sans voiles, qui fait involontairement songer au vaisseau fantôme de la légende.

Tout est tranquille à bord.

À peine quelques ordres, donnés à voix basse, révè-
lent-ils la présence de l'équipage; on ne parle pas, on
chuchote. Il faut un œil observateur pour découvrir, au
milieu de ce silence, le mouvement, l'activité qui, pas
un instant, ne se sont ralentis. Derrière chaque canon
accroupi dans son embrasure, les servants n'attendent
qu'un signal. Des escouades d'équipe vont et viennent
de la soute à chacun des affûts, renouvelant les **munitions** épuisées et profitant de l'accalmie pour réparer
les désordres du branle-bas. Des patrouilles circulent
entre les casernements et les remparts. Les officiers de
ronde passent leur inspection : étrange inspection qui n'a
pour se guider que l'accoutumance. De ci de là glisse
hâtivement un falot, véritable feu follet évanoui aussitôt
qu'entrevu.

Le tintement d'une horloge lointaine apporte neuf
heures. À peine le dernier coup s'est-il éteint, qu'une
voix connue résonne.

— Holà! les enfants, préparons-nous!

Celui qui parle est le commandant, un diable d'homme
qui en sait « joliment long ». Quel autre pourrait, avec
cette précision mathématique, pronostiquer les intentions

de l'ennemi? En un clin d'œil, tout le monde est sur
pied. Cinq minutes plus tard, un éclair, sur la gauche,
déchire les ténèbres.

Nous y voici!

Chacun a tout juste le temps de se dire ces trois mots
avant que la détonation parvienne jusqu'à nous. A ce
son grave, profond, succède un fracas strident, en même
temps que le bruit sourd d'une chute : les débris se sont
dispersés au loin.

— Les maladroits! fait un matelot; pour le premier
coup, nos vis-à-vis n'ont pas été brillants!

Devant cette démonstration préliminaire, le fort demeure silencieux. Nos pièces sont en position, prêtes à
entrer en branle. A gauche, à trois mille mètres environ,
puis à droite, puis en face, d'autres éclairs trouent la
nuit, incendiant l'horizon d'une lueur ensanglantée; d'autres détonations s'élancent et vont rouler d'écho en écho.
Quelques projectiles commencent à siffler autour de
nous. Notre moment est arrivé, sans doute, car, presque
simultanément à bâbord, à tribord, on entend l'ordre bref
et calme des chefs :

— Envoyez!

Et aussitôt deux rugissements et une rumeur gron-
dant à travers l'espace.

Quel but atteindront nos projectiles? Que vont-ils,
hommes ou choses, écraser de leur poids? On n'a guère le
loisir de creuser ces questions en un instant pareil. Les
hurlements de toutes ces gueules de métal se précipitent, furieux de plus en plus; le tournoiement des masses
de fonte fait grincer l'air; les éclats des obus jonchent
les parapets, s'écrasent contre les murailles ou viennent
lézarder les pierres moins solidement agglomérées des
constructions intérieures. Il faut être habitué à ce hour-

Une nuit de branle-bas.

vari pour garder son sang-froid au milieu de la tourmente.

Tout ce mouvement, tous ces tumultes, toute cette cohue de fer et de bronze vous emportent dans leur élan vertigineux. On aspire à pleines narines l'odeur enivrante de la poudre. De temps à autre, un craquement indique qu'un projectile a porté ; on verra cela au jour.

Une bordée aura bientôt fini son quart ; descendons aux casemates. Pendant que mugit le canon, ici ce sont les dormeurs qui ronflent. Mon Dieu, oui! exactement comme ils le pourraient faire sur le meilleur sommier, au fond d'une pacifique alcôve bourgeoise. Dans le salon des officiers, on fume, on cause, on lit à la clarté des lampes. C'est l'entrepont avec tous les agréables passe-temps d'une traversée.

Là-haut cet ouragan, ici cette sérénité !

Le commandant, lui, est partout à la fois, donne ses ordres froidement, s'occupe tour à tour de l'ensemble et des détails.

D'incessants sifflements vibrant au-dessus de nos têtes indiquent que bon nombre d'obus sont destinés à un autre but, bien au delà. Peu à peu, le feu de l'ennemi se ralentit ; nous modérons aussi le nôtre.

Lorsque commence à poindre, vers l'orient, la première éclaircie blafarde, les coups ne se répètent plus que de quart d'heure en quart d'heure. La pluie qui, toute la nuit, menaçait, est à peu près conjurée ; la brise qui fraîchit a balayé le ciel. Les nuages, en s'écartant, dévoilent la lune ; elle ne paraît briller à cette heure matinale que pour faire mieux regretter sa clarté. Dans les vapeurs de l'aube le site environnant s'estompe en frustes reliefs.

Le silence renaît, comme si la rage des hommes guettait, pour s'assoupir, l'heure où la nature s'éveille.

Baigné des pâles lueurs de l'aurore, le fort plane toujours calme et majestueux, pareil au vaisseau contre les
flancs duquel est venue, impuissante, se briser la tempête.

Mais toutes les nuits ne ressembleront pas à celle-là.
Plus précis à mesure que l'expérience le guidera mieux,
le tir adverse deviendra plus redoutable. Entre les batteries démasquées jusqu'alors, d'autres batteries se démas-
queront. Bientôt, sous le choc des bombes monstrueuses
des mortiers rayés, on verra s'effondrer jusqu'à des voûtes
de casemates. Et les lourdes masses atteindront d'autres
édifices que les forts ; et elles écraseront d'autres êtres
que des soldats !

Après Noël, le premier janvier.
Au seuil de l'année nouvelle, beaucoup, jetant un regard sur le passé, y puisaient un surcroît de courage pour
l'avenir. Ils attendaient, fatigués, mais non las. On avait
beau souffler sur ses espérances, Paris ne voulait pas cesser d'espérer.
De grandes choses étaient et demeuraient accomplies :
canons, fusils, obus, cartouches avaient surgi comme
par miracle. La province s'était organisée. Une volonté
opiniâtre guidait son mouvement. Avait-elle vu le succès
couronner ses efforts, nous l'ignorions. Mais, pensait-on
tout haut, 1870 a légué à 1871 une tâche sacrée : la délivrance.

On avait escompté avec une sorte de plaisir supersti-
tieux l'échéance populaire du premier janvier. Il semblait
que cette date revêtît quelque signification fatidique, et
que le millésime, en changeant son dernier chiffre, dût
préluder à un revirement du destin !

Misérable jour de l'an, pourtant, que ne réussissaient point à égayer les promesses de M. Magnin, communiquées au public sous la forme d'une lettre aux maires reproduite par les journaux :

Monsieur,

...Le Gouvernement a pensé qu'il fallait inaugurer l'année 1871 par une mesure dont chaque citoyen profiterait, et il m'a chargé de la mission très agréable de donner aux vingt arrondissements de Paris :

1° 104,000 kilogrammes de très bonne viande de bœuf conservée (au lieu de viande de cheval);

2° 52,000 kilogrammes, haricots secs;

3° 52,000 kilogrammes, huile d'olive;

4° 52,000 kilogrammes, café vert en grains ;

5° 52,000 kilogrammes, chocolat.

Vous voyez que nos magasins ne sont pas encore vides, quoique nous y puisions depuis le 19 septembre.

Nos ennemis ne nous empêcheront pas de fêter la nouvelle année et d'avoir la foi la plus inaltérable dans notre délivrance et dans la régénération de notre patrie.

J. MAGNIN.

Quelques industriels avaient, nonobstant la **rigueur** des temps, trouvé moyen de garnir leurs devantures de bonbons à peu près en sucre, de pralines en imitation de chocolat, voire de simili-marrons glacés. Soyons francs : il n'y avait pas foule aux vitrines. Quant aux échanges de cartes, le code de la civilité puérile et honnête a omis d'en régler la formule en cours de bombardement. Les bébés eux-mêmes, ces adorés que pourtant l'on contente avec si peu, on les oubliait. Les baraques installées sur les boulevards, tout comme les années précédentes, exhibaient plus de cartouchières que de *ménages*, plus de

nécessaires d'armes que de jeux de quilles. Le jour de
l'an, pour elles, n'était qu'un prétexte au débit des seules
marchandises dont Paris se préoccupât.

Heureux les enfants de 1870, pour lesquels 1871 restera seulement l'année sans étrennes!

CHAPITRE XVIII

PLUS DE PAIN!

Déménagements. — L'obusomanie. — L'heure des responsabilités. — En conseil de guerre. — Choc d'opinions. — Une phrase célèbre. — Le parti des capitulards. — Les cicatrices de Paris. — Les cours de la halle. — Un bœuf à cinq pattes. — Le fond du sac. — Quand même!

Depuis longtemps déjà, l'éventualité de l'entreprise dirigée contre les forts, contre la ville, avait servi de texte à bien des conversations, à bien des articles de journaux. Dès le début, l'autorité avait fait afficher dans toutes les rues, à l'entrée de toutes les habitations, des *Instructions sur les précautions à prendre en cas de bombardement,* et on les avait suivies à la lettre. Partout, le long des passages et des vestibules, s'alignaient des rangées de tonnes que propriétaires, locataires et concierges tenaient scrupuleusement remplies d'eau.

Dans chaque coin de cour s'élevait un monticule de sable, le seul obstacle connu propre à être opposé aux engins incendiaires.

Mais à force de parler du bombardement, on avait fini par n'y plus croire. Tant de fois, par des extraits des gazettes allemandes tombées entre nos mains, nous avions vu la nouvelle solennellement annoncée, et tant de fois le roi Guillaume avait fait faux bond à ses administrés,

que nous nous étions habitués doucement à n'y apercevoir qu'une vaine menace.

Peu à peu, l'eau des tonneaux avait gelé sans qu'on
s'en souciât ; les tas de sable s'étaient effondrés, répandus
sur le sol, couverts de neige et finalement réduits en une
boue grisâtre qui, au moment du dégel, obstruait les conduits d'écoulement.

Paris était parvenu à un degré d'illusion tel que, lorsque le 5 janvier les obus s'abattirent sur les quartiers du
sud, on ne put s'imaginer que ces projectiles eussent réellement pour but l'intérieur de la cité.

— Le tir des canons prussiens aura été mal calculé,
disait-on.

— Leurs pointeurs auront trop monté la hausse, ajou-
taient ceux qui voulaient passer pour experts.

On considérait d'ailleurs comme impossible l'hypothèse de la mise en cause des existences d'une population
inoffensive, sans une dénonciation préalable. L'histoire
n'était-elle pas là ? Où trouver l'exemple d'une ville bom-
bardée sans avertissement ? Et les Anglais, les Suisses,
les Espagnols, les Américains, les Autrichiens, les Italiens
restés dans nos murs ? Ne devait-on pas, en vertu des
principes les plus élémentaires du droit des nations,
accorder tout au moins aux étrangers les moyens d'abandonner une place de la résistance de laquelle on ne pouvait les rendre solidaires ?

Montrouge et Vanves, Vaugirard et Grenelle, canon-
nés sans relâche, servent de but à un pèlerinage incessant.
Les uns y viennent attirés seulement par le spectacle,
d'autres par l'intérêt et l'inquiétude qu'ils ressentent pour
des parents, pour des amis. Ce qui frappe tout d'abord les
visiteurs, c'est le peu d'émotion qui règne dans ces pa-

rages si éprouvés. A peine, de ci de là, quelques émigra-
tions vers l'intérieur; invariablement le *déménageur* est
un brave commissionnaire attelé à une voiture à bras
que surmonte un chétif mobilier. Quant au fugitif, il se
dissimule de son mieux derrière le véhicule, comme s'il
avait honte de s'en aller alors que les autres restent.

Cette indifférence placide n'échappe pas à nos ennemis.

« La population parisienne, devait avouer un de leurs
historiens, montra une certaine curiosité à la vue des
premiers obus; puis elle se moqua de ceux, bien autre-
ment nombreux, qui furent, dans la suite, dirigés sur la
capitale. Le bombardement n'atteignit pas le but qu'on
s'était proposé [1]. »

Des familles se résignaient volontiers à vivre dans les
caves; — aussi bien, n'était-ce point le contenu habituel
à cet humide séjour qui pouvait embarrasser beaucoup :
le vin, la plupart du temps, était bu; et quant aux barriques, depuis bon nombre de semaines on les brûlait en
guise de bûches.

Mais ces souffrances, que les femmes et les vieillards
enduraient avec une constance dont on ne parlera jamais
assez haut, les hommes valides se montraient moins pa-
tients à les supporter. Ils comptaient chaque jour les
victimes de la veille et se disaient avec une colère concentrée qu'il eût mieux valu sacrifier quelques vies humaines de plus et tenter résolûment, par une action de
vive force, de clore la bouche à ces terribles batteries dont
maintenant nous ne connaissions que trop l'emplacement
et l'installation.

Les arbitres de la défense partagèrent-ils un instant

1. NIEMANN. *La Campagne de France.*

cette suggestion du désespoir? On eût pu le penser, car un matin l'*Officiel* consacrait ses colonnes à une longue instruction sur le genre d'*enclouure* propre à mettre hors de service les pièces du type d'outre-Rhin.

L'idée, en tous cas, s'évanouit vite de l'esprit de nos généraux, et si, quelques jours plus tard, la feuille gouvernementale s'occupait encore d'artillerie, c'était pour adresser une verte semonce aux imprudents qui cherchaient à emporter chez eux, — singulier souvenir! — les obus allemands demeurés intacts.

Un double sentiment, en somme, résumait l'esprit de la ville assiégée : un stoïcisme antique devant les tentatives du dehors, une désaffection farouche à l'égard des hommes de la Défense... Mesurant à son ardeur de sacrifices les possibilités militaires, la population, cruellement déçue, n'avait pas assez de blâmes pour l'inertie de ses chefs.

Les clubs et les journaux étaient-ils les seuls à prendre une attitude comminatoire? Loin de là. Au sein même du pouvoir, chacun sentant s'approcher l'heure d'une lourde échéance et chacun jaloux de rejeter sur d'autres les responsabilités encourues, de funestes divisions éclataient. Le gouverneur était tenu presque publiquement en suspicion par ses collègues.

— Parlez-nous donc, général, des opérations militaires, avait demandé M. Ernest Picard à M. le Flô, dans la séance du 24 décembre.

— N'étant ni gouverneur de Paris, ni général en chef, je n'ai rien à dire, avait répondu l'interpellé.

— Pardon, vous êtes ministre. Le ministre de la guerre est le supérieur hiérarchique du général Trochu [1].

---

1. Procès-verbaux du gouvernement de la Défense nationale.

Deux jours après cette affirmation bizarre, le général
le Flô s'était nettement prononcé pour l'action.

— Je ne puis admettre qu'une armée qui compte
300,000 combattants et 300 pièces encore attelées défile
humblement en déposant les armes aux pieds du roi Guillaume. Ce serait la honte et la démoralisation du pays!

Et Trochu, développant alors un nouveau plan :

— Ma conviction est qu'on ne peut réussir qu'à la
condition d'opérer la nuit, sans artillerie, sans un coup
de feu, en laissant derrière soi morts et blessés... Si mon
devoir ne me retenait, j'aurais franchi les lignes avec trois
cents cavaliers résolus!... Je n'ai consenti à prendre le
pouvoir que dans la pensée d'établir un trait d'union entre
le Gouvernement et l'armée ; l'armée est épuisée... Voulez-
vous ma démission?

L'idée d'éparpiller l'effort pour percer sur tous les points
à la fois était énergiquement soutenue par Ducrot. Seulement, il entendait former des groupes de deux ou trois
mille hommes se lançant désespérément sur chaque route,
périssant ou passant sur le ventre de l'ennemi. Les heureux se seraient dirigés au gré de leur chance vers les
troupes de province. Nous n'aurions plus d'armée au
dedans. Peut-être en posséderions-nous , par là même,
une au dehors...

D'autres généraux, Schmitz, Vinoy, Guiod, consultés,
haussaient les épaules :

— Pourquoi se diviser en petits paquets? Pourquoi ne
pas tenter un grand coup, chercher le point faible, le
trouer, ou sauver tout au moins l'honneur des armes!

Le vice-amiral La Roncière :

— Quand la trouée était possible, nous n'avions pas de
troupes. Aujourd'hui, nous possédons des soldats, mais
les lignes qui nous enserrent sont devenues inforçables.

Au moins, détruisons les batteries qui nous bombardent ;
les Prussiens savent peu résister aux entreprises rapides.

Le général Tripier, un brave qui avait fait amplement
ses preuves, mais sapeur jusqu'aux moelles :

— Il faut marcher, pourvu qu'on marche à couvert,
par des cheminements ;... cheminons, cheminons !

Le général de Chabaud-Latour :

— Lançons sur les batteries la mobile, l'armée et la
garde nationale. Une étincelle de patriotisme jaillira de
ce contact. Les résultats matériels seront peut-être minces,
mais les résultats moraux seront précieux.

Le général Vinoy :

— Un avis est aujourd'hui difficile à donner... Cependant, si l'on poussait vigoureusement des colonnes, on
découvrirait peut-être des passages.

Le général Ducrot :

— Eh bien, que le général Vinoy les indique donc, ces
points ! Je les ai cherchés inutilement, et il sait bien que
lui-même a échoué à Montmesly !

Le général Vinoy, répondant :

— Ne discutons pas le passé. Si on le discutait, il serait
aisé de prouver que le général Susbielle avait reçu l'ordre
d'attaquer sans que l'on m'en informât. Prévenu, je fusse
venu à son secours, et l'on eût emporté la position !

Ducrot, répliquant :

— Et après ? Vous vous seriez heurté à Ormesson,
contre des lignes de trois lieues d'épaisseur !

Le général Trochu, résident :

— La retraite de Chanzy en province est remarquable.
Elle contient peut-être les éléments d'un succès futur.
Notre devoir, à nous, est de durer. Durons. La dernière
heure venue, on vous proposera une entreprise suprême[1] !

1. Séance de nuit du 31 décembre.

Toutes les idées, tous les projets contradictoires qui
s'élaboraient dans les clubs, se donnaient, on le voit,
aussi largement carrière dans les conseils du pouvoir et
dans le conseil des généraux. Ici comme là, des conceptions chaque jour renaissantes et chaque jour détruites,
des rêves sans cesse renouvelés et sans cesse déçus, de
subites joies changées en de subites désillusions, désorga-
nisaient les esprits les mieux équilibrés. Les gouvernants
nous donnaient les premiers l'exemple de cet état, mélange
singulier de surexcitations et d'abattements, qu'un mot
a bien traduit : la fièvre obsidionale.

Parmi les généraux divisionnaires, parmi les brigadiers,
le choc des opinions n'était pas moins confus. Un petit
nombre murmuraient, mais assez haut pour qu'on les en-
tendît :

« Assez de ces représentations militaires dont nous
payons tous les frais ! »

Dans la population aussi, tout le monde n'était pas
animé d'un égal enthousiasme à l'idée de prendre d'assaut
les batteries de Châtillon. Après la tribu des effarouchés
qui, en s'éclipsant au commencement de septembre,
avaient mérité le sobriquet de *francs-fileurs*, il s'était
formé en divers quartiers des groupes de trembleurs que
l'on avait baptisés du nom significatif de *parti des capitulards*. Ce parti-là n'osait encore élever la voix ; mais déjà,
par instant, ses premiers balbutiements parvenaient à
répandre des paniques insensées.

Le 6 janvier 1871, le général Trochu s'émouvant, répondit aux pusillanimes des deux catégories par un ordre du
jour énergique. Son manifeste finissait par cette affirmation devenue célèbre :

« Le gouverneur de Paris ne capitulera pas. »

A la lecture de la déclaration officielle, fière autant que concise, le parti de la reddition se tint pour un temps dans un prudent silence. D'ailleurs, à bien des signes extérieurs, de ces signes auxquels le flair du peuple parisien ne se trompait plus, on s'attendait à une prochaine action, cette fois décisive.

Comme avant Champigny, comme avant les combats du 21 décembre, des bruits de victoire couraient les rues. On se racontait, en traduisant le sens de quelques courtes dépêches récemment arrivées au Gouvernement, les efforts désespérés de Gambetta et de ses généraux. Chanzy, Faidherbe, Bourbaki : ces trois noms revenaient sans cesse sur les lèvres. On savait que le ministre dictateur, inaugurant une tactique audacieuse, avait envoyé Bourbaki sur la route de Belfort, et on ne doutait pas d'apprendre à bref délai que cette place était débloquée.

D'ailleurs, se disait-on aussi, les bataillons mobilisés de la garde nationale avaient, depuis deux mois, singulièrement avancé leur éducation militaire. Les hommes placés à la tête des affaires, eux-mêmes, s'en étaient aperçus, car on commençait à entendre parler de leurs discussions sur le meilleur emploi de ces troupes toutes spéciales. Seraient-elles embrigadées et endivisionnées en constituant une armée à part? Les combinerait-on, dans chaque brigade, avec les troupes de ligne et la mobile? En attendant qu'on décidât, les bataillons se déclaraient prêts à venger les femmes et les enfants tombés sous les obus.

Chaque matin, le *Journal officiel* publiait les résultats du bombardement.

Statistique navrante qui restera comme le monument écrit de la barbarie germanique. Les victimes oubliées, les désastres réparés, les murs relevés, on se rappellera que durant tout un mois la capitale a sans se plaindre souffert des actes de sauvagerie qui, au cours d'une campagne entière, ont formé l'élément essentiel des procédés d'outre-Rhin.

Pendant la nuit du 5 au 6, les batteries de l'ennemi bombardèrent les quartiers de Montrouge, de l'Observatoire, du Luxembourg, du Val-de-Grâce, du Panthéon. Le boulevard Saint-Michel, la rue Saint-Jacques, la rue Gay-Lussac, le cimetière de Montrouge, le Champ-d'Asile, la rue d'Enfer, la Chaussée du Maine, reçurent nombre d'obus; il en tomba entre les ponts d'Auteuil et de Grenelle, sur la route de Versailles, à la villa Caprice, rue Boileau, rue Hérold, rue de la Municipalité. Plusieurs maisons s'effondrèrent, vingt-six propriétés furent abîmées. Il y eut, cette nuit-là, *dix* victimes, dont cinq morts.

Pendant la nuit du 6 au 7, les quartiers atteints furent ceux du Val-de-Grâce, de Notre-Dame-des-Champs, de Plaisance, de Javel, de Grenelle et d'Auteuil. *Dix* habitants furent atteints, dont quatre mortellement.

Le 7 au soir, les batteries de Châtillon dirigèrent leur feu sur le Panthéon; celles de Meudon sur Grenelle et Auteuil. De sept à dix heures, on compta quatre cents coups de canon. Beaucoup de propriétés endommagées. *Quinze* victimes.

Du 8 au 9, les guetteurs de nuit comptèrent, point à point, neuf cents coups, dont les projectiles atteignirent principalement les Ve arrondissement (Panthéon), VIe (Odéon), VIIe (Invalides), XIVe (Observatoire), XVe (Vaugirard). Soixante immeubles dégradés; des édifices publics atteints : le Val-de-Grâce, la Sorbonne, la bibliothèque Sainte-Geneviève, les églises Saint-Étienne-du-Mont, Sainte-Geneviève, Saint-Sulpice et de Vaugi-

rard, la prison de la Santé, la caserne du Vieux-Colombier,
le dépôt de la compagnie des omnibus, attestèrent l'acharnement du tir. Des projectiles arrivèrent jusqu'à la rue
Clément, à cinq cents mètres du Pont-Neuf. *Cinquante*
victimes : vingt-deux morts et vingt-huit blessés.

Du 9 au 10, plus de trois cents obus dans les quartiers
Saint-Victor, Jardin-des-Plantes, Val-de-Grâce, Notre-
Dame-des-Champs, l'École-Militaire, Maison-Blanche,
Montparnasse, Plaisance. Un incendie dans un chantier de
bois du quartier de la Gare, mais circonscrit promptement.
Maisons de refuge et ambulances atteintes, notamment
l'hôpital de la Pitié, la maison de Sainte-Pélagie, la maison des Frères. *Quarante-huit* victimes; douze morts et
trente-six blessés.

La nuit du 10 au 11, bombardement intense. Edifices atteints : l'École polytechnique, l'École pratique
de médecine, le couvent du Sacré-Cœur, l'hospice de
la Salpêtrière, le bâtiment principal de l'Assistance
publique, l'usine Cail, la maison du docteur Blanche;
huit incendies, cinquante propriétés particulières dégradées. *Vingt-deux* victimes.

Du 11 au 12, édifices atteints : l'École normale, l'église
Saint-Nicolas, l'institution des Jeunes-Aveugles (cinq
tués ou blessés), les hospices de l'Enfant-Jésus, de la
Maternité, la boulangerie des hospices; trois incendies
éteints grâce à la promptitude des secours; quarante-
cinq immeubles dégradés ou détruits; *douze* victimes.

Du 12 au 13, le Jardin des Plantes, la Boulangerie
centrale, rue Scipion : l'institution des Jeunes-Aveugles,
l'hôpital de Lourcine, l'ambulance de Sainte-Périne, celle
des Dames-Augustines, la compagnie des Petites-Voitures; cinquante-huit maisons fortement endommagées.
Treize victimes.

Du 13 au 18, bombardement opiniâtre : trois mille obus sur la ville, quatre cents propriétés abîmées ; les incendies

L'obus psychologique.

ne s'éteignant que pour se rallumer plus furieux. *Deux cent cinquante* victimes.

Les bombardeurs solennisaient à leur façon cette date du 18 janvier où, au milieu des dignitaires promenant à travers le château de Versailles l'or de leurs chamarrures,

Sa Majesté le roi Guillaume de Prusse était proclamé chef
de l'empire allemand.

Au Val-de-Grâce, à l'hospice des Jeunes-Aveugles
transformé en hôpital, il avait fallu descendre dans les
caves des malheureux atteints de fluxion de poitrine ou
de fièvre typhoïde. Les Prussiens tiraient, comme en
vertu d'un parti pris systématique, sur les hôpitaux. Et
Dieu sait si les hôpitaux étaient encombrés !

Tous les jours, la charité publique, inépuisable, transformait de nouveaux édifices en ambulances, et tous les
malades n'y étaient pas !

On eût vite fait le dénombrement de ce qu'offrait de
réellement valide la population. Comment en eût-il été
d'autre sorte ? Les produits alimentaires, raréfiés à peu
près jusqu'au vide, n'avaient de cours que celui que
leur donnait le besoin de l'acheteur, — quand le besoin
suffisait à faire obéir la bourse.

Un chou-fleur valait 12 francs ; un œuf, de 3 à 5 francs,
selon le quartier ; un pigeon, 25 francs ; un poireau,
25 sous ; un boisseau d'oignons, 64 francs ; 3 louis, une
poule ; 10 francs, une livre de lard ; une livre de viande
d'âne, 12 francs ; un lapin, 65 francs ; le boudin de cheval,
comestible exécrable, 4 francs la livre ; sous le nom d'an-
douilles, un horrible mélange de résidus innommés était
vendu 10 francs le kilogramme. Un litre de haricots...
introuvable. Un boisseau de pommes de terres... depuis
longtemps il n'y en avait plus.

Partout la huche sonnait creux et le garde-manger
était vide. On avait fait du pain avec la poussière des gre-
niers, de la soupe avec les eaux grasses qui d'ordinaire
vont à l'égout, des pâtés avec la chair des chiens ramassés
la nuit au coin des bornes. Bientôt, tous ces détritus répu-

gnants allaient manquer. La ration de viande hippique
était réduite au minimum : 30 grammes par jour et par
habitant. Encore les mâchoires les plus affamées ne s'atta-
quaient-elles qu'à regret à cette sordide pitance. Paris ne
se déshabituait pas de l'idée d'une marche en avant que
rien ne refoulerait, et chacun se disait : « Que devien-
dront nos cavaliers quand nous aurons mangé tous les
chevaux? »

Les derniers vivres étaient réquisitionnés à l'intention
des blessés et des malades. Un avis de l'autorité intimait
aux détenteurs de bestiaux l'ordre de déclarer aux mairies
les ressources dont ils disposaient. On râflait ainsi au
jour le jour quelques brebis anémiées, que la petite banlieue abritait encore dans ses étables, quelques génisses
étiques dissimulées au fond des vacheries des faubourgs.

Ces razzias légales n'allaient pas toujours sans encombre. Plus d'un possesseur s'insurgeait à la perspective
de livrer sa suprême ressource. Plus d'un, dans l'espérance d'être épargné, invoquait de fallacieux arguments.
L'élan des âmes généreuses trouvait son contre-poids fatal
dans les protestations des estomacs délabrés.

Parmi ces récalcitrants acharnés à déjouer les rigueurs
de l'enquête figurait un pauvre hère dont la situation eût
paru à beaucoup digne de quelque pitié : un infirme que
les hasards de la guerre avaient emprisonné dans l'enceinte
investie, avec un bizarre animal, son gagne-pain d'autrefois, à présent son compagnon d'infortune. Longtemps,
on avait vu l'homme déambuler à travers les carrefours,
une main rivée à un pieu traversé d'une pancarte, l'autre
traînant au bout d'une longe un quadrupède essoufflé.
Quadrupède? Le terme est impropre, et là précisément
gisait la difficulté pour les réquisitionneurs. La bête
offrait un de ces caprices de la nature que les baraques

foraines exploitent avec profit. Le « *Bos quintupedes*, phénomène vivant » : ainsi la qualifiait l'écriteau. Pendant que
les sous des curieux s'entassaient lentement dans la sébille
posée à terre, le cornac débarrassait son « sujet » d'un
paquet de haillons qui lui enserraient les flancs ; on apercevait alors, soudée à l'échine et se détendant brusquement en l'air comme pour prendre le ciel à témoin de la
sincérité du prodige, cette cinquième jambe qui justifiait
l'appellation scientifique donnée au *Bos quintupedes*.

Quel régime convenait-il d'appliquer à un tel spéci-
men zoologique ?

— C'est un bœuf, attestaient, parmi les agents, les
plus résolus.

— A cinq pattes ! objectaient les hésitants.

Le règlement n'avait pas prévu les bœufs à cinq
pattes.

Ménagé par les uns, traqué par les autres, le montreur
aux abois appréhendait l'instant inévitable où son « phénomène vivant » irait alimenter le pot-au-feu des hospices.
Paris n'avait plus la force de s'égayer. Cette aventure,
pourtant, fut une des lueurs fugitives de ces heures tristes
où un sourire errait encore sur les visages tandis que le
désespoir et la rage envahissaient les cœurs.

Le bois était rationné. Après l'abatage des arbres de
nos promenades, on avait eu recours aux matériaux de
construction et de menuiserie ; on avait brûlé pêle-mêle, à
petites doses, des poutres de planchers et des feuilles de
bois rares, des échafaudages et des montures de pianos.

Paris avait faim — et Paris avait froid.

Sous l'enthousiasme encore dans sa plénitude, apparaissaient par instants des symptômes, sinon d'affaisse-
ment moral, du moins de véritable faiblesse physique,
œuvre de trois mois de rationnement.

Paris demandait la paix, mais seulement à son énergie.

Aussi, lorsque le 18 janvier arrivèrent les premiers ordres de sortie, toutes les voix se confondirent-elles en une immense acclamation :

« Enfin! »

CHAPITRE XIX

LA CAPITULATION

L'effort suprême. — Le 19 janvier : Buzenval. — De Montretout à Garches. — L'enlisement. — Deux dépêches. — Les 300 grammes. — Le gouverneur ne capitulera pas. — Le gouvernement capitule. — L'échauffourée du 22 janvier. — Inventaire après faillite.

L'appel aux armes placardé dans Paris traduisait les sentiments qui débordaient de tous les cœurs :

CITOYENS,

L'ennemi tue nos femmes et nos enfants; il nous bombarde jour et nuit; il couvre d'obus nos hôpitaux. Un cri : aux armes! est sorti de toutes les poitrines.

Ceux d'entre nous qui peuvent donner leur vie sur le champ de bataille marcheront à l'ennemi; ceux qui restent, jaloux de se montrer dignes de l'héroïsme de leurs frères, accepteront au besoin les plus durs sacrifices comme un autre moyen de se dévouer pour la patrie.

Souffrir et mourir, s'il le faut, mais vaincre.

Vive la République!

Les membres du Gouvernement,

JULES FAVRE, JULES FERRY, JULES SIMON, EMMANUEL ARAGO, ERNEST PICARD, GARNIER-PAGÈS, EUGÈNE PELLETAN.

Les ministres,

Général LE FLO, DORIAN, MAGNIN.

Les secrétaires du Gouvernement,

HÉROLD, LAVERTUJON, DURIER, DRÉO.

Avec un entrain magnifique, soldats et gardes nationaux se préparaient au grand combat. On savait par les immenses préparatifs accumulés depuis quarante-huit heures qu'il s'agissait cette fois d'une tentative à mener jusqu'au bout. Tous les régiments étaient appelés, toutes les batteries achevaient de remplir leurs caissons; toutes les voitures, tous les chevaux restés dans Paris étaient mis en réquisition pour le transport des cartouches et des vivres. Le personnel entier des diverses ambulances était sur pied; les compagnies de *brancardiers,* instituées depuis quelques semaines, avaient reçu leur matériel et prenaient leurs dispositions.

Le 18 au soir, 130,000 hommes avaient franchi les portes et s'en allaient camper ou se cantonner dans les villages de la zone neutre, échelonnés de Saint-Denis à Billancourt.

Le 19 au matin, vers six heures, l'action commença.

L'armée était partagée en trois colonnes principales. Celle de gauche, sous les ordres de Vinoy, devait enlever la redoute de Montretout — inachevée au moment du siège, — et le terrain avoisinant. Celle du centre, commandée par le général de Bellemare, avait pour objectif le plateau de la Bergerie. Enfin, la colonne de droite, avec Ducrot, opérerait sur le parc de Buzenval.

Le 2e régiment de guerre, composé des 6e, 7e, 34e et 36e bataillons de la garde nationale, formait avec le 139e de ligne la tête de la colonne lancée à l'assaut de Montretout.

Un grand nombre de ces hommes voyaient le feu pour la première fois. Animés par l'ardeur de leur patriotisme, ils allaient bravement droit devant eux; mais leur inexpérience avait besoin de guides, de conseils; leurs frères d'armes du 139e furent bientôt pour eux l'un et l'autre.

On était parti du Mont-Valérien à cinq heures du matin, pour arriver au petit jour au bas de la colline que couronne la redoute. Les routes étaient mauvaises, ou plutôt il n'existait pas de route; il fallait se diriger par les terres labourées, traverser des fondrières, enfoncer jusqu'à mi-jambes dans des sillons boueux.

Tout à coup, le long des crêtes qui dominent, éclate la fusillade. Assaillie par le feu de la redoute et des maisons crénelées qui l'avoisinent, la brigade se déploie en ordre dispersé jusqu'à une villa située à mi-côte, et tandis que le génie pratique des meurtrières à chaque étage, les hommes se répandent dans les vignes et prennent à leur tour l'offensive.

Vers neuf heures, enfin, l'ordre arrive de monter à l'assaut. Les rangs des tirailleurs se resserrent.

Sur tout le front de bandière retentit le cri : En avant !.. Sensation indicible que celle de nos volontaires : à la fois le bonheur de combattre, la conscience d'être utile à la cause nationale, la haine contre l'ennemi, l'attente du succès. — S'élançant au pas gymnastique avec une furie irrésistible, la colonne, soutenue sur les flancs par quelques compagnies de ligne et de mobile, déloge dans son premier choc les Prussiens; ceux-ci reculent devant les baïonnettes françaises. En moins d'une demi-heure, la redoute est occupée, et le 7ᵉ bataillon s'y installe avec le 139ᵉ.

Le Mont-Valérien expédie de l'artillerie. Avec une peine extrême, on amène quatre pièces de 12 jusqu'au plateau. Une fois là, impossible de les mettre en batterie; dans la terre argileuse et détrempée, les affûts enfoncent jusqu'au moyeu.

Pendant l'assaut victorieux, le général de Bellemare atteignait les crêtes de la Bergerie; en attendant d'être appuyée, une partie de sa réserve s'y développait.

À la droite, Ducrot allait cette fois être Grouchy.

Sa colonne, mal dirigée, se butait dès la première heure contre un train d'artillerie engagé lui-même dans une fausse voie. Durant l'instant de désarroi, des batteries en amphithéâtre sur la rive opposée de la Seine ouvrirent un feu meurtrier auquel on ne pouvait répondre de chez nous. On télégraphia, on amena sur le remblai du chemin de fer de Saint-Germain deux locomotives canonnières pour soutenir la diversion. Mais après midi seulement, Ducrot entrait en ligne.

L'action s'engagea vivement sur le parc de Long-boyau. En arrière des murs et des maisons qui le bordent la résistance avait préparé à loisir tous ses moyens. A plusieurs reprises, le général Ducrot ramena à l'attaque les troupes de ligne et la garde nationale sans gagner un pouce de terrain.

Mais quelle sincérité la plupart des généraux apportaient-ils dans l'action?

Après les imposants préliminaires auxquels nous avions assisté la veille et qui avaient jeté hors les murs plus de cent régiments, à peine, dans le cours de la journée, vingt cinq mille hommes se trouvèrent-ils engagés!

Pour ne citer qu'un exemple, la brigade Lespiau, formée des 96e, 144e, 145e, 228e bataillons de guerre de la garde nationale et du 121e de ligne, perdue pendant la moitié de la nuit à la recherche de son campement, cantonnée à la Garenne, c'est-à-dire à 8 kilomètres du théâtre de la lutte, atteignait, après quatre heures de repos et dix heures de marche, les approches du parc de Buzenval.

Au delà, un mur crénelé arrêtait depuis midi notre front étroit; les assauts se succédaient infructueux contre un obstacle que six coups de canon eussent démoli!

Où était donc l'artillerie? — Égarée, ou perdue dans les fondrières.

Les chefs de corps s'étaient dispensés de fournir à leurs subordonnés des ordres de marche. L'état-major s'étant croisé les bras, les régiments, abandonnés à eux-mêmes, se jetaient vers l'objectif par la première route venue, sans souci des régiments voisins. De lamentables encombrements barraient chaque voie. Les civières et les cacolets chargés se frayaient à grand'peine un passage à travers les rangs de la troupe. Çà et là, des têtes de colonne parcourant le terrain en sens inverse se heurtaient. Ailleurs, d'autres venaient confondre leurs files au confluent de deux artères. Les charrois, cahotant pêle-même à travers la colonne ou embourbés en pleine route derrière le piétinement de leurs attelages exténués, mettaient le comble à la confusion. Par instant, une avant-garde, dégagée enfin, poussait devant elle pour donner presque aussitôt contre une queue de colonne également en détresse. Toutes ces masses profondes, compactes, se mouvant avec effort dans la vase épaisse du dégel, s'immobilisaient réciproquement.

Quelques désespérés avaient, un jour, prononcé le mot de « sortie torrentielle ». Pour ceux-là, sans doute, on avait mis en scène ce dernier acte de la tragédie sanglante jouée sous les murs de Paris.

Les troupes étant suffisamment harassées par douze heures d'action et par les marches des nuits précédentes, on recula, entre la Malmaison et le Mont-Valérien.

Dans ce combat, humiliant pour les généraux, glorieux pour les officiers et les soldats, on aurait eu peine à compter les traits de courage. Le commandant de Rochebrune était tombé pour ne plus se relever; le colonel Langlois, au premier rang malgré ses soixante-six ans, avait le bras traversé par un coup de feu; un autre vieillard, un septuagénaire, le marquis de Coriolis, succombait à côté de son fils : tous deux faisaient partie du même régiment de marche; le peintre Henri Regnault, une des jeunes illustrations de la France, était frappé au cœur par une balle; et Séveste, l'artiste plein d'avenir, et Gustave Lambert, l'apôtre de la science, et tant de compagnons d'armes de ces nobles champions qui arrosaient de leur sang les chemins où sombrait le dernier espoir de délivrance !

A la population anxieuse, le général Trochu avait offert dans la journée cette consolation :

Gouverneur à ministre de la guerre et à général Schmitz.

Mont-Valérien, 10 h. 50, matin.

Un épais brouillard me dérobe absolument les phases de la bataille. Les officiers porteurs d'ordres ont de la peine à trouver les troupes. C'est très regrettable, et il me devient difficile de centraliser l'action, comme je l'avais fait jusqu'ici. Nous combattons dans la nuit.

Voici comment, le lendemain, le gouverneur de Paris résumait la bataille :

Gouverneur à général Schmitz, au Louvre.

Mont-Valérien, 20 janvier, 9 h. 30 du matin.

Le brouillard est épais. L'ennemi n'attaque pas. J'ai reporté en arrière la plupart des masses qui pouvaient être canonnées des hauteurs, quelques-unes dans leurs anciens cantonnements.

Il faut à présent parlementer d'urgence à Sèvres pour un armistice de deux jours, qui permettra l'enlèvement des blessés et l'enterrement des morts.

Il faudra pour cela du temps, des efforts, des voitures très solidement attelées et beaucoup de brancardiers.

Beaucoup de brancardiers! Deux jours pour enterrer nos morts ! Un instant, le bruit courut que le gouverneur était subitement devenu fou.

Non. L'homme qui avait traité de « folie » la résistance prouvait, au contraire, qu'il possédait bien toute sa lucidité d'esprit : il sonnait lui-même, discrètement, la première note du glas de la capitulation.

En regagnant le foyer où attendaient, pâlies par l'angoisse, nos mères, nos femmes et nos sœurs, une dernière désillusion achevait de détruire l'espérance qui, pendant si longtemps, nous avait soutenus.

Le pain manquait.

Le pain, — c'est dire mal, — il y avait trois mois que le pain avait commencé à faire défaut ; mais cet atroce mélange, ce lourd et noir cataplasme qui formait à peu près le total de notre nourriture ne pouvait plus être distribué qu'à la ration de 300 grammes par tête, pour vingt-quatre heures !

Depuis cinq mois, on demandait aux gouvernants :

« Rationnez le pain ! »

Depuis cinq mois, les ministres répondaient :

« A quoi bon ? nous en avons plus qu'il n'en faut. »

Pour n'avoir pas voulu rationner le pain en temps utile, on se voyait obligé, sans transition, de n'en plus délivrer à chacun qu'une quantité dérisoire, — pesée dans les boulangeries sur la présentation d'une carte spéciale.

C'était tout une comptabilité que la confection et la répartition de ces billets, douloureux comme des lettres de faire part.

Les municipalités y employaient des légions de scribes supplémentaires. Un service était organisé, exactement comme pour les cartes électorales aux veilles de scrutin.

41

Chaque chef de famille avait à déclarer le chiffre des bouches à nourrir que contenait le logis. Des inspecteurs vérifiaient, au besoin, la sincérité des déclarations.

M..

demeurant ....*n°*..................

a droit à..**RATIONS DE PAIN,** *à prendre*

chez M.....................................*boulanger, rue*........................*n°*............

Vu par le MAIRE
du ....° Arrondissement

CARTE DE BOULANGERIE

AVIS IMPORTANT — Toutes **RATIONS** non réclamées aux jours indiqués ci-dessous, seront périmées.

Jeudi 16 FÉVRIER	Mercredi 15 FÉVRIER	Mardi 14 FÉVRIER	Lundi 13 FÉVRIER	Dimanche 12 FÉVRIER	Samedi 11 FÉVRIER
Vendredi 10 FÉVRIER	Jeudi 9 FÉVRIER	Mercredi 8 FÉVRIER	Mardi 7 FÉVRIER	Lundi 6 FÉVRIER	Dimanche 5 FÉVRIER
Samedi 4 FÉVRIER	Vendredi 3 FÉVRIER	Jeudi 2 FÉVRIER	Mercred 1er FÉVRIER	Mardi 31 JANVIER	Lundi 30 JANVIER
Dimanche 29 JANVIER	Samedi 28 JANVIER	Vendredi 27 JANVIER	Jeudi 26 JANVIER	Mercredi 25 JANVIER	Mardi 24 JANVIER
Lundi 23 JANVIER	Dimanche 22 JANVIER	Samedi 21 JANVIER	Vendredi 20 JANVIER	Jeudi 19 JANVIER	Mercredi 18 JANVIER

CARTE RENOUVELABLE

Précaution rarement utile. Jamais les Parisiens ne s'étaient montrés plus solidaires que dans cette fraternité du malheur.

L'aggravation apportée par les derniers évènements avait jeté les âmes dans un état violent de surexcitation. Chacun comprenait le péril. Les physionomies étaient sombres. Tous avaient trop présagé des suprêmes apprêts. On sentait dans l'air, maintenant, l'approche de la crise suprême. L'exaspération se manifestait surtout dans les faubourgs, parmi la population que les souffrances du siège avaient plus particulièrement éprouvée.

Le parti qui avait fait le 31 octobre commençait à se remuer de nouveau. Cette agitation allait se traduire, durant la nuit du 21 au 22 janvier, par deux attaques dirigées presque simultanément contre la mairie de Belleville et contre la prison Mazas. Ici étaient détenus les inculpés du 31 octobre. Les geôliers furent contraints d'ouvrir leurs cellules.

Pendant ce temps, le Gouvernement délibérait. Autour de la table du conseil, le mécontentement éclatait contre le général Trochu. Le gouverneur de Paris qui « ne capitulerait pas » semblait atterré. Pour la seconde fois on refusait sa démission. Après avoir discuté une partie de la nuit, le gouvernement de la Défense nationale tombait d'accord sur une résolution. Au matin, des afficheurs en tapissaient les murailles :

Le gouvernement de la Défense nationale a décidé que le commandement en chef de l'armée de Paris serait désormais séparé de la présidence du Gouvernement.

M. le général de division Vinoy est nommé commandant en chef de l'armée de Paris.

Le titre et les fonctions de gouverneur de Paris sont supprimés.

M. le général Trochu conserve la présidence du Gouvernement.

Ainsi s'accomplissaient les prophéties; le gouverneur de Paris ne capitulerait pas...

Lugubre quiproquo!

On s'attendait à une manifestation à l'Hôtel de Ville. Des mesures étaient prises. Vers trois heures, deux cents gardes nationaux venus en armes, suivis d'un cortège qu'avait amené l'éternelle curiosité de la foule, voient subitement les grilles de l'édifice s'ouvrir, deux rangs de mobiles faire feu. En quelques minutes, la place est balayée. Une quinzaine de morts, dont deux femmes, restent étendus. Bientôt, devant l'appel de forces considérables, devant l'arrivée des nombreux bataillons sous le commandement du général en chef Clément Thomas, la tranquillité se rétablit.

La nuit, tout est rentré dans le calme. Le 23, Paris semble sortir d'un mauvais rêve. La guerre civile est conjurée. L'assiégé revient à son idée fixe : la victoire ; à son cri : Sus aux Allemands !

Mais déjà ce cri semble ne plus trouver d'écho parmi ceux qui, naguère, le jetaient à tous les vents, dans leurs allocutions au peuple et dans leurs proclamations à l'armée.

Les rapports militaires se raréfient ; les mouvements de troupes sont comme paralysés ; le bruit de la canonnade se ralentit sur tout le périmètre.

On dirait qu'une torpeur engourdit le bras et le cerveau des dirigeants.

Puis, tout à coup, avec la rapidité d'une traînée de poudre, une rumeur se répand et gagne de proche en proche tous les quartiers.

Sur la foi d'un article du *Moniteur de Seine-et-Oise*, ce triste journal prussien imprimé à Versailles, on annonce que Chanzy vient d'essuyer une irrémédiable défaite, que Faidherbe a subi un échec dans le Nord, que Bourbaki, battu, acculé à la frontière suisse, a dû se replier hâtivement. Tous les commandants de la garde nationale ont été, dit-on, convoqués chez Clément Thomas pour recevoir communication de ces nouvelles. On ajoute

que Jules Favre est à Versailles où il débat les conditions d'une capitulation.

On ne s'aborde plus qu'avec contrainte; on échange à
voix basse des paroles qu'en vain on cherche à revêtir
d'une apparence de confiante fermeté; on jette vers
l'horizon des regards chargés de doute; on tente mille
efforts pour pénétrer le mystère qui enveloppe l'avenir.
Une calamité immense plane sur la ville.

Vers le dehors, les détonations de l'artillerie et le
crépitement des explosions semblent diminuer d'intensité. Le bombardement est entré dans une phase d'apai-
sement que parviennent seules à justifier les rumeurs
de négociations. D'instant en instant, elles acquièrent plus
de consistance.

Soudain, le 25, la canonnade prussienne reprend
avec fureur. Des maisons déjà ébranlées s'écroulent.
Saint-Denis d'une part, Auteuil de l'autre, sont écrasés
d'obus. On n'est plus en sûreté dans les caves.

Paris allait avoir bientôt l'explication de cette recru-
descence, qui coïncidait singulièrement avec la cessation
des feux, ordonnée de notre côté.

Tandis que nos pièces se taisaient, en effet, pendant
les pourparlers dont tout le monde s'entretenait et dont
nul n'osait affirmer l'existence, les armées ennemies,
comme si elles eussent voulu ne perdre ni une charge de
poudre ni un projectile, épuisaient contre nous leurs
stocks de coups de canon.

Mais elles ne pouvaient être éternelles, ces conférences. La dernière ligne des conventions devait être le signal
de la dernière bordée. Le 27 au matin une note paraissait
dans l'*Officiel*. Les feuilles de toutes nuances la repro-
duisaient encadrée de deuil. Elle soulevait avec une

désolante franchise le voile qui cachait encore les allées
et venues des jours précédents :

> Tant que le Gouvernement a pu compter sur l'ar-
> rivée d'une armée de secours, il était de son devoir
> de ne rien négliger pour prolonger la défense de
> Paris.
>
> En ce moment, quoique nos armées soient encore
> debout, les chances de la guerre les ont refoulées,
> l'une sous les murs de Lille, l'autre au delà de Laval ;
> la troisième opère sur les frontières de l'Est. Nous
> avons dès lors perdu tout espoir qu'elles puissent se
> rapprocher de nous, et l'état de nos subsistances ne
> nous permet plus d'attendre.
>
> Dans cette situation, le Gouvernement avait le
> devoir absolu de négocier. Les négociations ont lieu
> en ce moment. Tout le monde comprendra que nous
> ne pouvons en indiquer les détails sans de graves
> inconvénients. Nous espérons pouvoir les publier
> demain.
>
> Nous pouvons cependant dire dès aujourd'hui que
> le principe de la souveraine nationale sera sauve-
> gardé par la réunion immédiate d'une Assemblée ;
> que l'armistice a pour but la convocation de cette
> Assemblée ; que, pendant cet armistice, l'armée alle-
> mande occupera les forts, mais n'entrera pas dans
> l'enceinte de Paris ; que nous conserverons notre
> garde nationale intacte et une division de l'armée,
> et qu'aucun de nos soldats ne sera emmené hors du
> territoire.

A la lecture de ces lignes, les yeux s'obscurcissent de
larmes, une invincible prostration paralyse les cœurs. La
vérité implacable se fait jour — et cependant personne
ne veut se résigner à croire !

Quoi ! ce serait donc vrai ? Quoi cela est possible ?
Nous sommes arrivés à une telle fin ! Comment ! nos
murs sont debout, nos canons braquent toujours sur la
campagne leurs gueules menaçantes, nos arsenaux sont
pleins de boulets et de cartouches, nos soldats gardent,
invaincus, leur arme à la main, et notre résistance s'arrête !

Elle était donc vraie, cette affirmation que depuis
huit jours l'on murmurait :

« Plus de pain ! »

Plus de pain ! Cela dit tout, et cela termine tout.

Le courage n'est rien ; le sang versé reste infécond,
du jour où, derrière les combattants en armes, les
femmes et les enfants se tordent dans les affres de la faim.

Personne n'ose plus élever la voix. Les discoureurs
de place publique eux-mêmes se taisent. Ils comprennent
que l'on n'épilogue pas sur la fatalité.

Le 27 janvier, il restait en magasin 11,000 quintaux
de blé, 31,000 quintaux d'orge, de riz et d'avoine ; en tout,
défalcation faite du déchet, 35,000 quintaux de farine à
attendre. — A attendre, car les meules écrasaient chaque
jour la quantité de grain strictement nécessaire au lendemain. Un seul projectile tombant sur l'usine Cail, et
l'alimentation de la cité entière était compromise.

Trente-trois mille chevaux survivaient sur les cent
mille que comptait Paris cinq mois auparavant. — Sept
jours de pain et de viande, puis sept autres jours de viande
sans pain : ainsi se résumait la situation.

CHAPITRE XX

LES JOURS DE DEUIL

La reddition. — Pendant l'armistice. — Le terme du rationnement. — Les ravitaillés. — Les élections. — Le général des Batignolles. — Entreront-ils? — Le coup de grâce. — Paris sans journaux. — La traînée allemande. — Le 3 mars. — Partis! — Ceux qui reviennent.

A peine ose-t-on commenter le texte du contrat inter- venu pour la cessation des hostilités, rendu public dès le lendemain. Les conditions étaient celles que la Prusse avait imposées après tous nos écrasements, depuis le 2 septembre. L'armée était prisonnière. En considération, toutefois, des probabilités de paix, on consentait à ne point transporter en Allemagne cent cinquante mille captifs nouveaux. Les vaincus demeuraient internés dans la ville, sous la responsabilité de leurs chefs. Les soldats auraient pour geôliers les généraux. L'Allemand avait bien voulu admettre une autre concession : il épargnait la garde nationale et laissait au gouvernement douze mille hommes pour « maintenir l'ordre dans la cité ».

Un paragraphe équivoque mettait en éveil les défiances :

ARTICLE VI. « Pendant la durée de l'armistice, l'armée allemande n'entrera pas dans la ville de Paris. »

C'est donc qu'elle y entrera après? Ainsi la capitula- tion ne terminait pas du premier coup nos souffrances,

[42

jusque-là rendues légères par la foi en l'avenir, par l'espoir du succès ?

Oui ; il était écrit que les dernières heures de l'investissement en seraient les plus longues et les plus terribles.

L'exécution de deux mesures importantes devait remplir les vingt et un jours de l'armistice : le ravitaillement de Paris, les élections.

Une autre s'imposait, impitoyablement dure : le désarmement de l'enceinte, la livraison des armes, la reddition des forts.

Rendre leurs forts, pour ces marins qui les avaient si énergiquement défendus ; livrer leurs armes, pour ces bataillons dont la plupart avait réalisé des prodiges ; coup cruel que ni les uns ni les autres ne pouvaient supporter sans un rude effort sur eux-mêmes.

Néanmoins, en quelques heures, l'autorité militaire parvenait à écarter toutes les entraves. Un à un, nos ouvrages avancés étaient évacués, remis entre les mains des vainqueurs. En quel état ! Les nouveaux occupants le pouvaient constater, et il leur fallait, malgré eux, rendre hommage à la défense, en atteignant, à travers les décombres, des parapets réduits à des monceaux de terres éboulées entre des quartiers de maçonnerie croulants.

Ce premier sacrifice s'accomplissait loin des portes ; Paris n'en ressentait que le choc en retour.

Mais quand l'immolation s'appesantit sur nos murailles, lorsqu'il fallut en arracher les canons et leurs affûts, déserter le chemin de ronde, emmener les pièces au loin, délaisser les casemates et vider les poudrières, Paris sentit du même coup se raviver sa douleur et la rage de son impuissance.

Rien de lamentable comme ces embrasures dégarnies et ces talus abandonnés. Seuls, de rares postes restaient

disséminés le long des remparts. Pendant que le conqué-
rant se retranchait activement au dehors; au dedans, des
soldats désarmés travaillaient avec une lenteur morne à
démolir les barricades. Des officiers, oubliant de commander, pleuraient. Des travailleurs, oubliant leur tâche,
tendaient le poing vers l'ennemi.

Par une ironique compensation, il est vrai, et comme
prix de l'holocauste, le ravitaillement s'effectuait dans de
vastes proportions. Dès le premier jour, des ingénieurs
étaient partis en exploration le long des voies. Des terrassiers et des maçons relevaient les remblais, rétablissaient
les rails, restauraient les constructions. Déjà affluaient,
par les lignes du Nord et de l'Ouest, les premiers convois
de vivres. De nombreux traités passés par le gouvernement assuraient la promptitude des arrivages de farine,
de bétail, de poisson, et des denrées généreusement mises
à la disposition des Parisiens par la ville de Londres ajou-
taient leur appoint à ces contingents. Un arrêté avait fixé
au 10 février la cessation du rationnement du pain.

Le siège avait eu ses accapareurs, ses spéculateurs.
Pour eux, l'heure du châtiment avait sonné.

On connaît cette vieille légende de l'avare mort de faim
sur son trésor. Hogarth l'a fixée sur la toile dans deux
tableaux saisissants. Le premier montre l'homme dans
l'épanouissement de sa passion; au milieu d'une cave jon-
chée de lingots et de gemmes, il aspire à pleins pou-
mons le parfum enivrant qui, pour lui, se dégage de ces
richesses; le flambeau qu'il tient illumine l'extase de ses
traits; tout son corps frémit; une sorte de joie féroce
l'enchaîne à sa contemplation. — Dans la scène qui suit,
l'homme est accroupi sur un tas d'or où s'enfoncent ses
doigts crispés; une lueur livide éclaire seule son visage.

que plisse un épouvantable rictus ; de longues heures ont passé ; le flambeau consumé a roulé dans un coin. L'avare râle, il agonise ; la porte de son antre s'est refermée sur lui, et aucune oreille humaine n'entendra, à travers les voûtes épaisses, les imprécations du mourant.

Volontiers on se remémorerait ces scènes, à la vue des trésors ignorés que la conclusion de l'armistice a fait surgir tout à coup.

Combien de ceux qui spéculaient sur la disette universelle allaient voir, se disait-on, leurs espérances envolées ! Combien seraient heureux de récupérer seulement leurs débours ! Combien, enfin, en présence de l'abondance prochaine, resteraient ruinés devant les amoncellements dus à leurs trop prévoyantes conceptions !

Nul ne les plaignait. De quelle espèce de compassion peut être digne l'agioteur qui fait de la détresse publique le marchepied de sa fortune ?

Paris est prisonnier de guerre, — mais il mange.

Même, l'empressement de quelques-uns à jouir des bienfaits du ravitaillement prêterait à croire qu'il existe un coin impur où l'on se console aisément des déchéances de la fierté par les satisfactions de l'appétit. Des bandes de mercenaires abjects vont jusqu'aux avant-postes ennemis quémander leur nourriture ou reviennent infester nos carrefours de produits achetés aux soldats allemands.

Mais nous n'en sommes pas réduits à recevoir de pareilles mains notre pitance. Les trains se succèdent sans interruption. Nous voyons peu à peu revenir les vivres proscrits naguère, — plantureuse provende destinée à nous faire oublier qu'un moment nous avons connu la famine. Et à tous les marchés, devant chaque éventaire, s'allonge un interminable défilé de visiteurs, les uns, le portefeuille

en poche ou la bourse à la main ; — c'est le petit nombre,
les prix restent trop élevés ; — les autres pour s'assurer
par leurs yeux qu'on ne leur a pas menti, immobiles de
surprise et se demandant s'ils ne sont point en face de
quelque vision prête à évanouir.

Les victuailles, encore rares, redeviendront bientôt à
la portée de tous ; laissons donc, quelques jours encore,
les marchands en construire des trophées ou les combiner
en panoplies. — Nul n'éprouve le moindre étonnement
le matin où apparaît, reposant sous une devanture, une
tête de veau enguirlandée : authentique, cette fois, digne
et majestueuse, ainsi qu'il sied à qui a conscience de sa
valeur ; des roses s'enroulent autour de son front, tandis
qu'un feuillage touffu décore les oreilles en descendant
jusqu'au cou. — La tête repose sur un opulent plat sculpté
semblable à un pavois ! Quoi d'étrange ? Le veau n'est-il
pas le vrai triomphateur du jour ?

Allons ! réjouissons-nous ! Nous ne manquerons plus
de rien. Les souffrances sont finies, — au moins en ce qui
concerne nos ventres. On assure même que nous aurons
bientôt du pain blanc. — Misère ! à ce pain blanc de la capitulation, qui de nous n'eût préféré encore le pain noir de
la résistance !

Cependant, les préparatifs électoraux avaient absorbé
l'espace d'une semaine. D'ardentes propagandes avaient
mis en présence des centaines de candidats. Du scrutin
du 8 février était sortie l'Assemblée nationale qui allait
provisoirement siéger à Bordeaux. La fièvre des élections
avait, pour un moment, servi comme d'exutoire au mal
dont la France souffrait. A cette dernière poussée d'effervescence, succédait une intraduisible lassitude.

La deuxième quinzaine de février était venue, et Paris ignorait encore comment, pour lui, se dénouerait la situation. Les Allemands entreraient-ils, ou, vainqueurs généreux et politiques adroits, épargneraient-ils à la cité l'humiliation suprême? On en était réduit aux hypothèses sur ce point. La commission de l'Assemblée détachée pour traiter avec Versailles s'était faite impénétrable; toute demande de renseignements se brisait contre la discrétion des négociateurs.

Jamais indécision ne pesa d'un poids plus lourd; jamais on ne vit tomber plus de victimes que n'en frappèrent ces poignantes alternatives. Oh! les vingt journées d'écœurement, d'accablement, de tortures! que d'infortunés, et, après avoir traversé toutes les horreurs du siège et affronté cent fois les balles ennemies, n'avaient échappé à une mort glorieuse que pour devenir la proie d'une fin misérable!

Il était de ceux-là, ce vieillard légendaire que des voisins avaient amicalement baptisé, en un temps, le *général* des Batignolles! Pauvre général enterré obscurément, sans l'escorte du moindre tambour!

Il se nommait Roman : un vieux grognard à longues moustaches grises, la tête haute dans son col de bougran, le buste raide, le jarret fièrement campé malgré ses soixante hivers, la prunelle encore vive et le coffre solide.

Une particularité, entre autres, le signalait de loin : à son côté pendait, invariablement, une gourde de cuir dont le large cordon vert reposait en sautoir sur sa poitrine. Cette gourde faisait partie intégrante de son équipement. Parfois, il la portait à ses lèvres pour absorber une gorgée de rhum.

Le dimanche, jadis, Roman montait d'un pas alerte la

Grande-Rue des Batignolles afin d'aller, sur quelque banc de square, aspirer les fraîches senteurs. A son passage, les enfants accouraient, disant tout bas :

— Voilà le général !

Dès le début du siège, une transformation s'était opérée chez lui. On ne l'entendait plus, comme naguère, raconter ses campagnes. A peine ébauchait-il encore, à de rares intervalles, les longues histoires qui commençaient uniformément par ces mots :

— Du temps que j'étais marchal'chef...

Car il avait servi dans la cavalerie, où il portait, au moment de sa retraite, les galons de maréchal-des-logis chef, — et s'il avait monté en grade, c'était dans l'esprit de ses concitoyens.

Après Châtillon, la verve du général sembla tout d'un coup s'être éteinte. Il méditait.

Puis on le vit, un matin, s'en aller par les rues vêtu en garde national. Ceux qui le connaissaient comprirent : le moment n'était plus aux narrations belliqueuses ; l'heure de l'action était venue. Ce simple soldat sexagénaire fit, rien qu'en se montrant, plus de prosélytes à lui seul que toutes les harangues des ministres. Il fut de ceux qui inaugurèrent le service des bastions. Le premier à l'appel, le dernier à s'éloigner quand le capitaine avait dit : « Rompez les rangs ! » le *général* avait repris l'animation et la faconde des anciens jours. Ne retrouvait-il pas, dans ses nouveaux compagnons d'armes, des auditeurs bienveillants ?

Mais les échecs se succédaient, traînant avec eux les déboires.

Sa physionomie se rembrunit, son aspect devint morose, son geste saccadé, et souvent on le surprit se parlant à lui-même, laissant tomber des mots incohérents, ou tirant de sa poche une carte des environs de Paris qu'il contemplaît avec une attention minutieuse. Les camarades suivaient d'un regard de commisération les lignes qu'il traçait sur ce fragment d'atlas. Alors relevant la tête :

— Ce soir, soupirait-il, j'expliquerai ça à Trochu.

Rentré chez lui, il s'asseyait à une petite table couverte de papiers, de compas et de notes, et il écrivait au général en chef des lettres que le lendemain il jetait à la poste.

On respectait sa démence ; elle dura trois mois : trois mois pendant lesquels Roman, affaissé au moral et brisé au physique, parut décliner de jour en jour.

A la suite du Bourget, il chancelait comme un homme ivre ; après Avron, ses jambes refusaient de marcher ; le lendemain de Montretout, il se mit au lit.

Un matin, des voisins lui apportèrent un journal. Il lut la convention qui rendait Paris à la Prusse.

— Malédiction ! fit-il, ils ont capitulé !

Depuis, on ne l'entendit plus rien dire. Il avait exigé qu'on laissât à sa portée la carte sur laquelle il s'était penché si souvent. Ce fut en la contemplant une dernière fois qu'il s'éteignit.

Lui aussi, il avait son plan. Le plan n'a pas réussi.

Roman n'était pas philosophe. — Il en est mort.

L'annonce des préliminaires de paix vint, le 27 seulement, dissiper les derniers doutes et divulguer aux Parisiens la réalité en leur portant le coup de grâce.

« L'entrée des troupes allemandes, publiait le *Journal officiel* à cette date, réglée entre l'autorité militaire française et l'autorité militaire allemande, aura lieu mercredi, 1er mars, à dix heures du matin. L'armée allemande occupera l'espace compris entre la Seine et la rue du Faubourg-Saint-Honoré, à partir de la place de la Concorde jusqu'au quartier des Ternes. »

A la suite, une proclamation signée de Thiers, chef
du pouvoir exécutif, contresignée par le ministre des
affaires étrangères Jules Favre et le ministre de l'intérieur
Ernest Picard, adjurait la population d'oublier ses res-
sentiments pour ne songer qu'au maintien de l'ordre en
face de l'occupation abhorrée.

Il en est mort !

Ces exhortations pouvaient n'être pas inutiles ; au premier moment, une vive exaltation s'était manifestée.
Paris, cependant, allait vider jusqu'au fond l'amer calice
qu'une fois encore on approchait de ses lèvres. Chacun
se préparait à s'enfermer chez soi. Plus de mouvement
dans les rues ; plus d'établissements ouverts, plus de
vendeurs ; plus de journaux.

D'une réunion entre les directeurs des diverses feuilles,
une résolution était issue.

On avait vu Paris sans soldats et sans armes, sans
fiacres et sans sergents de ville, sans théâtre et sans pain ;
on allait le voir privé de la manne quotidienne de son

existence intellectuelle. De toutes les formes extérieures traduisant l'affliction publique, l'abstention de la presse était peut-être la plus éloquente. A ces deux millions de fiévreux qui vivent de la vie morale autant que de l'existence matérielle, le journal est, en quelque sorte, l'artère dont les pulsations marquent l'état fluctuant. Chaque matin, à son réveil, le patient se tâte le pouls ; en ouvrant ses gazettes il se demande : Voyons comment je vais aujourd'hui ?... Mais les kiosques devaient demeurer vides tant que les Prussiens seraient là.

Ils entrèrent le 1er mars, après avoir d'abord éclairé le terrain qu'ils croyaient, eût-on dit, prêt à les engloutir.

Ils avaient prémédité un défilé victorieux sous l'Arc de Triomphe ; ils trouvèrent barrée la double voûte de l'Arc. Un instant, la tête de colonne hésita ; elle n'osa ralentir sa marche pour renverser l'obstacle et, tournant par le rond-point, refusa l'ovation à l'armée qui suivait.

Dans le quartier à eux dévolu, ils demeurèrent parqués, loin du reste de la ville. Un triple cordon sanitaire de barricades, de soldats et de gardes nationaux les isola. Quelques officiers tentèrent, à la faveur d'un déguisement, de franchir le cordon ; on les contraignit à rétrograder. Le surlendemain, vendredi, ils sortirent.

Il était sept heures et demie environ. Un brouillard intense obscurcissait l'atmosphère. A travers ce crêpe funèbre, par les voies qui, tout le long du faubourg Saint-Honoré, laissent à l'œil des échappées sur la vaste avenue, on entrevoyait vaguement les masses sombres des corps ennemis commençant à s'ébranler. Un vent faible apportait, par instants, des bouffées confuses de musique. A mesure que les colonnes se succédaient et s'éloignaient davan-

tage, et comme si le firmament eût voulu lui-même
témoigner d'un tardif revirement en notre faveur, la brume
matinale s'éclaircissait peu à peu; le voile qui couvrait la
cité achevait de se déchirer. A onze heures, il ne restait
pas un Allemand, et le ciel bleu se montrait enfin dans
sa splendeur : le ciel de la délivrance !

Alors seulement, le populaire, jaloux de se rendre
compte de la conduite des occupants, pénétrait dans les
Champs-Élysées et les rues adjacentes.

Rebutantes impressions, que celles que l'on rapportait
de cette visite; décidément, il était écrit que partout les
soldats de Guillaume, empereur et roi, laisseraient des
signes irréfragables de leur passage.

Pendant cinq mois, c'est une traînée de sang qui
s'allongeait derrière eux. Chez les Parisiens, ils avaient
laissé une traînée d'ordures. L'odorat eût hésité à bon droit
entre un des terrains vagues où la municipalité faisait
transporter les immondices de nos rues, et les splendides abords du palais de l'Industrie après quarante-huit
heures de séjour de ces hôtes. Partout les traces de ces
manies malpropres, de cette grossièreté qui perpétuent
une tradition. Au Cirque des Champs-Elysées, comme
au palais de l'Industrie, on eût tiré au sort pour savoir qui
irait, dedans, ouvrir les fenêtres. Aux alentours, c'étaient
les massifs, les cafés, les concerts, ravagés, saccagés, mis
au pillage. Évidemment, la race germanique est organisée
pour tout ce qui est souillure comme pour tout ce qui est
destruction; la barbarie s'y élève à la hauteur d'un caractère national.

Enfin! ils sont partis. Paris respire, se ressaisit, se
retrouve. C'est comme le réveil d'un affreux cauchemar.

Et tandis que le grand blessé s'agite pantelant sur sa

couche, panse ses plaies, ferme ses cicatrices, un à un les absents lui reviennent. Ah ! les muets serrements de mains, et les tragiques dialogues ! Ceux qui étaient partis rentrent le cœur débordant. Il s'apitoient et ils s'enthousiasment, ils s'exaltent et ils gémissent, parlant bas, marchant sur la pointe des pieds, avec des haltes et des chuchotements, comme dans une chambre de malade. Le convalescent écoute et regarde. Il se relèvera après de terribles convulsions. Le mal guéri, il n'oubliera point. Mais s'il est de ceux qui savent se souvenir, il est aussi de ceux qui savent espérer.

Et Paris se remet en marche, l'esprit tout rempli du passé, le regard ardemment fixé sur l'avenir.

FIN.

TABLE DES MATIÈRES

CHAPITRE PREMIER

L'HÉRITAGE DE L'EMPIRE

Pages.

L'invasion. — Un regard en arrière. — La veille et le lendemain du 4 septembre. — La mission du gouvernement de la Défense nationale. — La duplicité prussienne. — Apprêts de défense. — Les épaves d'une armée. — Les camps parisiens. — Prouesses allemandes. — Les revenants. — Haut les cœurs !   1

CHAPITRE II

L'HEURE DES SACRIFICES

L'opinion d'un Alsacien. — Premiers symptômes. — Les espérances d'outre-Rhin. — Deux journalistes. — A l'état-major. — L'ordre de marche prussien. — La commission des barricades. — L'incendie des forêts et la chute des ponts. — Paris devant Strasbourg. — Autour des groupes. — La revue du 13 septembre.   23

CHAPITRE III

L'INVESTISSEMENT

Tirage au sort ou scrutin ? — Un tiers de dictature. — La délégation de Tours. — Le dernier convoi. — Escarmouches. — Les hussards de Blücher. — Le 19 septembre. — Châtillon. — La première torpille. — Les fuyards. — Le secret de l'avenir.   49

CHAPITRE IV

NÉGOCIATIONS

Pages.

Les résultats de Châtillon. — Le cercle du blocus. — Inaction militaire et tentatives diplomatiques. — Les propos de table du comte de Bismarck. — Exigences de la Prusse. — Le voyage de Meaux et l'entrevue de Ferrières. — Retour de Jules Favre. — Le cri général.   61

CHAPITRE V

CE QUI MANQUAIT

Le périmètre investi. — L'inventaire de la Défense. — Fusils, canons et soldats. — Conférences en plein air. — Bastions et courtines. — Dorian. — Espions et espionnes. — Histoire d'un coutelas. — Prenons-nous l'offensive? — Villejuif. — Le combat du 30 septembre : Chevilly. — Des pièces, des affûts, des attelages !   75

CHAPITRE VI

LE PROBLÈME ALIMENTAIRE

Premières terreurs. — Les comptoirs de consommation. — Nos caves. — Les Irlandais de la Villette. — Une heure à l'Académie. — La ligue contre la famine. — Le prophète Dorderon. — M. Richard et M. Riche. — La science et l'industrie. — Tous jardiniers ! — La récolte en cinq temps. — Les pourvoyeurs de la mort.   87

CHAPITRE VII

AUTOUR DES MURS

Rêveries d'un factionnaire. — La garde nationale et sa bonne humeur. — Heures sombres. — Départ de Gambetta. — Pseudo-revanche de Châtillon. — Le rapport de Vinoy. — Nos braves. — Incendie du château de Saint-Cloud. — Le plan de Trochu. — Le 21 octobre : engagement de Rueil. — La route de Versailles. — Un épilogue à la prussienne.   105

CHAPITRE VIII

CONTRASTES

Appel aux amazones. — Fantaisie et dévouement. — Les ambulances et leur comité. — Infirmières et docteurs. — Alternatives désagréa-

bles. — Un faïencier de Bourg-la-Reine. — La passion des pendules. — Réquisitions à outrance. — Chapitre des déprédations.
— Une substitution de sépulture. — Les artistes de la landwehr. 123

CHAPITRE IX

L'ART ET LE PATRIOTISME

La confiance renait. — La question des théâtres. — Francisque
Sarcey et Thomas Grimm. — Le premier concert. — Victor Hugo
à la Porte Saint-Martin. — Patria. — Les artistes. — Des canons!
— M. Legouvé et l'alimentation morale. — Le Théâtre-Français. —
Souvenirs de 92. — L'enrôlement des volontaires. 133

CHAPITRE X

LES SAUVEURS BREVETÉS

Vrais et faux inventeurs. — Le génie civil. — L'extermination fantastique. — Dynamite, électricité et feux grégeois. — Plus de mystère!
— Réunions et expériences. — L'Alcazar de Thérésa. — Le major
au bouclier. — Tribuns d'occasion. — Les soirées des Folies-
Bergère. 145

CHAPITRE XI

ASSIÉGEANTS ET ASSIÉGÉS

Les intentions du feld-maréchal de Moltke. — Le triangle. — Les
voûtes capitonnées de Saint-Cloud. — Les signaux de feu. — Monotonie des rapports militaires. — Les dépêches de province. — Le
sergent Hoff. — De l'Étoile à Courbevoie. — L'affaire du Bourget.
Metz. — Les nouvellistes et Henri Rochefort. — Pas d'armistice!. 159

CHAPITRE XII

LES MÉCONTENTS

La question municipale et la question diplomatique. — La mission de
Thiers. — Humiliante proposition de l'Angleterre. — Vaine promesse de la Russie. — La fièvre obsidionale. — La journée du
31 octobre. — Tragi-comédie. — Le plébiscite du 3 novembre. —
Oui et non. 181

CHAPITRE XIII

PRÉPARATIFS

Pages.

Les suites d'une échauffourée. — Élection des maires. — Le décret
du 9 novembre. — L'entrevue du pont de Sèvres. — La guerre de
partisans et ses apôtres. — Odyssée d'un substitut. — La levée en
masse. — Joseph Prudhomme fantassin. — Exemptions plus ou
moins légales. — Où sont les jeunes? — La petite garde. — La réserve.　197

CHAPITRE XIV

LES BATAILLES DE LA MARNE

La victoire d'Orléans. — Le cercle de fer. — Le plan Trochu-Ducrot.
— Contre-ordres. — Bataille de Villiers. — Les voix d'airain. —
Remuons la terre! — Les funérailles de Champigny. — L'attaque
du 2 décembre. — Fatalités. — La nuit terrible. — En retraite. .　213

CHAPITRE XV

A TRAVERS L'ESPACE

Ballons et pigeons. — La tribune des progressites. — Un télégraphe
dans les nuages. — La poste et les piétons. — Une dent creuse. —
Pauvres riches! — Un port de lettre de cinq mille francs. — Les
facteurs à quatre pattes. — Boules et globules. — Le câble de Seine.　245

CHAPITRE XVI

CUISINE DE SIÈGE

Révolutions culinaires. — Jadis et aujourd'hui. — La gastronomie
platonique. — Encore la gélatine. — Hippophagie et résignation.
— Le chapitre xxxv. — Nos amies les bêtes. — Les cartes de boucherie. — A la cantine. — Riz, orge, paille. — Les philosophes. .　261

CHAPITRE XVII

LE BOMBARDEMENT

Second combat du Bourget. — Les tranchées de glace. — Les Allemands ouvrent le feu contre les forts et la ville. — Salut, Noël! —
Avron. — Une nuit de branle-bas. — 1870-1871. — Cadeaux du
jour de l'an. — Les haricots secs du ministre. — Sourires et sanglots.　277

CHAPITRE XVIII

PLUS DE PAIN!

Pages.

Déménagements. — L'obusomanie. — L'heure des responsabilités. —
En conseil de guerre. — Choc d'opinions. — Une phrase célèbre. —
Le parti des capitulards. — Les cicatrices de Paris. — Les cours
de la halle. — Un bœuf à cinq pattes. — Le fond du sac. — Quand
même! 299

CHAPITRE XIX

LA CAPITULATION

L'effort suprême. — Le 19 janvier : Buzenval. — De Montretout à
Garches. — L'enlisement. — Deux dépêches. — Les 300 grammes.
— Le gouverneur de Paris ne capitulera pas. — Le gouvernement
capitule. — L'échauffourée du 22 janvier. — Inventaire après faillite. 315

CHAPITRE XX

LES JOURS DE DEUIL

La reddition. — Pendant l'armistice. — Le terme du rationnement.
— Les ravitaillés. — Les élections. — Le général des Batignolles.
— Entreront-ils? — Le coup de grâce. — Paris sans journaux. —
La trainée allemande. — Le 3 mars. — Partis! — Ceux qui
reviennent. 329

FIN DE LA TABLE DES MATIÈRES.

Paris. — Typ. G. Chamerot, 19, rue des Saints-Pères. — 13414.